# 巴比代尔

Pábitelé

[捷克] 赫拉巴尔 著  杨乐云 万世荣 译

# 目录

译序 / 001

雅尔米卡 / 001
公证人先生 / 034
葬礼 / 052
一九四七年布拉格的儿童 / 057
中魔的人们 / 160
快餐店世界 / 172
您想看看金色布拉格吗 / 183
电离子渗入疗法 / 190
头戴山茶花的夫人 / 197
钻石孔眼 / 202
浪漫曲 / 211

# 译　序

《Pábitelé——巴比代尔》这本短篇小说集，是赫拉巴尔的代表作，一九六四年出版后赫拉巴尔从此声名大振。这本短篇小说集，尤其是与集子《Pábitelé》同名的这一篇极好地说明了赫拉巴尔这位作家独特的小说创作风格，现在人们一提到赫拉巴尔，脑海里首先浮现的便会是他的 Pábitelé（巴比代尔）。

Pábitelé 是赫拉巴尔自己生造的一个捷语新词，用以概括他小说中一种特殊类型的人物形象。由于这个词在词典中无从查找，赫拉巴尔在不同场合曾对它做过反复阐述。如何把这个词确切地译成汉语是个难题。作为这篇小说的译者，我想谈一谈我对这个词的理解和翻译体会。

赫拉巴尔是二十世纪六十年代捷克文坛涌现的一批年轻作家中较为年长的一位。六十年代被捷克文学史家称为奇迹般的年代，具体地说是从一九六三年至一九六八年前苏联军队入侵为止。在短短的几年内，捷克文坛出现了那么多富有才华的作家，写出了那么多令世人瞩目的小说作品，看起来的确像是"奇迹"。其实，这些作品大多都是早些时候即已写成，只是到了严格的检查制度稍有松动的六十年代才得以出版而已。这一代的捷克年轻作家，正像第二次世界大战之后的许多西方现代派作家一样，深感到随着时代的变更，巴尔扎克式的以情节发展和人物性格塑造为主的传统小说写法已显得陈旧，无法反映新的时代和新时代里人的心态。

因此作家们都在探索新的小说表现手法。这些作家在思想上深受存在主义哲学的影响,创作上则推崇卡夫卡。他们从卡夫卡和本国文学巨匠雅罗斯拉夫·哈谢克的作品中寻找启迪和契机。哈谢克的巨著《好兵帅克历险记》在捷克一向被看作是一本轻松的幽默讽刺小说,但从二十世纪八十年代开始,经某些作家和文学理论家对这部小说进行的分析研究,指出它的艺术表现手法与卡夫卡的极为相似,因而《好兵帅克历险记》应是捷克第一部荒诞派小说。赫拉巴尔从哈谢克的这部作品中得到的最重要的启迪是,他发现了口语的效用。他看到了在小说创作中成功地运用口语能取得怎样的艺术效果。赫拉巴尔不仅领悟了口语的艺术力量而且也找到了最适合于他笔下人物的口语,那便是布拉格小酒馆的语言。这种语言的特点是粗野、夸张、滔滔不绝、带着很多俚语和行话,很生动。赫拉巴尔成功地运用了它,并巧妙地使他笔下的口语包含着丰富的、捷克读者一看便心领神会的潜台词。这是他的小说魅力之所在,深受捷克读者的欢迎,因而赫拉巴尔享有"最有捷克味儿的作家"之美誉。

　　了解赫拉巴尔的这些创作背景也许有助于我们理解 Pábitelé 这个词。他阐释说:Pábitelé 是这样一种人,他们通过"灵感的钻石孔眼"观看世界,他们看到的汪洋大海般的美丽幻景使他们兴奋万状,赞叹不已,于是滔滔不绝地说了起来,在没有人听他们说时,他们便说给自己听。他们讲的那些事情既来自现实,又充满了夸张、戏谑、怪诞和幻想。这番话听起来有点儿像我们俗话说的"侃大山":几个人茶余饭后坐在一起神聊。侃大山具有"滔滔不绝"的特点,讲的那些事情也是既来自现实又充满了夸张和戏谑。但是侃大山的人与赫拉巴尔笔下的 Pábitelé 有本质上的不同。侃大山不论怎样滔滔不绝,不论怎样夸张、戏谑,它毕竟只是一种神聊,人们聚在一起开开玩笑、发发牢骚,聊完也就茶凉人散,各自生活依旧。

赫拉巴尔笔下的这些人物，他们表现的却是一种生活态度。他们不仅滔滔不绝地说，而且带着行动。水泥厂的老工人一辈子生活在水泥粉尘中，呼吸着水泥粉尘中的空气。退休后不肯搬到空气新鲜的树林里去住，送他们到山青水秀的疗养地，他们却因此而患病。他们天天坐在水泥厂门前，为如何更好地管理工厂争论得面红耳赤。水泥厂工人布尔甘的儿子伊尔卡有绘画天赋，但无缘进美术学院深造。他终日面对的是落满水泥粉尘的一片灰蒙蒙的黯淡景色，可是他的写生画却一幅幅色彩艳丽，堪与印象派的佳作媲美。父子俩还指点着窗外的灰白景色一个劲儿地对来访者说："您瞧见了吗？您瞧见那边的色彩了吗？您仔细瞧瞧那边，五彩缤纷！"在另一篇小说《钻石孔眼》里，那位盲女透过钻石孔眼"看"到的世界美好无比，她期盼着手术复明，还邀请与她萍水相逢的几位旅客在她手术复明后同她一起到总统府布拉格宫去参加舞会。这就是赫拉巴尔塑造的 Pábitelé 的形象，这些人物表面上看豪放开朗、诙谐风趣，但他们透过"灵感的钻石孔眼"看到的世界与现实生活形成强烈的反差，从而格外地映衬出他们处境的悲惨。在反复思考如何把赫拉巴尔生造的这个词译成汉语时，笔者觉得干脆音译作"巴比代尔"固然可以，但必须加详细说明。琢磨再三，觉得赫拉巴尔笔下的这类人物有点儿像神话故事里一些中了某种魔法的人，全身心地沉浸在自己的幻象里，于是——诚如赫拉巴尔所言——"他们说出的话被理智的人看作是不合情理的，做的事情是体面人不会去做的。"根据这样的理解，笔者把（Pábitelé）权且译作"中魔的人们"，同时附加音译（巴比代尔）。

杨乐云

二〇〇三年九月十日

# 雅尔米卡

## 一

我又来到了冶炼厂。大老远我就瞧见送饭工雅尔米卡正拖着大汤桶在走着。我疾步迎上去,目不转睛地看着她,直看得她垂下了眼帘。她怀孕六个月了,嘴一张就露出了残缺不全、掉了一半的牙齿。不过,她很纯朴,仍不失为美人中的美人儿。

我走到她身旁低声说:"哎,雅尔米卡,咱俩什么时候结婚呢?"

她回答:"等牛鞭子开花吧!"

我说:"瞧您,瞧您!您不喜欢我啦?"

她毫不留情地说:"不喜欢,因为您成天在这波尔托夫卡厂子里跑来跑去瞎忙乎,活像屁股上长了刺似的。"

我放下帮她提着的汤桶,责备地注视着她,她垂下了目光。我看见了她浮肿的眼圈、脸颊上的雀斑……没错,今天她仍然穿着那件棉布外套,用根绳子系着。她抬起眼皮来,说:

"您干吗这样看着我?活像老汉看犁过的地。"

我解释道:"因为您近来对我有点儿冷淡。"我拎起汤桶继续朝前走,我不能眼看着一个怀有身孕的妇女提这么重的东西吧。到技工学校的拐角处,她倚着墙角呕吐起来。当她把那张扭曲的脸转过来时,歉疚地对我说:"瞧这闹的。"她两手托了托隆起的肚子又补上一句:"您是知道的,大叔,我身子重了。"

我说:"那又怎么样?您那位上你们家去了吗?"

她兴奋起来:"去啦。那会儿我已经躺下,茨复尔乔维采的一帮小伙子来了,他们隔着篱笆嚷嚷:'大婶,雅露什在家吗?'我妈走到门口,说:'哟,这可是来了稀客啦,雅罗斯拉夫先生!把我们家的姑娘糟蹋了随后又甩了她,这叫什么作风呀?'"

雅尔米卡打住了,神色变得严峻:"您知道吗,大叔,他是怎么回答的?"

"这真是不知道。"

雅尔米卡提高了嗓门儿:"他对我妈说:'那该怎么着呢,大婶,难道要我把大腿挂在脖子上?'您说说看,当未婚夫的有这么说话的吗?"

我拎起汤桶承认:"没这么说话的,至少不该这么说话。"

"可不,况且我们该举行婚礼呀。不过,我不会死皮赖脸地再去找他。这都怪他妈!可是我不会白白给她的,总有一天我会跑去对她说:'给您吧,您的宝贝儿子,好让您把他掖在您的……您知道掖在您的什么地方!'"

她怒气冲冲,可是我们已走到了食堂,一伙男工朝雅尔米卡围上来:"哎,姑娘,你可是美美地灌足啦。你吞了个硬玩意儿吧?"

雅尔米卡也不示弱:"去你们的,你们这帮子无赖,去你们的!你们个个都装作光棍儿,女人跟你们才说了几句话,你们就放肆起来,让她丢丑。这还不够,还写匿名信给女人的家里,说她死乞白赖纠缠有妇之夫!"

雅尔米卡提高了嗓门儿,可是脸上出现了笑容,甚至显得挺高兴。她了解他们,他们也了解她。小伙子们抚摩她的肩膀,她一躲闪,汤洒出来了。她举着汤勺吓唬他们:"怎么样!瞧我打你的嘴巴子!"

我站在远处注视着雅尔米卡,暗自把她跟我认识的所有的女人做了比较,我的目光无法从她身上移开。我慢条斯理地喝着汤,反正有的是时间,我又会单独和她在一起的。

她终于坐到了桌旁,脸贴在镀锡烤盘上冰着。

我说:"您告诉我,说星期天您跟雅罗斯拉夫先生谈了话……"

她脸对着烤盘回答道:"是的,可是他不理睬我。他不停地跟人家跳舞,气得我姐姐走进舞圈来到他面前说:'你这玩弄女人的无赖,你就一点儿不害臊吗?你玩完了我妹妹,这会儿就这样追别的姑娘啦?'"雅尔米卡说着站起身来。"可他呢,竟然在舞圈里打了我姐姐一巴掌!您倒说说看,大叔,在舞圈里打一位妇女耳光,这像话吗?"

"这确实不像话。"我答道。

"这可不!我要上法院告他去,他得为此付出代价!"

"雅尔米卡,听我说,情况以后会好的。他只是现在,没结婚的时候,才乱打人耳光。"

她把汤盘收拾起来,困惑地向旁边扫了一眼。她的心软下来了:"您认为会是这样?真的认为会是这样?要知道,我,我这傻瓜,可真是打心底里喜欢他!您说说看,大叔,没有他那将会是什么样的生活啊?我会一辈子吓破了胆的。我怎样地恳求他啊,伤心地哭了又哭……"

她挥了一下手。我站起身来,我必须走了。

雅尔米卡打开门,在我身后喊道:"您再来,大叔。"

# 二

在虎楼和王楼之间,我挖着一大堆生了锈的铁屑,然后把铁屑装进装料槽里。当我直起腰来时,小道上啪嗒啪嗒走来的不正是雅尔米卡吗,携带着食品箱和桶。

我翻过一堆铁料迎上去。

"这阵子过得怎么样呀?"我问道。

"哎哟!我刚从老太那儿得知,雅娄谢克对她说:'谁晓得那婊子是跟什么人怀上的!'瞧着吧,今儿个我会等在汽车站上要他的好看。"雅尔米卡说着在食品箱上坐了下来。

"我会站在车门口当着众人的面对他说:'您好啊,雅罗斯拉夫先生,对不起,打扰您啦。想当初我跟您坐在沟渠里那会儿,您觉着我好着哪,是吧?可现在您却说谁晓得那婊子是跟什么人怀上的!好啊,自己的账不认了,那我就收下它啦,感谢不尽,您哪。"她用拳头捶着脑门儿:"我那天干啥要去参加那个舞会呢,干啥要去呢?几个小伙子来找我说:'和我们一块儿去跳舞吧,雅露什!'我这蠢鹅,就和他们一起去啦。舞厅里挤满了人,我跟雅娄谢克闹别扭已有半年,我不经意地朝桌子旁边扫了一眼,他正坐在那儿呢。谁料想这一眼我就迷了心窍,他也一样,我们俩在一起跳舞,他一场接一场地拉我跳,不让我离开他,后来我们夜里走回家去……"

她辛酸地木然呆视着前面,可是过了一会儿,她眼睛里闪出了光芒:"您知道吗,大叔,他的伙伴们出了个点子。他们打算让我躲在一家的衣橱里,然后把雅娄谢克请去,把话题引到我俩的婚礼上。我们约定了暗号。等我的朋友说:'你这个爱撒谎的天主教徒!'我就从衣橱里出来。那时候雅娄谢克会怎么说呢!这点子不赖,是吧?祝我走运吧,大叔!"

她站起身,拎着食品箱疾步朝食堂走去。

我喊她:"雅尔米卡,今天中午吃什么?"

她嚷道:"素菜汤、熏猪肚和饮料。您说那衣橱的点子不赖,是吧?"

我点点头,表示是个好点子,但我已预见到以生性暴躁出名的雅罗斯拉夫先生会给衣橱旁的雅尔米卡一记耳光。

有啥办法呢？我还是自管装我的铁屑吧，这是我的活计。装完铁屑，组长派我去装石墨。瓦谢克·泼卢哈拿了一把铁锹，我俩从废弃不用的铁轨上推出一辆斗车，推到了板棚前。我们打开板棚的大门，把斗车的一头侧到一边，底下垫了块砖头免得翻倒。我从码得颇为整齐的纸袋堆上拉下几袋装满研成细末的石墨，然后用锋利的铁锹把袋口割开，瓦谢克把滚出的石墨粉装进车里。

我说："咱俩装得倒像是世界上所有的罪孽。"

"怎么说是罪孽呢？"瓦谢克铲了满满一锹石墨往空中一扬，弄得满天乌黑，什么也看不见了。"不如说这是天使干的活儿。"

"老兄，你得注意！"

"为什么？"瓦谢克欢叫着铲起满锹满锹的石墨粉往斗车里扔，每扔一锹就扬起一根粉尘的柱子。粉尘钻进衬衣，钻进鼻孔和嘴巴。尘柱落下之后，显现出来的瓦谢克已是通身乌黑，只见一口白牙。他倚着铁锹说："我也曾经是这样一个口袋。在集中营里，一向就是这样，当那些议员吹牛说谁对谁怎样直言不讳时，我就让他们吹去，过后我说：'你们，议员先生，那会儿有豁免权护身呀，能够想说什么就说什么。可是，德国佬来抓你们的时候，你们是怎么给他们的头儿脑儿捎信的呢？'在集中营我净耍滑头，以致有一天他们把我调到了办公室。在那儿，我的头头是个维也纳人，他一个劲儿地给我灌输马克思，也不管我说什么。过了两年他对我说：'作为文书你今天在我这儿算是告终了，从现在起，你是另一个人啦。你已经出师，可以四下里去散毒了。'"

"后来呢？"

"这不，如今这毒是我整个儿的幸福，我的一切。"

"问题在于观点。"我说。

"是啊，因此我拥护。当有人详细向我解释他对某件事情提出的异议何等正确时,我说:'尽管如此,我依然拥护!'"瓦谢克说罢又接着扬起石墨粉来。

过了一会儿,他回忆说:"党卫军闲得无聊的时候就把我们召集起来过儿童节。他们先要我们跳巴棱舞。这种舞跳十分钟就把那些体弱的人累得倒下了,党卫军便走来把他们一一打死。之后命令我们跳冈塞玛什舞,接着跳波林库赫舞,又是谁累倒谁就被打死。我们于是不停地跃起,坐下,玩天堂——地狱——乐园,最后是在地上一个劲儿地打滚。"

我拄着铁锹,一手搭在瓦谢克的肩上仔细地看他,可是一点儿也看不到他叙述的这件事情的痕迹。当我拉下一袋石墨粉时,蹿出了一只耗子。

瓦谢克说:"瞧,一只耗子!党卫军养了一笼子的耗子,为了开心他们用面包喂耗子。我们常常为这面包煞费苦心,我们把耗子引到另一个角落,总会有某个囚徒来偷那点面包吃。有一次有个囚徒吃了还送了命。"

我想起了一件往事:"我在化工厂干活的年头,有一只耗子几乎被我驯养了。晚上一到十点半它准时从池子底下跳出来,我喂它吃的。后来我把它驯养到这种程度,它会在离我半米远的地方大吞大嚼地吃东西。可后来,有几个小伙子用捕鼠器捉住了它,把它扔在盐酸池里,看盐酸怎样先剥掉了它的毛,之后剥掉了它的皮。"

"这件事你不该告诉我的,"瓦谢克苦着脸说,"我看不得虐待动物的事。在科列姆尼采我见一个赶马车的抽打一匹马,我冲上去用拳头狠狠地打那个赶马车的,结果被他用鞭子抽了一顿。"

我说:"德国佬撤出斯莱斯柯的时候,在冰天雪地的日子用火车往我们车站运牲口,装在敞篷车里,走了半个月。羊饿慌了吃羊毛,那些牛,瓦谢克,那些无辜的牛啊!你要是瞧见了!"

瓦谢克抹了一把乌黑的眼泪,嘶哑着嗓子说:"你真不该对我讲这些事的!因为人,尽管德国佬运人也跟运这些牲口一样……可是人有思想啊……"

他思索了一会儿,纠正道:"可是,人给折磨得衰弱无力时,也就跟这些羊差不多了。至于说手下留情?那些折磨你的人才不懂得什么叫留情呢。对他们来说你是臭狗屎。在集中营,有个党卫军人家叫他古斯塔夫上校,这家伙每个季度能在采石场上干掉三千人。替补的下一拨挑的全是壮汉。有一次他目不转睛地盯着我看,我也瞪着他。我的目光里充满了愤怒和仇恨。不料他却笑了,干巴巴地说:'Na nu, so was, dass der Hund noch lebt?①'"

瓦谢克铲了最后一锹扔进斗车。我们走进食堂的时候,雅尔米卡叫嚷起来:"真够呛,你们这两只野山雀,这会儿才来!"

我说:"可您给我留下羊角面包了!"

"哎呀,大叔,您没有交条啊。"

"请您看一看柜子里吧,雅尔米卡!"

"柜子里没有。"

"您就过去看一看吧,昨天那儿留了一个,今天想必也会留的。"

"别惹恼上帝了,大叔!"雅尔米卡嚷了起来,她打开了柜子,架子果然是空的。她关上柜子轻声说:"要不您就吃黄油小面包吧。"她递给我两个小面包,抱歉地解释说:"这位大叔心眼儿可好啦。他帮我提汤桶。"

我吃了一个小面包,另一个给了瓦谢克,我们喝着半冷不热的温吞茶。瓦谢克又讲了起来:"那个叫古斯塔夫的党卫军挑选身强力壮的囚徒送去采石场,与他在一起的另一个党卫军却专挑身体衰弱的送进煤气间。知道了这情况的可怜虫便挣扎着使出最后那

---

① 德语,意为:怎么回事,这只狗还活着?

点儿力气去扛大石头,以示自己有力气。可是党卫军却哈哈大笑:'Ach sic sind so jung und kraftig!①'他想出了个主意,诳说并非去煤气间而是让这些被挑选出来的人去采药草。Krauter sammein②。他把犹太人两个两个绑在一起。列队行进中犹太人意识到他们这是被领往煤气间。有个舞蹈演员便和他的同伴相约一起奔跑着用脑袋撞倒了那个党卫军,其他被捆绑的犹太人也一齐上来用脑袋撞他……可是,另外的党卫军赶来了,一阵血腥屠杀,那个酒吧间的舞蹈演员被他们活活踩死了。据我记忆,这是我国犹太人唯一的一次造反。"

我一边听他讲,一边瞧着雅尔米卡在柜台那儿一遍又一遍地数着那点钱,她不时地悄声自语,抱一下脑袋,舔舔手指,再一次数钱。

瓦谢克粗野地问道:"哎,雅尔米卡,怎么样,你用毛毛扎他了吗?"

雅尔米卡停下计算,当她发现瓦谢克的目光盯着她的肚子时,她的脸涨红了,说:"哪有的事啊!我舔一下嘴唇他都会扇我耳刮子!"——她满意地点点头,为自己有了可以依靠的人、扇她这个耳刮子的人而感到自豪。幸福的想象甚至使她落下泪来。过了一会儿,她把钱钞码在桌上,打开柜子用两根手指数点餐具。数完之后说:"雅娄谢克这几天烦躁着哪,因为他病了不能去酒馆。上次他闹病的时候去了卢谢克酒馆,被他的伙伴告了密,结果人家扣了他三天的工钱。舞会上,奥达,就是那个告密的,找我来了,我对他说:'先生,我和您没有共同语言!'他第二次又找我来了,我对他说:'先生,我不跟告密分子跳舞,您吻我的钱袋吧,哼!'在舞厅里

---

① 德语,意为:你还年轻力壮!
② 德语,意为:采草药。

我就是这么对他说的。那时候情况不同,那时候雅娄谢克离不开我,我们俩常常一起上池塘里去游泳……"

她气喘吁吁,脸都涨红了。接着她解掉小围裙,朝烤炉跑去。

## 三

我们已经浑身乌黑。后来,我们顺着小梯子下到石灰库。在没踝深的粉末里我们手拉着手。

瓦谢克回忆说:"在集中营,我们一个个正是这样行进的,只是戴着镣铐……摩拉夫斯卡-俄斯特拉伐的警察局局长和俄斯特拉伐的共产党议员彼莱克手拉着手。警察局局长巴查个子矮小,彼莱克则是个彪形大汉。他们两个走在我的前面,只听得他们在说话:'哎,局长先生,您不是对我穷追不放吗?这会儿行啦,在下就在您身边!'——'可是,议员先生,那次我派人去抓您的时候,您是怎么逃脱的呢?''嗨,局长先生,只怪您的部下是一帮子蠢材。那天他们过来问我:彼尔卡①议员,请问彼莱克议员住在哪儿?我那时候,局长先生,留了胡子,而且穿上了守林人的制服。'"

瓦谢克从墙角取了一把铁锹,我拿了一根火钩子,我们开始从墙上刮石灰,因为那里虽然有挖掘机却使不上。过了一会儿,大吊车开来了,它张开铁爪在石灰堆上抓了一大把举起来。

"你知道什么事情老让我犯迷糊吗?"瓦谢克发牢骚说,"咱们那些领导人的相片儿,在写字桌旁的,在花园里的……而且不断地政变!"

"没错,"我说道,"我记得列宁的模样儿像个大叔,还有他那位

---

① 在捷克语中,名词的词尾应按照该词在句中的作用和它与其他单词的关系而变格。彼尔卡为彼莱克的第五格(称呼格),两者为同一个词。

克卢泼斯卡娅！我的眼前老有一幅画面。列宁伏在膝盖上撰写发言稿,坐的软椅上铺着雪白的单子。尽管我是天主教徒,当我看到他在那没有电灯、没有炉火的宫殿里,透过挂着冰花的窗户指点那些尚不存在的东西时,我也不免深受感动。他说,那地方我们要建发电厂,那儿是播种机厂,这儿是拖拉机厂……"

瓦谢克激动地在没膝深的石灰堆里蹚水似的蹚来蹚去。

接着他举起双手:"是啊,我看到这个梦啦。我多幸福呀,正好生逢其时。一看那最最让人傻了眼的图表,我的呼吸就轻松起来,因为这必胜无疑。归根结底嘛,一切都在于伟大的信念,我可是最相信不过的了!"

大吊车在降下来,再一次落到石灰堆上,我们紧紧地贴墙站着。它吊起一堆石灰,又嗡嗡响地升起送到柳条箱那里,接着欢快地叮叮当当一阵响。

瓦谢克坐在了石灰上。

"我给你讲过圣经派教徒的事儿吗?"

"没有……"

"那你就想象一下吧。这些人有自己的街区,每隔半年党卫军就把一份退出他们那个教会的声明书摆在他们面前,要他们签名。说签了名的可以释放回家。然而,签了名的不多不少只有三个。捷克人。据说战争刚开始的时候,集中营的头头是个奥地利人,名叫洛韦兹。此人把圣经派教徒们叫来,随便问一个:'你签不签名?'一听回答是不,洛韦兹便抽出手枪结果了他。这样一连干掉了九个。然后,他回身对他的随从们,仿佛事先跟他们打过赌,确信情况准是如此似的,他脸上挂着胜利的微笑,说:'Na, was hab ich gcsagt'①?可是,到我们关进集中营的时候,他就更加猖狂了。集

---

① 德语,意为:"瞧,我怎么说来着?"

中营里,在公共厕所旁边有一间小屋,他们管它叫 kapuff①,那里堆放着笤帚、扫把。哎,不对……"

瓦谢克用手指支着脑门儿,说:"那时候已经是波尔了……波尔!他下令把这间没有窗户的小屋的门封死,将圣经派教徒一个个从屋顶的洞口扔下去,直到屋子填得满满的,顶到了天花板。然后他在上面用一块木板把洞口堵上,两小时之后才打开。那时,屋里三分之二的人已经死去。他问那些还活着的:'你们在退出教会的声明上签字不?'全体都说不。这些人又被扔进小屋重复一遍,就这样反复了多次,听到的回答始终是:Nein②。对于这些圣经派教徒来说,头号反基督的是教皇,其次便是希特勒。今天我在报纸上看到,教皇还为过去萨赫森豪森集中营的头目祝福呢。"

我从地洞举目外望,下雪了。

"你见过希姆莱吗,文查③?"

"嘿,他站的那地方离我约莫两米远。"

"一看就是个凶神恶煞,对吧?"

"哪儿的话!纯粹像个斯文的神父。贝尔纳托特伯爵作为红十字会的代表陪同他。我们这些身子骨强的囚徒站在前面,那些可怜虫排在后面……我们排列在餐厅前,那儿放着半只生猪,玻璃柜里摆着豌豆、大米、猪油……每件物品都标有价格……贝尔纳托特伯爵代表红十字会向我们发问:'你们是由于什么原因进来的?'我们便按照教给的词句回答:由于三重凶杀案……杀害儿童……奸污未成年的女儿……最为经常……"

"那么 hochverrat④ 呢?"

---

① 德语,意为:洞穴。
② 德语,意为:不。
③ 文查为瓦谢克的昵称。
④ 德语,意为:叛国分子。

瓦谢克一跃而起，再度在石灰堆里胡乱地蹬来蹬去。

"hochverrat，哪儿有的事啊！准是无中生有。反正我至今不信有那档子事。当我对伯爵说我杀了生身父亲时，我朝他挤了挤眼睛……可是他挺满意，同希姆莱握握手，继续向集中营里穆斯林躺着的地方走去。"

"那是什么地方？"

"那里躺着的都是些病危的人。党卫军在他们身上扔了些稻草，在稻草上放了草垫子，然后指着窗外对伯爵说：'这是我们为一旦发生霍乱时做好的准备。'说罢又同希姆莱握手。"

起重机驶过来了，我们开始装石灰。

我已感到疲劳，可是瓦谢克却充满了活力和幸福感，他精神抖擞。仿佛过去的这段经历非但不曾压垮他，反而使他振奋了精神。不过，我知道他回来的时候，体重才四十五公斤。这会儿他乐呵呵地笑着，嘴角闪着白沫……

我们顺着梯子走上去，走出了黑乎乎的地窖，站在暴风雪中看着电磁起重机怎样从废铁堆上抓一把杂七杂八的废品，然后带着这些猎获物升起，把它们投入槽里。

我们迈步向前，可是过了一会儿便不得不站住了。一辆电磁起重机的长臂正在落向一堆蓝色的铁屑，只见数以千万计的碎铁片儿争先恐后地迎着磁铁飞过去，然后随着磁铁压上的其他铁屑一起被举到空中，送到装料槽里。

"这可算得是抱作一团啦！"文查笑着说。

"是的……不过，你现在体重有多少？"

"九十二公斤。那些捷克壮汉也跟我一样。这些人谁比得上哟！想当年集中营有二十个民族，可只有捷克人知道什么在哪儿，怎么去，上哪儿买面包，等等。"他搓了搓手心，"说来也怪，作为一个整体，我们喜欢吵嘴，可是作为个人，我们宽宏大量。这简直不可思议！我曾经读到过，拿破仑战争中，十名奥地利轻骑兵可以轻而易举地干掉三十名法国兵，但一个法国师却能轻轻松松地战胜一个奥地利师……再说美国人吧！作为个人，美国人比德国人勇敢、优秀。可是一个连的德国人，那就是另一回事了……有趣吧？"

"有趣。"我说，瓦谢克的健康令我羡慕。

"那你就瞧瞧这个。一个连的美国俘虏在这儿会饿死。可是一个连的俄国人在这儿会找到生计。他们用野草熬汤喝，用那边的那些东西做柳条小船，从矿床找点儿机油，给自己做酱，他们会活下去。又比如这么一个俄国老太太，卖劣酒的。为了这酒她躺在雪地里两夜以等待德国的汽车！再比如这个，他们给老太太一桶汽油，她能把它滚到前线……对俄国人我什么赌注都敢下……只有德国人让我惊恐。即使他们这样解除了武装！从他们送往前线的包裹就看出来了……一点儿糖块免得打瞌睡，一点儿葡萄糖、罐头水果。这是一个小包裹，但是可以靠它支持一两天。以最少的资金取得最大的效益，这也使我们后来惊讶不已。当然，如今在这儿的是俄国人！他们曾经是，现在也是我的驱动机……至于女人？酒？那算得了什么……要的是思想！"

我说："可是，这现实也该点点火动起来了吧，也该迈迈步啊……"

"这倒也是！不过，我朝前看。尽管我知道有反对的人，但是对我来说最重要的莫过于我树立在地平线上的。那就是社会主义……顺便说一下！集中营里有个党卫军头目名叫巴郭达。此人有一回把我国的一位医生叫到跟前吹捧哄骗，要他将一名集中营的囚徒活活地开膛，以便看看人心的跳动。"

"我的天哪！"我不禁双手抱住了脑袋。我推开食堂的门，抖掉身上的雪。

雅尔米卡在数点钱款。

过了一会儿,她转过身来,拉着我的衣袖,幸福得闭上了眼睛:"想想看吧!有人来给我送了个口信,说雅尔达①在他们那个院子里修理了一间小屋。我明天得去擦擦地板。雅娄谢克带话要我方方面面都考虑考虑,哪儿挂家人的照片,哪儿挂镜子……"

## 四

今天又下雪了。不是白雪,而是混合了尘土的克拉德诺的雪。我迎着雅尔米卡走去,一直走到食堂。我看见她站在一旁,靠近柜台的地方,两名女工轮番把食品筐凑到女售货员面前去接她们扔进筐里的新出炉的羊角面包。女售货员边扔边计算着数。我看见雅尔米卡两手十指交叉着搁在肚子上,过了一会儿她举起订货单喊道:"海伦卡,行了,给我吧!"

最后海伦卡把装满羊角面包的食品筐给雅尔米卡摆好,接过她手里的订货单,我连忙跳过去,帮雅尔米卡套上帆布带子。

女工们叫嚷道:"雅尔米卡,这是你的未婚夫吗?"

她笑了笑:"哪儿的话!要真是,雅娄谢克可要打烂我的嘴巴了!"

我提着几罐咖啡豆和她走出食堂,走进暮色。食堂墙边煮熟的牛头闪闪发亮。

我说:"过得怎么样啊?"

"挺好,大叔,挺好,不过您得祝我一帆风顺。雅尔达在二号炉被钳子弄伤了脚。昨天我在家正靠窗坐着,突然间一辆汽车驶来停下了,走出一位先生,说他是某某人,问我是否愿意去看看雅尔达,我说去。于是我坐上车去了……天哪,大叔,在这结冰的路上

---

① 雅尔达跟雅娄谢克一样,也是雅罗斯拉夫的昵称。

您可别滑倒啊,要不然九十七克朗就掉进茅坑啦,连个响声也没有!"

我吓了一跳,说:"哪儿能啊!"

雅尔米卡接着说:"老爷子亲自出来迎接我,老太太给了我六个鸡蛋和一公斤半的面粉让我做扇蛤饼和糖果。就这样我在他那儿坐了一会儿,他哭哭啼啼,因为不能上酒店。我临走的时候抹着眼泪对他说:'雅娄什卡①,送送我吧。'他却说:'怎么回事啊,你这个傻透了的傻瓜,我这脚能走吗?'结果,由老爷子送我,直送到斯代海尔切夫塞,这也够意思的啦。"

"那什么时候举行婚礼呢?"

"大概在三月。二月份我还在这儿,然后嘛,波尔托夫卡,再见啦,再——见!"

雅尔米卡说着转了个圈儿,举起一条胳膊朝冒着烟的那些烟囱招招手,然后突然问我:"您呢,大叔,您是独自一人吗?"

我说:"我还有一个兄弟,不过他病在医院已有三个月了。"

雅尔米卡安慰我说:"您的父母听到这消息还不急疯了……"

我不知说什么好,后来我们从昏暗的路上走到了灯光下,工厂广播喇叭响得发颤的管乐声从高处传来,穆格劳什欢快地歌唱……碧绿的田边,豆角儿青青……

雅尔米卡将身子压在拉食品筐的帆布带上,仰起脑袋对着天空叫嚷:"去你的吧,别跟我提波尔卡舞了!瞧我今天闹了个什么结果?我去买婴儿车,要四千,我不偷哪儿弄去?还有小衣裤,哪儿来?怎么样?"可是穆格劳什仿佛没有听见雅尔米卡的声音,依旧叽叽喳喳地唱着……黎明时分我前往,为何事,我心中明白……雅尔米卡伸出一根手指指着天上说:"说得对,可是您得给可怜的

---

① 雅娄什卡跟雅娄谢克一样,也是雅罗斯拉夫的昵称。

姑娘想个办法呀!那时候我也心中明白着哪,可现在够受的啦!无论要什么,动不动就是上千克朗!"

还是那歌声迎着我们扑面而来,只不过发自另一个扩音器,它依旧在欢唱着……要让家里明白,我这是去找你……

雅尔米卡四下里看了看,说:"这玩意儿装得够鬼的,你就没法躲开它的声音。"

我们走进了食堂。我把咖啡罐放到了桌上。雅尔米卡解下帆布带,脱掉了外衣。这件外衣今天撕破了,破得不像话,可是在我眼里她的衣服都很可爱,都是晚礼服中的晚礼服。

饭后,我和瓦谢克去装锰。瓦谢克抱起一块四十公斤重的锰,把它倚在料槽边上。

"我们建造 sturmbannfuhrer① 洛威茨养熊区的时候,扛的石头就这么大。那些熊是他的部下从挪威给他送来的。"瓦谢克说着一使劲,锰块滚进了槽底。

"我说,文查,你们就是这样像共产党员似的熬过来了吗?"

"怎么个熬法呀?共产党员们手里掌握着整个集中营的内部信息。因而……因而,比如说吧!德国国会代表纳尤克斯,共产党员,他得到消息,说一名捷克共产党议员正在被送往集中营的途中。作为营区的头头,纳尤克斯站在大门旁边等着,囚徒一到他就扑上去,表面上看他拳打脚踢、恶语咒骂……实际上他把此人安排在管区内他想要安排的地方。之后便是改名换姓,改了号码……最后完全变成了另外一个人。可是,有一天我们从外面回来,就在大门口一个囚徒的口袋里掉出了一张小纸条,党卫军捡起来一看,竟是俄国电台的最新消息……

---

① 德语,意为:特种部队的头头。

"他们把他抓起来,搜查他,在 wascherei① 底下找到了电台。"瓦谢克说着在敞开的槽底划拉出一道小堤坝。

"这下子这可怜的家伙便落到了党卫军古斯塔夫手里。他们先一截一截地打断他的手,从手指往上,可是他什么也没说。后来他们把他押到花园里,用碾平人行道的轧路机在他身上碾过去……把他碾死了,可什么也没从他口中得到。古斯塔夫,这个畜生!"瓦谢克叹了一口气,飞快地铲起锰块扔进槽里,质硬而脆的锰块破裂了,断裂面上油光闪烁。

"有时候古斯塔夫没等起床钟响就来到了,他不让打钟……却卸下钟锤子亲自去叫醒……说是像母亲敲孩子的脑门那样……就这样用钟锤子打死了六七个睡梦中的人之后,再将五公斤重的钟锤子放回原处,戴上白手套,骑上马洗澡去了……不过,在集中营偶尔也有动人的时刻。从沼泽地来的那些人给我们讲了好多情况,说我们算是幸运的了,这里干燥,在集中营里……他们来自吕讷堡②的某个地方,那里长满帚石楠,在交战地带,那里可是职业犯罪分子的司令部。这些犯罪分子在这沼泽地干活可以减刑一半。后来,政治犯也送来这里干活了,为的是死亡率……他们住的棚子支在木架子上,永远处在潮湿之中,从早到晚填沼泽地,填平之后撒上帚石楠的种子,让它们长成帚石楠灌木林。他们唱着一首忧伤的歌。这首歌后来我们也唱起来,在别的集中营里也传开了……歌词大概是这样的……"

瓦谢克挺直了身子。

"Wir sind Soldaten……wir rucken mit Spaten,fur uns ist kein Fruhling da.③之后仿佛是……我们只能透过蚊虫的面纱看太

---

① 德语,意为:肮脏衣服堆。
② 德国城市名,在汉堡东南三十五公里处。
③ 德语,意为:我们是兵……我们用铲子劳动,我们没有春天。

阳……最后是:Dic Albcit ist unendlich①……"

我一直扶着锰块站在槽边。

我俯视水池里石块铺的池底,由于池水温暖,石块周围长出了碧绿的水草。

我们干了一阵活,休息了一会儿。瓦谢克沉浸在他那六年经历的回忆里。

"我在运输队里待过。有一次我们来到了过去的砂石场。那时候人们管这地方叫sonnenkomando②。那里一些光身子的老年人站在七月的烈日下奄奄一息。他们长时间地站在那里直至倒毙或被打死。他们已经骨瘦如柴,或者腿肿得像桶似的……党卫军踢他们的水泡,这些老人便尖叫起来……他们一边逃跑一边怪声怪气地尖叫着……我们站在高处见他们的样子那么滑稽,不禁由衷地哈哈大笑起来,简直要笑破肚子。后来,我们你看看我,我看看你,心里说:'我们这是在什么地方?'你知道吗,我们那笑比哭还悲惨。"

我们扔下最后一块锰,两人挽着胳膊弯腰迎着穿堂风走了出来。大雪打得鹚鸟眯起了眼睛。

拐角处我们撞上了雅尔米卡。

"您怎么这个样儿?"我问道。

她把外套裹得紧紧的。

"我忘了给小伙子们买香烟,他们就不肯把皮袄给我!不过,他们爱把它藏哪儿就藏哪儿吧!我照样一转眼就到家了……"

瓦谢克搂着我的脖子,像我一样地注视着雅尔米卡。"雅尔米卡,我们俩都喜欢您,等您生了孩子,我们来看您。"

---

① 德语,意为:苦活干不尽。
② 德语,意为:站在烈日下。

她嘴唇一噘,脸涨得通红:"我倒要看看你们会不会说话算话!"说罢,她匆匆向食堂走去,一双红手在纷纷扬扬的雪花中摆动。

## 五

大吊车的铁链吊着斗车在整个车间的空中穿来越去,可是下面的人们若无其事地工作着。后来,斗车徐徐降落,起重机司机瞄准紧靠轨道的上方刹住了。我推车到位,发出信号,它不偏不倚落到了轨道上。

班长胡乱地谈论着养猪和制皮,走过我身旁时对我说:"希芒德尔没有来……门口有个茨冈人找你!"说着他匆匆朝电炉走去。

我举目一看,只见门口站着瓦谢克和一个戴宽边帽的茨冈人。

"那就别傻瞅着啦,男爵,过来推车吧!"我喊道,茨冈人不情愿地慢吞吞迈动着脚步。

"别要求他像要求妈妈似的……"瓦谢克劝告我说,"他们是孩子!"

茨冈人只是扶着斗车。

"活见鬼,使劲呀,男爵!"

"哎咦……老爷坏,坏……"茨冈人嘟囔着。

"别对他这样。"瓦谢克再次劝告我,"希特勒大批屠杀了他们,如今你又来了。你要是看到在集中营里那些幼小的茨冈孩子怎样手拉着手,唱着德国歌列队前进,后来却照样跟婊子杂种一起被杀了……"他边说边用钢钎撬开了一箱银色的硅。

可是茨冈人在这里感到不自在,他认为在这儿他是客人,看得出来他在捉摸着怎么溜走。

"男爵,你哪儿也别想去,我知道你想编一套鬼话蒙我们!"我喊叫说。

"上帝的伤口！耶稣的心！茨冈人得吃饱肚子呀！"

"可是你屁活没干！先干活,然后才有吃的！"

"不,茨冈人要先吃了才干活。还有,我冷。"

"别对他这样。"瓦谢克低声对我说,一边把硅铲进斗车。

"那就这样吧,男爵,你到炉子那儿去暖和一会儿。坐在八号炉下面,过半个小时我来找你……"

"啊……老爷,老爷好……好……好……"他哆嗦着飞快地跑掉了。

"你这笨蛋！"瓦谢克笑了。"他身上带着刀子哪。据说班长有三班没让他登记,他要给班长吃刀子。他给我看那把刀子了。而你却跟他吵架。"

"我不喜欢干活磨磨蹭蹭的人。"

我登上斗车的半腰,用手套拨开硅。

"你瞧,"瓦谢克支着钢钎说,"有时候我也是这样看人的,和你一样,可是我一想到萨克森豪森,我马上就宽厚了。那些人跟我们所熟悉的、教科书里说的完全不一样。党卫军也许感到无聊了,于是便不给我们吃饱,可是却让厨师们敞开吃,想吃什么吃什么,外加大桶的啤酒和烧酒。当这些厨师吃得都撑到喉咙口的时候,党卫军便下令要他们一忽儿 nieder①……一忽儿 auf②！nieder……auf！后来还必须不停地打滚,直到把吃下的东西统统呕吐了出来,而那些囚徒……那些被挑选出来的教授、艺术家则被逼迫着去吃地上的呕吐物……那些党卫军,他们的祖辈曾经以见过歌德为光荣,这会儿却咯咯地笑着,高兴非凡。再比如,亨利赫·卡姆菲是

---

① 德语,意为:蹲下。
② 德语,意为:起立。

什么人!"

瓦谢克回想往事,把钢钎杵在轨道上。

"他是个美男子,腰细得跟姑娘似的,宽宽的肩膀,无檐帽压在脑门上……总之是个漂亮小伙子,然而卑鄙可恶。作为集中营的头头,他不喜欢哪个囚徒便拔出红笔在那囚徒脑门上写个号码,意为几日内清除。过节的日子集中营要释放几个囚徒,那简直像押了彩票一样……会不会是我呢?亨利赫·卡姆菲叫名字,问履历,释放的条件是必须身体健康。

"他叫到一个可怜虫……Wan geboren, wo geboren①……如此等等……约莫过了一刻钟,亨利赫·卡姆菲这才问道:'Und sind Sie gesund?②'可怜虫使出最健康的嗓音大声说:'Jawohl!③'漂亮的亨利赫举起脚来踢断了他的胫骨,问扭曲着身子的可怜虫:'Sind Sie noch gesund?④'他再次大声说:'Jawohl!'亨利赫于是弯身在他脑门上写了个红色的号码,因为他说了谎话。他们也把欧洲一千二百米长跑冠军荷兰人奥森达尔帕折磨致死。他们对奥森达尔帕说,倘若他在与他们的猛犬赛跑中得以取胜就释放他……他们给奥森达尔帕的脖子上绕了根 leberwurst⑤,于是一声令下欧洲冠军便与猛犬赛跑了……奥森达尔帕跑得比狗快一步,到终点他就可能获得释放了,谁知到终点时党卫军开枪打穿了他的腿,恶狗扑到他身上,把他咬死了……"

我们倒出硅,把空箱子堆放好……

茨冈人回来了,可是一见还有活要干,他捧着肚子愁眉苦脸地

---

① 德语,意为:你何年何月出生在哪里?
② 德语,意为:你健康吗?
③ 德语,意为:是的。
④ 德语,意为:你还说是健康吗?
⑤ 德语,意为:香肠。

说:"圣母玛利亚!茨冈人得病了……茨冈人肚子疼!"

"去吧……"我说,"去吧,茨冈人……也许茅房倒塌在你身上我们就走运了。"

茨冈人高兴了:"……啊,老爷好!"

他径直跑去喝汤了。

我们把装满硅的斗车面上弄平之后,便出来朝小卖部走去。在那儿,只见一位消瘦的、人们管他叫原子的义务劳动队队员在取暖。

他张开双臂说:"祝贺我吧!我重生啦,小伙子们!"

我说:"怎么回事?"

"我坐了十天牢……冤案!"

瓦谢克祝贺了他,接着问道:"试验进行得怎么样?"

"好着哪!教授起先不相信。后来,我给他做了个阴极炮,他这才傻了眼啦!不过,对这件事我始终提心吊胆,生怕这臭玩意儿把整个宇宙给祸害了!因此我在想办法利用自然电。自然电,小伙子们,可是丰富着哪!磁极中的力线,高频率压力桶,作为首创我制作了一支电子手枪。法宁教授对这支枪表示怀疑,我于是走到窗口,说:'那只狗是谁家的?'教授先生说:'那是我的哈里克。'我用电子枪瞄准那只汪汪叫的小东西,手指一扳……小狗倒下了……法宁教授马上赶过去,解剖了它的大脑……大脑已被打得粉碎!小伙子们,抓住这种自然电我可以淘汰掉标准石油公司、煤、爆炸性的马达!因此很多人来找我……想套住我!可是我要在巴尔的摩申请专利!"

"那好,再见吧!"瓦谢克说,一边挠着痒痒。

当我们要开门出去的时候,原子喊道:"小伙子们!……今天乌托邦,明天现实!"

我们走进了食堂。

雅尔米卡朝我点了点头,我马上看出来我即将听到的信息不会是愉快的。我把杯子拿在手里,眼睛看着别处问道:"说吧,什么事?"

"您知道,大叔……您知道,这有多么难堪,跟我同年的姑娘们都幸福地结婚了……可我呢?我对您说过,谈情说爱,什么我都经历啦,我以为一觉醒来一切都会像我想象的那个样……谁知他不要我,他不跟我结婚……甚至都不跟我说话了……我原想也许他会认识到……"我拿着杯子,把它放到桌上,接着又把它拿在手中。我不知说什么好,于是转了个话题:"我知道你以前喜欢跳舞,是吧?"

雅尔米卡落下泪来,可是她的眼神已转向某个愉快的地方。

"我吗?哪儿有舞会我往哪儿跑。克拉德诺有舞会我上克拉德诺,布杰赫拉德音乐响起来,我在布杰赫拉德跳舞,管乐队在赫谢勃采摆开了摊子,我便在赫谢勃采一个劲儿地绕着场子欢舞……至于在家里,我们这儿,我怎么对您说呢?我们一块儿去的有三十人,这儿的小伙子们,全都是爱打架的,谁只要恶意地看我一眼,他们的拳头立马就上去了……"

我这才把目光转向她,我看到她说的每句话都仁慈地把她从身孕上引开去。

我说:"不会提前吗?"

她微微地摇晃了一下身子。

"不会,绝对不会!他是九月二号给我闹下的,那么我把它磕出来该是六月二日……行了,咱们去数羊角面包吧!"

我系上围裙,一面扔出羊角面包一面计数……

"一共九十六个。"

雅尔米卡拎起一只装着蓝色咖啡杯的箱子,可是组长却对她喊道:"你呀,哪儿也别去!到了高炉那儿你又哭哭啼啼!"

"那您就自己去吧,大妈……"雅尔米卡说着朝自己的柜橱走去。她脸冲着柜门站住了,把头巾揉成一个团捂在眼睛上,脑袋低垂。可是组长走过去,把箱子给了她。雅尔米卡用手指计算着咖啡该送给哪些人。

"翁德里一杯,铸桶组一杯,工会组长一杯,炉灶组一杯,炉门工玛什卡一杯……"

## 六

我站在七号炉,马丁炉的旁边,我问炼钢工穆德拉:"师傅,您瞧见了吧?"

他瞧见了,可是佯装不曾。

"在哪儿?"

我说:"嗨,在布拉格呀,在民族大街,在教皇院如今是唱片厂的对面。那里的那块劳动勋章获得者光荣榜有两米高……是您!"

炼钢工穆德拉到那儿去看过了,而且不止一次,可是他依旧爱听:"挂那儿的是我的相片?"

"是啊,"我说,"有那、那么大,占了整整一面墙啦,您看上去像一位作家。"

炼钢工晃了晃腰,拿起火钩子,戴上眼镜,对炉门工玛什卡打了个手势,示意她按电钮。火红的高炉散发着炙人的热气,炼钢工指点着凶猛翻滚着的钢水告诉助手那是什么,怎么做。

过了一会儿,他慢吞吞地蹭过来。

"相片上我穿的是啥样的衣服?"

"敞领衬衫,宴会穿的外套。"

"哟,是那张相片挂那儿啦?"他在装傻。"不过,现在那儿要挂我最新的相片了……系领带的。好得很你告诉了我,我一定得带我的老婆子上布拉格去一趟,让她看看我是谁。她现在又有点儿跟我调皮捣蛋了……那你是说在民族大街?"

起重机开过来了,我和瓦谢克要给高炉上料,我顺着梯子爬上去改了挡,装料起重机便变成了普通式。滑轮动了起来,铁钩降落。瓦谢克把一个带链条的圈儿套在钩上……我们扣紧斗车,起重机把它送到生产线上。我把链条用搭钩扣在斗车的腰部,起重机启动时,它便依次撒下锰、石灰、硅,等等……

我一抬头,却见雅尔米卡正沿着平台走着。

"你好,雅尔米卡!"

我拉着链条微笑着。

"您理都别理睬我吧,我赔了五十克朗!"

"那是怎么回事?"

"大概是我丢了……"

炉门工玛什卡喊雅尔米卡:"怎么样了,你这大肚子的小女人,什么时候嘘、嘘、嘘呀?"

雅尔米卡翻了一下眼睛,紧挨着炉门工在小板凳上坐了下来。炉门工趁这会儿休息正在打毛线,织件小衣裳;她不时把织物摊在膝盖上长时间地端详来端详去。雅尔米卡抹抹手指,把它拿了过来。

"雅露什,小心别给我弄脱了针!"

"好吧,玛什卡……"雅尔米卡脸上泛起了一阵红晕,"这是两针下两针上吧?"

她问道,可我知道她由于自己从没打过毛线而感到脸红,她这样问只是为了避免玛什卡追根究底。她把织物还给玛什卡,收拾起盛汤的碗盏。年轻的玛什卡则继续织她的毛线,她可以无忧无虑地织着,因为她该盖的章都盖上了。家里有体贴的男人,肚子里有孩子……可雅尔米卡呢?

起重机司机把汤碗还给雅尔米卡。

"情况怎么样？社会部来找过你没有？"

大伙儿都围到了雅尔米卡身边。

她垂下了眼睛。

"找我了，大叔，找了，可是我没有去。我妈去了，人家问她这样那样的经过，我妈也哭起来了。于是他们决定上我们家里来问我，可是我一句话也说不出来……"

"你瞧，雅露什，现在的问题是关系到孩子……"起重机司机把手搭在她肩上。

"我知道……可是一想到我控告的是一个我连他的一根毫毛都不愿意碰伤的人，我就觉得这样做太奇怪了，情况就是这样。"

"问题是孩子！"

"是的……"雅尔米卡说，"可毕竟有些事情是，有些事情非，有个是非……因此何必找公家呢？"

眼泪扑簌簌地滚到了她的围裙上……

老管道工对她说："记着，雅尔米卡，到时候你先找社会部，然后找法院……从前我跟劳拉也闹过一回超前。那时候我在部队，接到传票我去了法院，法官对我说：'你坐下，抽支烟，事情可是够你受的！'

"我说：'法官先生，我喜欢劳拉，我一复员马上跟她结婚，我们彼此相爱！'

"他于是问我：'你是孩子的父亲？'我说：'是。'我签了字，劳拉已在法院门口等我，我俩径直就去旅馆决一胜负了。当年情况就是这样，人都比较纯朴。"

"就该这样才对呀！"雅尔米卡含着眼泪喊道。随后她神态严肃地问道："爷爷，如果啥也盼不来，您看怎么办？我是不是该给雅娄谢克写封告他的信？"

就在这当口三个管道工过来了，有一个喊道：

"老爷子,你这老醉鬼,你看,我们要不要给霍莫托夫队押叉子呀?"

老头儿呼哧呼哧地说:"我看不要……或者押联合彩吧,上一次我就没押中……那里的婊子给我抹去了二!"

雅尔米卡拉了一下老人的围裙:"爷爷,您说我该不该写一封央求他的信呀?"

可是老人的脸色变得越来越阴沉了。

过了一会儿他说:"我想不如先保住兹博罗约夫卡队吧,一、二、叉子。给霍莫托夫队来个意外,给它打一……"

"天哪!我该不该写那封信呀,爷爷?"

可是老管道工恶狠狠地向周围扫了一眼,低声对伙伴们耳语:"冶炼厂队会赢……不过,为这篮球赛我都两夜没睡着了。布拉迪斯拉伐队让我着急。"

雅尔米卡绕到老人面前,对着他问:"爷爷,我该不该给他写封央告信呀?上帝啊!"

老管道工撩窗帘似的把雅尔米卡撂到一旁,跳起来说:"给布拉迪斯拉伐队我们也得押一和二……在篮球赛中打成平局是罕见的……可是万一呢?"管道工苦恼地说。

起重机司机替他回答道:"你就试试看吧,雅尔米卡……"

说罢,他跳上起重机,别的人也各忙各的去了。

雅尔米卡还站了一会儿,看着那位继续打毛线的年轻妇人。后来她踏着梯阶走下平台,先只看到她半个身子,其后只见她的脑袋,再后来就完全消失了。

## 七

午后,我去了洗澡房,想请那里的管理员给我开一下柜子。我把糖票忘在里面了。我下到地下室,又到锅炉房,可哪儿也找不见管理员。我爬上小梯子,俯视下面的锅炉,心想也许他在那儿打瞌睡……下面躺着的是雅尔米卡。我轻轻地走下去,她睡着了。脑袋枕着一堆破烂儿睡着了。

离她的头发两米远,虚掩着炉门的锅炉咝咝作响。

我在她身旁坐下,握着她的手,摸了摸她的脑门。她脸上通红,肚子鼓得那样高,我不禁暗自说:也许是到日子了吧?

她醒了。

"哟,是您啊,大叔?"

"您怎么啦?"

她摸摸脑门。

"我觉得不舒服……"

"我去找医生来!"

"不用了,我已经去过……今天我在这儿是最后一天了。现在几点钟?"

"已经下班了……十二点半。"

"老婆子没有找我吧?我跟您说,她坏着呢!不过,她也许已经不知道怀孩子是什么样儿了……当年她能怀上的时候,她一下子就把它挖掉了……如今怎么着!掏空了膛没辙了。"

"您可是在发烧啊!"

"是的……我的鞋湿透了……我说,大叔,等我在家待着的时候,您来看看我吧!"

"那还用说,我会来看您的,怎么会不来看您呢。我很喜欢来看您呢,跟瓦谢克一起来……"

"那我就高兴了……现在,您就让我独自待着吧。"

我离开她,顺着小梯子爬上去,到了出口处走不过去了,只得回转身,却又看见了雅尔米卡。她蜷缩着身子,样子很怪,好像体重超不过十五公斤。

"大叔！"

"什么事？"

"您过来，我跟您说件事……"

我连忙跑下去，俯身问道：

"怎么啦，是小家伙……"

"大叔，借我二十克朗吧，回家的路上我想买点儿薄荷糖……"

"那还用说！"

我给了她一张二十克朗的钞票，随即匆匆顺着楼梯跑上去，我得洗澡……

后来，我干干净净上楼，朝出勤记录器走去。

雅尔米卡靠在门上站着，眼睛呆呆地一动不动凝视着天花板上的一个点。

"这是怎么啦？"

她嘴一噘做了个怪相。

"我已经好了……还有一件好事，就是我在这儿是最后一天了，绝对最后一天了……"

"以后您就可以散散步啦……"我想鼓起她的勇气来。

"哪儿能啊！我忙乎着呢。我得跟姐姐一起缝小衣裳，买各种各样的东西……那辆摇篮车想必会整得我够呛。您知道，大叔……"她看了我一眼，"孩子将要到来，我们得欢迎他呀。我有的是针线活儿要做，您有时间就来看看我吧……我不知道情况会怎么样，可是您来吧！"

自从认识雅尔米卡以来，她第一次伸出手来跟我握手。那么平常的一只手，掌心粗糙得像牛舌头似的。我久久地握着它，直至雅尔米卡把手抽了回去。

走到门旁我回转身，只见她又是噘着嘴凝视着天花板。

# 八

八月的一天,我和瓦谢克,诚如我们许诺的,驾了一辆摩托车去看望雅尔米卡。那是中午时分,太阳照得草木发青,小村庄的红屋顶耀得人眼花。

在村子里我们谁也没有见到,唯有拴牛的铁索哗啷作响。

小教堂附近,一个老妇人坐在草地上,她光着脚,脚趾上沾着泥巴。她的头巾拉得低低的,遮住了眼睛,因而能看见的唯有她的下巴颏儿。

瓦谢克问她:"大妈,雅尔米卡在这村里住哪儿?"

老妇人撩开了头巾,但阳光那样强烈,她又把头巾拉到眼睛上。

"您找的是哪个雅尔米卡?我们这儿可有两个雅尔米卡……"

"我们要看望的是在克拉德诺干过活的雅尔米卡。"

"哦,是雅鲁什……!她已经没事啦。她的孩子没到日子就出生了,人家把这小雅娄谢克放在那么个柳条窝窝里。如今呢?如今小家伙长得结实着哪!只不过所有这一切给姑娘的压力太大。她现在躺在床上像没了灵魂似的,什么也干不了啦。"

"上她家怎么走呢,太太?"瓦谢克问。

"从这儿沿着那边的农庄下去,拐角的地方是鞋匠马尔万奈克的房子。在那儿,从那个拐角可以看到一座小棚屋,就像摆渡口的那种小棚屋。雅鲁什卡就住在那里……窗台上摆着一盆天竺葵……是我送的!如果你们能做到让她开口说话,请转告她老花儿匠问她好,这么一说她就知道了……"

瓦谢克踩了一下油门,我们便在热水似的空气中朝那个方向驶去。

到了拐角处,瓦谢克放慢了速度,再稍稍向前,下面便豁然展现一座白色小屋,那模样的确像摆渡口的。于是我们沿着一条两旁长满鹅毛似的牛筋草的小径往下面驶去。

四境一片寂静,炎热的空气热浪滚滚,仿佛有一道透明的帘子在翻动。

瓦谢克把摩托车倚在篱笆上,抹了一把汗,说:"哪儿找这么漂亮的颜色啊?"

我们回转身。

"雅鲁什卡的妈妈不在家,她带着小家伙上中心去啦!"

这是花儿匠。她站在高处,双手拢成话筒状大声把这消息传给我们。她穿着一身洗旧了的粗布衣裳,手脚乌黑,看上去犹如死神。

"午神……"瓦谢克缓缓地舒了一口气。

后来,穿过一片小菜园,那里种着香芹菜、胡萝卜、洋白菜和一棵硕大无比的饲料甜菜,我们来到了小屋的前厅。

柜子上放着一棵干了的小松树,肯定还是圣诞节时候的,因为那上面的空锡纸在穿堂风的吹动下沙沙作响……瓦谢克按下了门把手。

屋里满是阳光,桌上卧着一只大猫。它一动不动,只从眼缝里注视着我们。屋子的一角放着一张农村里的床铺,床铺上方挂着一幅耶稣画像:他撕开蓝色的衬衣,指着自己那颗火热的、围绕着荆棘的心。

雅尔米卡躺在床上,穿着工作服躺在那儿,被子踢到脚边,双手枕在脑袋下面,眼睛一动不动凝视着天花板,就跟那天我见她在炼钢厂凝视着食堂的天花板一个样……

我低声说:"雅尔米卡,瞧,我们来啦,我和瓦谢克·泼卢哈来啦。车间里大家都让我们问您好,大家老是打听:'那个姑娘到底什么时候来上班呀?'休息的时候也总是说:'送茶点谁也比不上雅尔米卡。'连工会也问您好……"

瓦谢克从手提包里取出一件小衣服,当他举着给雅尔米卡看的时候,他的手在颤抖。

"我们给您带来了这个……"他含糊不清地说,"这是全车间送给您的……以后还要送小鞋子……还有小毡靴……车间的妇女们让我们问您尿布够不够。"

他舔了一下嘴唇。

"还有炉门工玛什卡,她让我带话,说她正在给小雅娄谢克织一件小毛衣。"

可是雅尔米卡却一味痛苦地凝视着天花板不动,额上挂着湿乎乎的汗珠。她透过棚顶看着的是某个遥远的地方,一个无人的世界……

瓦谢克一手按在胸口说:

"雅尔米卡,谁家都有烦心的事儿……我……我在家也并不是那么……每隔半个月我就要打点行李……我那口子帮我捆箱子……楼下停着出租车,我对她说:'既然你赶我走,那我就离开这个家,我走了!'她说:'是我赶你走的吗?'我说:'对啊,是你赶我出去租房住……我走了!'她说:'你走就走,不过我没有赶你出去。'我说:'这话当真?'她那么样地看了我一眼,开始解我的箱子。我下楼给出租车付了钱……可是过了半个月,出租车又停在我们的窗户下面了。这一切,雅尔米卡,全都因为我们不能生孩子。您呢,雅尔米卡,您有了儿子啦……"

我们看着雅尔米卡,可是她已经知道了自己的……也许她已经什么都不想知道了,这一切在她周围消逝了,流走了……

"雅尔米卡!"

瓦谢克俯身跪在床畔。

"真的,大家都问您好,您听见了吗?我们两个都喜欢您,我们会再来看您的!我们现在走了……听见没有?"

瓦谢克站起来,我们注视着她,但显而易见,话语已经没有什么作用了……

我们彼此递了个眼色,轻手轻脚地从房间里退出来。那只始终卧在桌上的猫,这会儿站起来稍稍向前挪了挪,卧在阳光里。炎热的太阳直晒到了桌边。

婴儿的小衣服搭在床头板上,床铺上方的耶稣依然撕破了蓝色的衬衫,指着自己那颗火红的、被烈焰和荆棘围着的心。

可是雅尔米卡一动不动。她什么都听见了,但不为所动。也许有可能……?

我们关上了门,走出来时烈日热得犹如熔镍的电炉似的。

高处,那位花儿匠依然站在那儿,两手遮在头上。

她大声嚷嚷:

"怎么样啊,她说话了吗?"

瓦谢克摇摇头,做了个否定的手势。

"那敢情好!"花儿匠喊道,"这丢人的事儿要她上吊!"

瓦谢克说:"有啥办法呢。我那老婆子有时候对我也是这样见死不救,扑灭了我的一点儿美好心愿。不过,后来我还能捉住这点儿心愿。也许,那儿的那个可怜的姑娘也能捉住它……"

他指指那座无辜的小房子,它看上去像个摆渡口,窗台上放着红色的天竺葵,花丛中出现了雅尔米卡一张揉皱了的小脸蛋。

"向车间里所有的人问好!"她喊了一声,随后又消失了。

杨乐云  译

# 公证人先生

## 一

每天清晨,公证人先生都在自家的小祈祷室做祷告。那是一间有两个窗口的小屋子,窗上镶嵌着彩色玻璃画。一个窗子上,是圣狄俄尼索斯①。他的脑袋被砍掉了,但人还站立着,用手捧着被砍下的头颅,站立在刑场边上。另一个窗口,是被处死的圣女阿加达②的被砍下的一只手。一位使者拿着那被砍下的手,走迷了路,又返回到他出发的地方,再一次走近那没有手的尸体。

公证人先生跪着祷告,同时责备自己没有漱口。最后,他画了个十字,站起来打开窗户。

他习惯了早晨的阳光,让下面蓝色的窗口开着,他好瞭望河的对岸,舒舒坦坦地吮吸着湿润的空气。

"奶奶,奶奶……"楼下一个小孩的声音喊着,"老奶奶,兹杰尼切克吃狗屎啦!"

公证人先生踮起脚,两眼朝一座早已不生产啤酒,可还住着人的老啤酒厂的院子望去。只见水泵旁边站着一个小女孩,戴着红

---

① 希腊神话中的酒神。
② 源于希腊神话,有些诙谐,事迹不详。

围兜和草帽,正指着一个三岁的男孩。他乐呵呵地往嘴里在塞着什么。

一位瘦弱妇女从洗衣房跑出来,举起双手嚷道:"你们他妈的小东西,什么时候能让我把衣服洗完?"她抓起小孙子,在水沟上摇晃。

"脏货一个,等着瞧吧。你妈妈回家,还不撕破你的嘴。"她吓唬说。稍微想了一下,一巴掌将男孩嘴上的狗屎打掉了。随后她又向小姑娘说:"你干吗总瞅着我?我也给你一耳光,让你那斜眉斜眼摆正一点。这给你!"她从口袋里掏出用蓝布包着的哨子说:"滚到厨房去玩吧,莉德拉。你听着,要是有什么事,你一吹这哨子,我就来。你们这两个小冤家,什么时候能让我把衣服洗完?"接着又动手洗起来。

公证人先生关上窗户,从房间走上阴暗的过道,径直朝办公室走去。

"早上好,公证人先生。"文书小姐向他打招呼,继续浇她的花。

"早安,小姐,早安!"老先生嘟囔着说,搓搓手,又说:"昨天您干什么来着?"

"打网球……您想想看,公证人先生,我输了,输给一位大我十五岁的太太……我输了两局。这不可怕吗?"她说着,从豆蔻枝丫上摘下几片枯黄的叶子。

"哪里,哪里,"公证人先生说,"据我所知,您的网球不是打得棒极了吗?"

"那说不上,"女文书脸红了,"还差得远哩。不知怎么回事,一上场我就紧张。"

"是不是对手技高一筹?"

"那也不见得。但我就是这么个人。只要在乎什么事,我总是失败……这真叫我不好受!因为这关系到俱乐部的名次!"

"是这样。下一次您肯定会赢的。可您后来干什么啦?"

"天黑下来的时候,我在更衣室哭了一场,接着就去游水。我穿着游泳衣,逆水而上,朝一棵橡树游去。那儿已是一片漆黑了,可月儿从橡树梢露出来,多么大的一轮黄月啊,一直照到我的身旁。我坐在石头上,两只脚在水里摆动,黄色的月儿映在水里……"

"可后来呢?"公证人竖起眉毛问道。

"后来,我跳进水里,在青铜色的水里游,两手拨开那金属般的颜色。我扬起一只手时,手也变成青铜色了。一句话,公证人先生,在水中真是快活极了……"

"后来呢?"

"后来我吓了一大跳。"

"真的吗?"

"是,"姑娘说着,坐到打字机旁,"公证人先生,在那橡树的阴影里,我突然发现了三条白裤衩在走动!"

"这不大可能吧……"老先生惊讶地说。

"真的,三条白裤衩。我像小老鼠一样,伏在芦苇中一动也不动。三条裤衩往堤边走过来了,我听见他们在说话……您知道,是怎么回事吗?"

"这我倒想听听!"

"是三个光着身子的男人!晒得黑油油的。因为他们是穿着裤衩晒的,手、腿和身躯同橡树的影子,浑然一体,他们光着身子走呀!三个裸体的人!公证人先生,我认为,是三条游泳裤衩在移动哩。"文书小姐的脸,刷一下红了。

"您全都看见了?"

"全看见了,全看见了……是三个年轻的男学生,像我这般大。"

"那一定非常精彩啊,"公证人先生以讥讽的口吻说,"真精彩极了。年轻姑娘泡在青铜色的水里,三条裤衩在树的阴影下……

可后来您干什么呢?"

"后来我一直游到俱乐部附近,听见三个男学生在橡树旁边跳水……我擦干了身子,就往家里走了。"

"在家干什么呢?"

"坐在灯下写写画画。"女文书说。

"这我倒想听听!"公证人先生高兴起来。

姑娘站起来,将一张画纸铺在面前。昨晚她在那张纸上写道:尊敬的父亲,经历了长期的富于成效的生活,你到地下去寻找个安息的地方吧。

"您为我也写过这样的碑文吧。"老先生兴奋地说。但当他再一次看了他自己想出的碑文之后,他惊讶了。

"嗯……可为什么不在天上安息呢?"

"那可是您口授给我写的呀。"女文书不安地说。

"对。可是小姐,碑文是非同小可的事。我想要的是这样一种碑文,在一百年之后,还可从中看出,我是个什么样的人。"

"公证人先生,我在犹太人墓地可看到了出色的碑文!从泥土中来,到泥土中去……"

"那是犹太人的碑文!"公证人先生扬起手反驳说,"小姐,难道您不明白,基督教把人提到了上帝之子的地位? 如果不是耶稣复活,再生,那我们所做的一切,就徒劳无益,一钱不值……不过我现在另有想法。小姐,写吧!"公证人先生聚精会神,当女文书准备好了,他口授道:"我掩盖住自己的光辉,清算了自己的问题,为的是让我在天国发出光芒……"

她写完了。公证先生问道:"今天晚上您干什么?"

"去裁缝店,公证人先生,我打算做一件衬衣,直线型的。白绸面子配上这样的红飘带,绕在脖子上,像女保育员们那样,格外吸引人,同维塞拉在电影《化装舞会》里的着装;或者,假如您见过的话,像她在电影《我等着你》中,同戈尔恰克联袂演出时那样……"

"可您然后干什么?"

"然后打网球,晚上再到河里游泳。也可能,公证人先生,像昨天那三个男学生一样,光着身子游一番。假如有谁在对岸上走,就可能看到女游泳衣。因为我的晒得黝黑的手臂和两条腿,也可能同小橡树的影子,浑然一体……"她说着,挤了挤两眼。看到公证人先生并没有被触动,于是又卖弄说:"然后,我回家去写写画画,像您一样,掩盖住自己的光辉,清算自己的问题……"说着,她直起身子,但未能减弱她青春的光彩。

公证人先生打了个哈欠,嘴还没有完全闭上,可是假牙已经合上了。

"谢谢您,"他说着,坐到桌子后边,"但是在委托人没有来以前,我们继续弄我的遗嘱最后一段吧。"他翻阅从抽屉里取出的文书。

随后他站起来,在办公室踱步,一点也不激动。

他在三楼开着的窗口停下来,从豆蔻花丛和波浪形的瓦屋顶朝河边望去,摇动的树木,近在咫尺。他口授说:"我的棺材将由金属制成,装饰要华丽,是埃及式的小棺材,内部要有装潢。安葬时,所有的钟要敲响。灵堂上贴糊墙纸。地上铺黑色呢毡,前面供着有天使的宝石十字架……可您今晚要光着身子游泳吗?"

"光着身子……上帝呀,那时天已经黑了呀。"姑娘说着,纤细灵巧的手指在打字机上嚓嚓地响着。

"那真美呀。"老先生说。听到打字机停了,就往下说道:"前面供着有天使的宝石十字架……三十六支半斤重的蜡烛……"他口授着,听到院子里有脚步声,低头从豆蔻花中往下望去。老啤酒厂大院有位退休老马夫懒洋洋地在走动,步子那样奇怪,仿佛在蹬自行车或者在滑雪。老马夫坐到太阳光下,从装矿泉水的口袋里拿出烟斗。为了不让烟斗从缺牙的嘴里掉出来,他吐了一口唾沫,靠墙根坐下,活像一根折断的枯树。可他年轻的时候,情况怎样呢?——公证人先生回忆起来——天哪,这位马车夫年轻时折磨死了两个妻子。第一个妻子不愿顺他的意时,他揪住妻子的头发,朝一口大箱子拉去。他揭开箱子盖,将妻子塞进去,连散乱的辫子也装进去了,再把箱子锁上……第二个妻子呢?马车夫把她的辫子打成结,将耶稣像从钉子上取下来,把妻子的辫子拴在钩上,好对她为所欲为……也许有的女人喜欢这一套,感到舒畅。一些女性真是魔鬼的工具……

"公证人先生,"女文书提醒道,"三十六支半公斤重的蜡烛……"

"啊,是的……"公证人先生转过身来,望着女文书卷曲的头发,继续说,"……教堂男声合唱队唱葬礼曲,三位神父和四名助祭洒圣水,带领送葬的人群一直到达墓地……主持人走在队伍前面……他后面为仪仗队……十字架上点燃蜡烛……车两旁由工作人员打着灯……十五辆双马拉的车,两辆灵车……"老先生慢吞吞地口授,同时望着蓝色的天空,好像他的话是从无云的天上抄下来的。燕子的翅膀在上面胡乱涂着……

女文书打字如此之快,似乎是在将遗嘱的铅字一个个往铁盒子里扔。

隔壁院子的喧嚣声,闹得公证人先生把两只手撑在窗台上。

门房站在下面开着的水泵旁边,大声嚷道:"拉佳,拉佳……"第一层的窗户打开了,一个头发梳得光溜溜的脑袋低下来问:"爸爸,什么事?"门房大声说:"什么事!快来帮我把这根竿子拿到河里去漂洗干净!"他嚷着,指了指插在粪池里的一根竹竿。"可是爸爸,我的手是干净的!"年轻人在窗口叫道。"我说,我们一起抬竹竿!"门房吼叫着,从粪池中抽出竹竿。年轻人身穿洁白的衬衣,跑进院子,马上拿起那竹竿干净的一头。"不行!"门房说,"这一头由我来抬,你抬那一头!"年轻人反抗说:"我穿的干净衬衣,打的新领带,城里谁也没有这样的领带……"可是父亲严厉地说:"我是在命令你,作为父亲命令你!难道要我来抬脏的那一头不成?"门房大声叫着,用手指着自己。

"可是我打着这么新的领带!让我去把它取下来吧……"儿子朝前走,可父亲坚持说:"不行!我要你马上听我的话!你到底抬不抬?"年轻人考虑了一会儿说:"我不抬,为了这条领带,我不抬!"门房气极了,对着天空呼喊:"这就是你,整个风流的一代!他妈的,难道做父亲的,要去替你们抬那脏的一头?"儿子说:"爸爸,大家都知道,我马上有个约会。我不能去捣鼓那脏东西。要不,我一会儿怎么能同奥丽娜握手?"

"公证人先生,我们可忘了一件事,"女文书说,"讣告要几份?"

"讣告?"公证人先生吓了一跳,"您弄四百份吧。安魂弥撒在圣伊里教堂举行……您打字跟得上吗?好……男声合唱队唱宗教歌曲。在隆重的仪式上,三位神父在墓前唱圣诗……"老先生口授着,但忍不住踮着脚尖,看门房带着儿子,正从隔壁大门出来,抬着竿子往河边去。公证人先生望见门房的手,正握着竿子那脏的一头。他点点头,接着口授道:"棺座的装饰,同举行葬礼时一样……前十排条凳上铺黑色呢子……"

啤酒厂院子里传来急骤的哨声。

下面的井边站着一个戴草帽的小姑娘,是她在吹哨子,一直吹着,哨子被草帽遮住了。吹到她祖母从洗衣房出来,一路上用湿漉漉的围裙擦手。她在阳光下挥动手臂,大声嚷道:

"你们这两个害人精,又干什么啦,为什么不去玩?"

女孩跐着鞋在草地上抱怨说:"奶奶,兹杰尼切克在毯子上拉屎了,我给踩了一下!"接着又吹起哨子来。

老太太给了她一耳光,把哨子打落了。"他妈的,坏东西,你这么闹?每回为一点蠢事,就对我吹哨子!下午我还要干活哩!你们两个害人精就这么折腾?我什么时候能洗完衣服?"

公证人先生耸耸肩膀,从窗口走开了。

他坐到桌旁说:"昨天您写的碑文,我们要加到遗嘱里去。因为像我这把年纪的人,已不知道还剩几天、几小时。等您明天把碑文拿来……我把事务清算一下……把那一块换一个,怎么样?"

"当然可以。"姑娘说,看着老先生要结束讲话的时候,如何咬紧假牙。她还注意到,公证人先生要打喷嚏时,赶忙掏出手帕,捂住嘴巴。她想,假如公证人先生在假牙上套一根丝线,像她爷爷在夹鼻眼镜上系根细绳一样,会是个什么模样呢?爷爷还在帽子上系根细绳子,免得被风刮走了……如果公证人先生打喷嚏,假牙还系在黑丝线上,像爷爷的夹鼻眼镜,那会像什么模样?像爷爷的礼帽?

"哎呀……"文书小姐颤抖说。

"这儿冷吗?"公证人先生吃惊地问。

"不冷。我感到死亡在走近我。"她说,两手紧抱着自己,还搓肩膀。

"美妙的语言。"公证人先生说。翻阅业务合同,全用针别着,字打得很认真,用红白两色线装订着,后面盖有红印。看完合同,他站起来,从打开的窗口望望河水,看到河上有件白衬衣,帆在水上鼓动。门房的蓝色衬衣,同河水几乎汇成一色。两个男子挺直腰杆,默默地盯着河这边。白衬衣再一次映在河面上。一个年轻人,像杂技演员,倒立在水中。

"小姐,记下来!"公证人先生猛地一下转过身来说,"趁我还没有忘掉,快记下:棺材是我的摇篮,碑文就是我的洗礼文件……请再念一遍,好吗?"

## 二

什斯莱尔夫妇,博希诺村的一对农民夫妇,首先到来了。公证人先生早在二十五年前就认识他们。那时候,他们作为新婚夫妇去他那里,手捧祈祷书,男人穿礼服,戴猎人帽,脚踏长筒靴。两人像国王一样庄重。今天到来,显得苍老多了,一副小市民打扮。

"你们那儿有什么新鲜事儿?"公证人先生坐在靠椅上问道。

"我们那儿什么新鲜事儿也没有,只是一个邻居发疯了。"农夫说。

"真的?"公证人先生装模作样地说。

"是的。我邻居有一头母猪,下了一窝小崽,可是发瘟死了,只有一头活下来。他们用奶瓶喂那小东西。小猪崽像狗一样跟着他们跑。小猪长大了,他们暗自说,把它宰了吧!不过得悄悄地干。老人夜间钻进地下室,那头猪跟着他下去。因为正如我所说的,那头猪总是跟在他身后,像狗一样。猪在地下室把脑袋靠在邻居的腿上,因为只有他能给它喂点什么。可主人用斧头柄敲它的脖子,不让它嚎叫。可是蜡烛被打翻了,邻居的刀没有刺准,又给补上一刀,然后用身体压在猪身上,达一小时之久,让猪在黑暗中把血流尽。但那头猪以为,是别人在刺它,于是紧紧偎在主人身边,直到全部的血放出来。主人后来钻出地下室,一下子瘫倒在床上,号啕大哭,谁也无法让他安静下来。大家只好把他送到科斯摩诺斯医院。我说,谁让他同动物交朋友嘛!"

"上帝呀!"公证人先生叫起来,"您亲眼见过这件事?"

"没有,都是邻居的姐姐莉布谢给我讲的。您保准知道,她有个女儿在床上躺了三十年,您认识她吗?"

"是住十七号的吗?"

"是住那儿。您知道,是怎么回事吗?"

"这我不大清楚。"

"当时费的劲不小。他们一道进城去看电影,上映的是戈甘的片子。戈甘扮演天使。莉布谢心想,她的朋友做圣诞饼的时候,也要做一个天使,用羽毛当翅膀,做得漂亮极了。可她女儿着了凉,得了脑膜炎。从那时候起,女儿就像残疾人一样,一直躺在床上。"

"啊,是这样!霍达奇一家子!"公证人先生回想起来了,"她还有弟弟住在二十六号,有间小房子,对吧?什斯莱尔太太,他们过得怎么样?"

"过得不错。因为他们买了七块地,"农妇说,将一双粗大的手放在膝上,"只是他们的卡尔利切克死了,明天正好下葬满一个月。也是吃了养宠物的亏。他们喂了一匹马驹。小马学着往卧室里钻,找糖吃。可去年收甜菜的时候。它蹿到厨房里去。在那儿受惊了,撒起野来,撞坏了家具。老霍达奇朝小马儿跑去,还没有来得及用毯子蒙住马驹的眼睛,马儿就用腿踢卡尔利切克,把他的腿部踢痛了,只好往医院里送。后来截了肢,还是在医院一命呜呼了。霍达奇夫妇想瞧瞧棺材里的儿子。可棺材盖一打开,马上就给盖住了。因为被锯下的那条腿,就摆在小尸体旁边。但是,公证人先生,别的方面,村子里就没有什么值得说了,现在无聊得很。您在城里可是要好得多。好,您知道邻居克拉尔的住房在什么地方吗?"农妇打起精神问道。

"是十四号吗?"公证人先生笑了。

"唉,那个克拉尔呀,草包一个。他同女仆一块儿钻到库房,在那儿做爱。结果他抽起筋来,同女仆扭在一起了……"

"真是这样!"公证人先生有点不平静了,他看到女文书小姐低下了头,脖子都红了。

"是这样,"农妇说,挪动了一下插着大鹰羽毛的礼帽,"我们只好拿来梯子、绳索,将两个通奸的家伙捆在帆布里吊上来,摆在院子里,就像——上帝别惩罚我吧——在灯光照耀下,就像祭坛上的画……耶稣从十字架上走下来……等我们把帆布包解开时,克拉尔老太太,就是那个以女儿在修道院受的教育而自豪的克拉尔老太太,用鞭子抽他们,想把他们分开。直抽得老爷子晕过去。您知道,用鞭子抽不管用,拿凉水浇也不成,连用小刀刺也不顶事,只好请医生来。可是那两个人,像中了魔似的死死抱住不放。"

"这真是交了好运,"公证人先生低声说,"不过我还是要说,农村的人更接近自然。"农夫说:"这真是天下的稀罕事。"说着,他拉了一下黄色围巾,用指头按按领上的绿色蝴蝶结,说:"他们还想强奸我们宗教课的女老师呢。人们真是胆大包天啊。女老师大白天到树林里去,说是要找小鸟。这一回,一个穿蓝上衣的小子从树丛中跳出来说:'我们干一场吧!'想要强奸她。可女老师是雄鹰体育社的成员,抬起脚向那小子的下身踢去,他不得不去扶着自行车。女老师又踢了他一脚,将他带到宪兵队。这个人是普热卢奇镇的牲口商。他辩解说,他只是想去小便。可宗教老师当着宪兵的面,扇了他一耳光。那个牲口商瘫倒在地,承认了,还乞求说,下回再不敢了。但是,公证人先生,其他的事还有,村里死了一只救生犬……这同我们年轻时可不一样啊……"农夫眨眨眼说。

"路得维克,你可还得给公证人先生说说……"农妇提醒道,往麻纱手帕上擤鼻涕,几乎全都擤到手指上,"路得维克,你说说,你们是怎样抓住我们村里的那个白痴,怎样同他较量的?"农妇鼓动说。

"是不是又很野蛮?"公证人先生害怕了,望望他的女文书。她脸上银珠般的汗粒还闪着光哩。

"哪里,不过是平常生活中的一些事。"农妇笑了起来。

"是的,"农夫生气地说,"那些事压根儿不值一提,不过是顽童们的胡闹。有一回,几个人到我这儿来,要我出个主意,因为一个邻居在家里喝烧酒中了毒。我想了办法,让大伙把他倒悬在梯子上,将喝下去的玩意儿吐出来。可是那个家伙把喝下去的东西都消化了。这让我回想起来,我们在家里同老爷爷就是这么干的。当时,我们把邻居塞进热乎乎的牛粪里,因为他全身几乎快冰凉了。当我们扔完最后一叉牛粪时,我听到篱笆外面有羊的奇怪的咩咩声。怎么回事?我们翻过篱笆,抓住了村上的那个白痴。他就是那个结结巴巴的博浩谢克……"

公证人先生站起来,竖着耳朵听,手指按在发紫的嘴唇上。

农夫小声向公证人先生说了点什么,公证人先生瘫倒在沙发上了。

"我们拿起鞭子和刀,"农夫接着大声说,"戳那个口吃的博浩谢克,一直刺得他不吭声。当然,别的方面,村里的生活怎么样?没有剧院、电影院,也没有旅馆……可城市啊!"农夫难过地说。

"也许是。"公证人先生说,同时看到文书小姐的手指在抖动,像姑娘心脏的旋律,在轻轻地跳动。"可是对基督教徒来讲,上帝无处不在。农村、城市,只要有人的地方,上帝就在人的心中。其他的东西,正如你们知道的,毫无用处。所以,我们基督教徒,作为上帝的子孙,同上帝签了约。在涉及我们的灵魂时,我们作为经历过非常事件的公民,就用签约的方式来解决。所以,你们今天来拜访我,正像我预计的,是为了处理死后遗产的事……不是吗?"公证人先生看到谈话的农民静下来,就问道。

"是。"农民夫妇同时说。

"请吧,"公证人先生说,站了起来,"因此,我们要谈谈遗嘱的形式。"他一面说,一面看看河对岸。火红的太阳好像在燃烧。一条挂着黄旗的红色船开过来。船身涂得如同一辆冰淇淋车,是退休司机布日赫尼亚奇的船。船头刻着金字,每一把桨上也有同样的字母做装饰,还写着船主人的地址。他穿运动鞋,鞋上也详细写有他的地址。他穿着长裤划船,腰间也用大写字母缝着地址。公证人先生看着,欣赏远方的河水,继续谈着最后的遗愿。红色的小船,将红光反射到水面和树上。公证人先生讲,许多年前,全城如何欢迎利托姆涅尔来做祓除仪式的主教先生,火车站挤满了女傧相,全是华盖、车篷、旗帜,市议员和乐队。但主教先生的包厢火车晚点了。调度在轨道上让一辆货车先开走了。货车是由布日赫尼亚奇驾驶的。他通过行车信号灯时,从火车头里探出身子来,用手向站台画了个大十字,表示祝福。女傧相们抛撒鲜花,乐队奏起《千百次祝福你》的歌曲。但通过的是一列运煤车。这时候,红色小船消失在柳树那边,将所有的画面和标语都带走了……"所以,财产也可以成为父母对孩子的爱的尺度。孩子们将在继承下来的庄园上经营下去……"公证人先生讲完了。

办公室一片寂静。

"公证人先生……"农夫舔了一下嘴唇说,"我们考虑了,一句话,让我怎么说呢……是这样,我们的老大路得维克将得到全部财产,但他要付给我们的女儿安妮什卡五万……我们呢,靠赡养费过日子……"农夫低声说,有点不知所措,下巴垂到胸口,把领花给遮住了。"老婆子,你觉得怎么样?"他问。

"我想,签个约吧,让我们的路得维克每个月套上马车,送我们去克申采墓地一趟。"农妇说着,两眼泪汪汪的。涂在脸上的廉价粉脂,像稀粥一样,流淌在满脸的皱纹里。

"好,"公证人先生吩咐说,"小姐,开吊灯,这是从地籍册里抄下来的。下周五你们请两个证人来。现在我们订个原则。小姐,打字吧!"

公证人先生走近窗口,望着河水,想起了机长布日赫尼亚奇先生,晚上怎样骑上普列米尔牌自行车出去。他车上安有保险把手,他从地面跳上准备好的踏板。自行车梁上用大写字母写着布日赫尼亚奇先生的地址和房号。他住的房子上,也涂写着这些,还画有旅游标志。院子上为白绿色,门是黑白色,厕所为蓝褐色……

"小姐,准备好了吗?好……当上帝召唤我们进入永恒状态之际,谨作如下安排:第一——"公证人先生口授着,同时遥望河中的流水。他一贯是这样,总看个没够。

## 三

下午,公证人先生手持拐杖出门,从磨坊走到桥边的时候,有两人共骑一辆自行车,行驶到他跟前,车把子轻轻蹭了他的袖口。那是兄弟俩,摆小摊的,中午休息时骑车出来。他俩在剧院旁边卖香烟和报刊。他们两人,一个是盲人,骑在车后座上。另一个看得见,坐在前面。过去,公证人先生吸烟的时候,喜欢在他们摊上买烟,爱观察盲人用手一摸,就能分辨小摊上的商品。盲人听到公证人先生的咳嗽声,就笑起来,探头朝窗外说:"公证人先生,您好!"说着,转身去摸他要买的玻多里加牌香烟,然后收钱。他用手辨认钞票,如同凭咳嗽声听出是公证人先生一样。这一回,他们俩骑车沿河边走。哥俩的身影,倒映在静静的河水中。他们的头部,被菩提树遮住了。可是腿还踩在踏板上,像火车头的车轴。河水同样映出他们的身影,仿佛是一辆幻梦中的四轮车……假如——公证人先生边看边想——这两个小商贩偶然喝醉了,又是晚上,两人换个位子骑在双人车上,盲人在前,有视力的在后,那会怎么样,他们将骑到哪儿去?可能撞不到任何人,那个盲人就会骑到家,就像他用手指辨认钱币,根据咳嗽声辨别朋友一样……公证人先生想着,沿着空空荡荡的马房院子走去。马房门上,画有几匹红色马的脑袋。他在小店旁静静地走着。从前,他总是怕见到那个小店。这回他瞅了一眼,小店主的手,正靠在窗旁的小桌上。那是一只因战争致残的手,是被火焰喷射器烧伤了的。为此,他获得了奖章和小商店⋯⋯

公证人先生沿着石台阶向河边走去,望着他十分熟悉的城镇,看到河对岸的彩色窗户,看到一位身穿红衣的女人,手提篮子朝河边走。她随后蹲在木桥上,望着自己在水中的身影,理了理一直垂着的头发。公证人先生看到,似乎还有一位洗衣姑娘,从水中浮出来,像纸牌上的女演员⋯⋯但洗衣女从篮子中取出她的白被套,俯下身子,就把她在水中的影子打乱了⋯⋯

河对岸土堤上,教长先生头戴礼帽朝前走。而同他一模一样的身穿黑袍的教长,两脚朝天,也在河中走动。当洗衣女的红袍同黑色的教袍会合在一起时,好像一个红色句点,它上面是个黑色感叹号,但都是倒置着。洗衣姑娘向尊敬的先生问好时,先生鞠了一躬,大手一挥,脱下礼帽。水中映出来的,好像他在用帽子舀水⋯⋯

公证人先生敏锐地注视着河对岸,同时领略着所有景物。他俯下身子,用手掌捧起水来,认真地洗脸。接着登上堤岸,顺着栅栏往城里走去。

樱桃园边,有位穿游泳衣的年轻姑娘,坐在翻躺着的小船上,编织黄色毛衣。一个赤身露体的男孩,俯卧在独木桥上,用竹竿在水中钓鱼。公证人先生舒坦地呼吸着。一会儿又望望河那边,是一片一公里见方的草地。一位晒得黝黑的青年人,骑着白马跑过来。他只穿了一条裤子,赤着脚,径直往浅水中走去。水中又映出一匹马。好像两匹马,蹄子对着蹄子似的站着。白马伸长脖子,低下头,从它的嘴的影子中饮水。

"妈妈,这是什么玩意儿?"男孩子问,叉开两腿站在穿游泳衣的年轻女人面前,手里握着一条耷拉下来的东西。

"法姆尼克,马上把它扔掉!"她大声说,脸一下子变得绯红。

"可妈妈,那是干吗用的?"

"我说,赶快把它扔掉!"

"你告诉我,它是干什么用的,我再扔!"

"你不应该知道,长大了你就明白了。"

"但我要知道!"男孩跺脚说。

"我再说一遍,马上扔掉!"母亲大声喊道,把织的毛衣放下了。

可男孩跑了起来,母亲去追他。当她抓住正跑着的男孩的手时,男孩在绝望中将他从水中捞起的东西塞到嘴里去了。

"你等着瞧,我告诉你爸爸。"年轻女人嚷着,揍那男孩子。他跟跟跄跄,摔倒在公证人先生脚旁。

"这真是交了好运!"公证人先生说。

年轻的母亲一只手在男孩嘴里掏那耷拉的东西,另一只手打孩子。她吓唬说:"你等着瞧,我要告诉爸爸,说你又在水边胡闹了,你这个坏东西!"她从男孩嘴里取出那个东西,厌恶地把它扔掉了。

随后,她继续织她的毛衣。但她突然有一种感觉,好像她骑在自行车上,有人将一根棍子塞进了她的车轮。她转过身来,看到一老先生的目光,透过她的游泳衣,很在行地在观察她的身体,而且产生了快感。她用一只手掌捂着下身,另一只手盖着乳房,朝后面退去,坐到小船上。立刻又织起毛衣来。

"嗯……"公证人先生哼了一声,将礼帽拉到眼睛上,然后转过身来,用手转动他的手杖,使劲碰那些花朵,看着马儿在河里浮动,同骑手一道走出水面。他脚下的水面又出现了倒立的马儿,马用蹄子踢自己的影子。骑手使劲用赤着的脚后跟踢白马的腹部,踢得咚咚响,马儿在浅水中拔腿跑起来,把它的倒影打乱了。

这时,公证人先生匆忙走了。

经过小商店时,他也还是不瞧一眼。可走过以后,他又想起来,还没有瞅见那双红红的手哩。他于是停下来,随后听到了呻吟的声音。他转回来,朝商店的亭子望去。小商贩正躺在地板上发羊痫风。不断地抽搐,在货架和椅子之间,几乎全被香烟埋住了。

公证人先生绕着小店走去,抓那门柄,但已上了锁。他又折回来,从窗口看,只见钥匙塞在锁眼里。他扔下手杖,将活动窗托起来,往小店爬进半个身子。他伸手去开门时,身子失去平衡,跌了下来,脑袋着地。首先他看到了那被喷火器烧伤的一双红手。接着就倒在地上,脸正对着被战火毁了容的小店主的面孔,那面孔仿佛是谁推到滚烫的油中烫了一下。然后用脚跟弄开小桌的抽屉,里面装着一些硬币。公证人先生抽出手来,打开门,跟跟跄跄走到阳光下去了。

这时,正是卖《捷克言论晚报》的女人骑自行车过来的时候。车的前后都堆着一捆一捆的报纸。她看见公证人先生跌了个筋斗,小店主躺在硬币和香烟之上时,马上从自行车上跳下来,手握着车把,惊得愣住了。

"沃利奇科娃太太,快来帮我一把。"公证人先生说。

可是卖晚报的女人吓得动弹不得。公证人先生将小商贩拉出来,拾起香烟和硬币,解开那个人的衬衣,拍打他的脸颊,擦去他嘴边的唾沫。卖报女人清醒一点了,可是除了大拇指,别的都不能动,但她至少可以按响车铃。

人们跑过来了,松开小店主紧捏着的手,往死者的胸口浇水。公证人先生将小店主的脑袋放在膝上,抚摸被战火烧伤的头部,好像是用各种各样的皮片缝起来的。

"沃利奇科娃太太,快去喊他的妻子,好吗?"公证人先生说。但卖报女人按响车铃,骑上车离开了。

"请大伙将硬币和香烟收拾好。"公证人先生提醒说,继续抚摸小店主,同时望望河对岸。那儿有位渔夫,鱼钩上正好挂着一条活鱼,像镜子一样闪亮。渔夫小心翼翼地把鱼取下来,怕伤着它,并向上一抛,让鱼落入水中……还有一位渔夫,坐在镜子般的河水对面,模样像扑克牌上的黑桃国王。

"那你们快去请医生!"公证人先生提议说。

万世荣　译

# 葬 礼

## 一

"清晨,我可做了个美梦。梦见我跪在树林里一架脱粒机旁边,圣约瑟夫从天上飞来,在我头顶上方划了一个大十字。早上我马上明白了,我要买冰球和自行车比赛的彩票。因为圣约瑟夫是三月十九日……"雅尔达说着,扣上大衣。当他打算将买彩票正好与梦相符以及梦的意义告诉贝比克时,室外响起了沉重的声音,接着又是叮当声和骂声,使他到嘴边的话止住了。两人都掉进了公共厕所的小便池。当他们站起来时,雅尔达注意到,一个乳白色的碎片,正向他飞来,上面有个八字。

"啊……山区服务队,八号!"雅尔达兴高采烈地喊道。

"可我穿的什么样的大衣啊!"贝比克看着自己的袖子说。

"这是苍天发下的旨意,"雅尔达兴奋地说,一直望着眼前的碎片,"我告诉你,除了这个数字,别的数字,一钱不值!这可是事关命运的事。要知道,大清早,是冰球和自行车,现在又加上山区服务队!"

"我要送衣服去洗衣房……"贝比克冷冰冰地回答。

他们从公共厕所出来,看到一辆卡车在棕榈树旁。正好撞上高高的玻璃钟,这是一部四面都看得见的钟。这一撞,把所有的时针都撞到了地上,钟的铁架也倒在厕所旁边。

这样,两个朋友就只能走在数字中了。

"你们知道,你们交好运了吧?"一名警察说,从记事本上揭开一页,"你们没有事吧?"

"没有事。"

"你们看到了?"

"没有……我们只听见了那儿的响声。"雅尔达指着厕所说。

"那好,你们可以走了。"警察说,向卡车司机走去。司机那颤抖的手,正在清理证件。

"山区服务队!还有一个星期,我们就要发财了!"雅尔达说着,吻了一下玻璃片,把它扔进地上的碎片当中。贝比克看看表说:"这真棒,可我们别耽误了葬礼啊!"

他们登上布拉扎克桥。风刮得很猛,两人几乎猫着腰朝前走。

雅尔达说:"这样的体育彩票,使你的一只手似乎产生了魔力,好像蘑菇也能帮你中彩。我记下了公布的全部号码。你知道吗,摩托快艇和划船的号码还没有公布。可犹太人那幸运的号码只会出现一次,但那个不吉利的十三号已经出现了九次。我们要出席你叔父阿多尔夫的葬礼。他说过:'鼹鼠只在单数的钟点打洞。单数是幸运的数字。'我们就押上了……可那部机子出的全是双数……"他不往下说了,叹了一口气。

"是这样。人对数字要有一种个人的关系,同那些数字交上好朋友,找到一种近乎爱的关系,那就行了。好比说,那样一种斯巴达克车,对我来讲,只是一辆普通的玩意儿,但假如它险些从我身上压过去,那它的车牌就有用了。是这样吗?"

"雅尔达,注意!"贝比克叫起来,往前跳了一步。他看见朝下开的卡车上,滚下来一个沉重的桶,正好落在往上开的斯巴达克的车轮下面,离两人站的地方才几米远。一股黄色的烟柱腾空而起,接着是一阵轮胎的吱吱声。

贝比克站在路旁,无可奈何地看着自己的葬礼服,变得像浓浓的烟雾一样黄。雅尔达也正好从烟雾中走出来。

"你的脸像一个画得乱七八糟的小丑,看你怎么乘车!"贝比克对着烟雾嚷道,又瞧了瞧自己的衣服。

"别糟蹋自己了,"雅尔达堵住他的嘴,"这都是上天的信号!"说着,他指了指狂风掀起的黄色尘土烟柱,它同黑色的雪混在一起了。巴尔干山下,渐渐变成一片黄色,模糊起来了。

"这个月我们就会发财了。"他咳嗽着说。接着,绕过从烟雾中现出来的斯巴达克车,蹲到一尺来厚的黄尘中,擦车牌。可是大风马上又把它变黄了。他集中注意一排排的数字,快速擦拭着。

"简直像跳水!"

他继续观看……

"车技表演!"

他又快速地擦起来。

"这是艺术体操!"他又一次喊道。

大风掀起的尘土蒙住了车牌。车身猛地一响,又是一股黄色的苯胺尘土。斯巴达克车的司机的手仍旧握着方向盘,闭上两眼,一直想着,这一切不过是一场梦。等他睁开两眼的时候,就不会像他所听到、看到和感觉到的那样了……他终于睁开了眼睛。塔塔拉——一号小车在山上响着,一直开到他的车旁,给斯巴达克车又喷上一层尘土。

"艺术体操!"雅尔达兴奋地叫着。

"优美的体操!"斯巴达克车主鼓起勇气,从车里出来,"上帝呀,这车我可是头一回开啊!"当他看到自己两条腿全是黄尘土时,惊讶地拍了一下手。

"各位,我真害怕往那儿看。那车轮下面是什么东西呀?"他担心地问,额头上的皱纹一直延伸到耳边。

"两公担①一桶的苯胺。"贝比克说。

"我干吗要跑这趟车!"车主用黄色的手拍打前额,"这下我老婆该找麻烦了!我真不敢看那儿……是不是坏得很厉害呀?"

"我的衣服又怎么样了?我们是去参加葬礼的呀!我的大叔去世了……"贝比克叹息说,但他还是看了看车的前部,然后说:"您要费的劲还不大,只是左轮脱了一点……挡泥板有点卷了,冷却器内部给压坏了……"

"我老婆会说什么呢?"车主捂着自己的脸说。

"这您清楚,她不会讲您的好话……但最糟糕的是……我该不该对您说呢?"贝比克问,将手表擦了一下,看看时间。

"您说吧,我已做好一切准备了!"

"这么说,您是胸有成竹。"

"我的上帝!"车主喊道,"明天可有好戏看!"他绝望地穿上沾满黄土的衣服,钻进斯巴达克车,从后车窗旁边拿起鸡毛掸子,死劲地掸车。他是第一次开这辆车啊。

一个男孩坐着雪橇,从几乎光秃的小坡上滑过来。他抓了一把苯胺粉末,拉住车主的袖子问道:"先生,请问这是什么东西?"

"去,去,去,"车主吼叫道,"滚开,要不就把你赶走!我神经受不了!"他嚷着,向空中挥动彩色鸡毛掸子。

"我给您从桥上叫警察来。"雅尔达说着走开了。他自言自语重复说:"简直像跳水表演……像车技表演……艺术体操……"

## 二

奥尔尚公墓,风刮得那么凶,连光秃秃的枝丫,也像旗杆一样

---

① 公制重量单位,一公担相当于一百公斤。

摇动。墓地教堂旁边,手冻得僵了的号手,活动着指头,鼓起腮帮吹着。但人们几乎听不见,大风将他的号声吹散了。

贝比克读了刻有叔父名字的牌子,大声说:

"人们都到哪儿去了?"

号手眯着两眼,继续吹着,用铜号指了指,他们到那边去了。

"那边……"贝比克指了指方向。号手点点头,是那边,同时接着吹号。从袖口露出的指头尖按着号键。

"那些乐手吹的时候,好像乐谱是用铅笔轻轻地写出的,不大清楚,"雅尔达灵感来了,"但也可能,经大风一吹,在日什科夫区,音符碰在墙上,变了调。人们奇怪地问:'什么地方吹来的哀乐……'他们大概在那边吧!"

"你说什么?"贝比克用手掌挡住黄色的耳朵。

"大概在那个地方!"雅尔达大声说,马上朝墓地跑去。可是葬礼仪式已经结束了。神父拿起一块石板,往棺材上洒圣水。风刮得那么大,出席葬礼的客人用双手扶着礼帽。大风将洒的圣水吹到别的墓上了。一位穿紫色袍子的小个子助祭,死劲握住被大风吹动的十字架,几根飘带来回打在他的脸上。

"是哪一排呀?"雅尔达大声问。

"罗马字九号!①"

"多少?"

贝比克为了压住风声,拼命喊道:"罗马字九号!"

可是这时,暴风停止了。出席葬礼的人全都转身离去,看到了一位浑身黄色的迟到的来宾,他正在高兴地喊道:"快艇比赛!"

万世荣 译

---

① 坟墓按排编号。

# 一九四七年布拉格的儿童①

## 一

正午的钟声响了。

希尔曼先生,大个子卖肉的人,左耳戴着小巧的金耳环,打开橱窗,从一连串的猪头和文竹丛中,察看他的店铺。

"先生们,"他的妻子大声说,"屠宰和做咸肉这个行当中,清洁就是健康的一半!"

她用抹布擦瓷砖,一对乳房轻轻地晃动。四名保险工作者,支持老年人协会的代表们,都盯着她的领口。

"你们压根儿不会相信,"肉店老板的妻子说,"这种文竹能吸去肉的异味。"

"所以在犹太公墓种上黑色的接骨木,"保险公司②代表布西法尔先生说,"这种黑接骨木一生根,过几年就能吸收一切。太太,那小香肠真是好极了!"

---

① 标题为意大利文,为捷克一著名合唱团的名字,在此仅有象征意义。小说中虽用了"指挥"等词,但写的不是合唱队,而是一个有犯罪嫌疑的团伙,他们用养老保险的方式骗钱。
② 保险公司与下文提到的支持老年人协会是一个公司,全称是支持老年人协会保险公司。

"太太,"支持老年人协会的指挥先生克拉胡利克含着满口香肠说,"这些小香肠是科斯特勒茨镇产的,还是从法兰克福运来的?"他边说,边点头,用台布擦嘴唇。

肉店的女店主笑了,拿起一片火腿,把这玫瑰色的肉片举到漂亮的年轻人张开的嘴上,大声地说:

"这是专门给维克多先生预备的火腿肉!"

保险公司的代表维克多·图马先生,柏柏尔人①类型的美男子,舔了一下女店主的指头,用鬈发的头,装作不小心撞了一下她的乳房。

"这不是科斯特勒茨产的,也不是法兰克福的,是我们自己做的,我和我的丈夫做的!"

她指了指橱窗。希尔曼先生正跪在那儿,往猪头的嘴里塞黄色的柠檬。

"他下跪的姿势,同斯米霍夫②公墓的大主教霍亨什泰因先生的雕像一模一样。"维克多先生说。

"您也是天主教徒?"女店主高兴了。

"也是。"维克多先生说,抬起他的蓝眼睛,把嘴张得大大的。希尔曼太太弯下身子,往他嘴里喂了一片薄薄的火腿,让他轻轻地咬自己的手指头。

希尔曼先生看到这场面时,拿起柠檬,塞进猪脑袋里去了。

"好了,先生们,还用点什么?"女店主大声说。

"还要一份小香肠!"

"给我多加些辣根!"

"我要辣根加芥末!"

---

① 原为北部非洲一个种族。
② 布拉格一个小区。

"我想要火腿。"东达·乌德代表说。他举止文雅,手拿玫瑰花,上衣随便搭在肩上。

女店主走进贮藏室。保险公司的代表们,越过文竹和希尔曼先生光秃的脑袋,往广场望去,只见一个骑自行车的女人,正从驱瘟柱朝广场骑去。她的车上挂着一个大花圈,上面扎着尖尖的树叶和飘动的紫罗兰缎带。她的下巴向上翘着,因为红木叶上的刺可能扎着她。

"缎带上写的什么?"支持老年人协会的指挥问,朝橱窗走去,从小凳子旁边将东达·乌德先生推开,让他跌了个四脚朝天。指挥先生从他身上跨过去,朝他的头轻轻踹了一脚,然后靠在厨房旁,拨开文竹,笑得流出了眼泪,泪水滴到跪在橱窗前的希尔曼先生的手背上。

"中午要关门了!"肉店的店主说,拿起猪头,用刀砍起来。

"是您太太请我们来的。"指挥先生冷静地说。

"那是愚蠢的玩笑。"东达先生有点生气了。

"您知道,那儿写的什么?"指挥先生转身说,"那儿写的是:你甜蜜地睡吧。"说着,他打了个嗝。

"可能有人在想我呀!"他若有所思地说。

"什么地方在冲厕所。"东达先生沉着脸说,将外衣拍了一下。

"啊,上帝,代表先生气量很小啊。"指挥先生叹气说,从地板上捡起玫瑰花,撒了一点盐和胡椒粉,吃了一口,尝尝味道,觉得不错。他高兴地说:"这做个凉菜,棒极了,加几滴辣椒油,当然更带劲。我们玩玩吧,布西法尔先生。我们请您到单位试用,到今天已经一个星期了。我一直不明白,教堂服务部为什么把您解雇了。"

"因为我在那儿同神父吵了一架!"

肉店的女店主端出一盘热气腾腾的小香肠。

"您同神父吵架了?"她吃惊地问。

"同神父吵架,为了圣特列西娅的雕像。"布西法尔先生说。

"这种芥末,是神父用的吗?"维克多先生问。

"是神父用的。"女店主说,擦了擦因辣根流下的泪水。

保险公司的代表们不知羞耻地盯着她的领口里面,很内行地点头。希尔曼先生进店铺里面去了。他的两只眼睛很小,两只耳朵拖在后面,像马的耳朵。他从仓库回来,拿着拉百叶窗的竿子,站在文竹旁边。他个儿大,肩膀宽,把小店的光都挡住了。

"我应该把百叶窗打开。"他说着,走上了人行道。

"为圣特列西娅的雕像而吵了一架? 那您说说!"女店主说着,搬来一把椅子,跪在上面,手扶着靠背,笑着在椅子上摇晃,连裙子也撩了上去,大腿全露了出来。希尔曼太太望了望天花板,又摇荡起来。当她的身子向后仰时,一对乳房高高耸起,像两堆圆锥形的白糖,代表们看着惊呆了。维克多·图马先生已付过两次抚养费,对每一位怀有身孕的女人,都有些嫉妒,不是嫉妒她怀孕,而是因为不是同他一起怀的孩子。他放下小香肠,像天主教徒似的,双手合十,想更好地体验一下大自然的罪孽。

希尔曼先生手拿竿子,对妻子的表现感到不胜惊讶。

"是这样的,太太,"布西法尔先生咽了一口唾沫说,"这种教堂的雕像,脆弱得叫人难以相信,像那小香肠一样。我就这样将圣特列西娅的石膏雕像往兹贝希诺运去。等我打开大卡车上的箱子一看,咳,雕像的手已经坏了。"

"手?"女店主笑起来,"那神父说什么啦?"

"神父大为吃惊。我说,'神父,我去杂货店买一袋石膏,像医院一样,给那双手打上石膏。'可是尊敬的先生说不行,说他要的是健康的圣特列西娅。"

"健康的?"女店主笑了。

"那我就只好将雕像送回去,"布西法尔先生接着说,"我另外装上一个,再运到这儿来。把雕像放在台阶上。我手拿供货单走进教堂,尊敬的先生站在最后一级台阶上,越过我的肩膀朝下看……我转过身子一望,好一个笨小子!"

"那个神父?"女店主笑着问。

"不是,有一个笨家伙,那个骑自行车的东西。他的车把碰上了塑像,把它撞倒了。神父跑过来,在紧急关头,抓住了圣特列西娅塑像,还说:'为了圣特列西娅,您必须跑第三次!'可他还踩了我的鸡眼,那是不应该的。我说:'您虽然是上帝的代表,也不该踩我的鸡眼呀!'我把塑像捅了一下,它倒下了,摔成了碎片。尊敬的先生打了个报告。现在教堂服务部就冲着我来了。于是我就成了支持老年人协会的代表……那儿还有辣根吗?"

"我去拿来,"女店主说,"可您知道吗,我十七岁的时候,就想进修道院。"

"进男子修道院?"指挥先生问。

"要是今天,当然想去啊……可那时候,我很虔诚……当然,爸爸去世了,我把念珠换上了切肉刀。啊,先生们,我能用我的小手,把火腿切得很薄很薄。"希尔曼太太沉思着说,身子不再晃了。她的一只脚踩在地上,可她那卷起的裙子还贴在膝盖以上的大腿之间。希尔曼先生看着,只是摇头,金耳环在耳垂下闪光,像问号下面的一个黄铜色的句点。他的下巴耷拉下来了。

"我的邻居,您怎么啦?"卖帽子的库尔卡虚情假意地问。

"没有什么……"

"得了吧!我和我老婆从店里都看到了。她对我说:'维尔达,那个希尔曼面色惨白,像火腿上的肥肉。一定是出了什么事。'"帽店主人说。

"啊,是这么回事。您瞧,邻居,我店里来了三个小子。"

"八成是来检查的吧!"帽店主人得意了。

"见鬼,"希尔曼先生撒谎说,"他们来只要刀叉和作料,肉是他们自己从家里带来的。我怕走进去,会惹出什么麻烦!"

"那第四个人呢?"

"他用纸袋装来了三个鸡蛋,要我给他煮好。因为他忌口,我煮的时候,他到我背后,举着手指提醒我:'不能煮老了,只煮三分钟!'"

"真可怕!"帽店主人高兴地说,"自从各学校不再把宗教作为必修课的时候起,人们都变得放肆了。邻居呀,我真替您惋惜。"库尔卡先生说,声调中显出无法掩饰的高兴。他朝自己的店铺走去,走到半路上蹲下来,装作在系鞋带……同时又大笑不止,笑得眼泪都滴到鞋尖上了。"这很好。"他自言自语说。希尔曼先生将竿上的钩子穿在窗帘的吊环里,把窗帘转起来,可是百叶窗卡住了。他折腾了两次,也没有弄好。肉店老板从橱窗往店里瞅他的妻子,只见她还是卷起裙子站着,像要过河的样子。他忍不住了,便全力拉竿子,钩子从铁环上掉了下来。希尔曼先生倒退到人行道上,还往后踉跄了一下。他感到好像背上压着一百公斤重的砖块,有一种东西在推他,很想翻个筋斗似的……他将刀子一挥,才恢复了平衡,抓住了拉百叶窗的竿子,没有像别人希望的那样:一个生意兴隆的屠宰和咸肉铺的老板,仰面朝天,摔倒在广场上。

制作胸罩和紧身衣的莉蒂亚商店的两个规规矩矩的学徒,坐在驱瘟柱旁的长凳上吃午餐面包。她们看到希尔曼先生要跌倒时,马上站起来,抬着长凳,想去接住要跌倒的希尔曼先生。

"中午好,老板先生。"她们问候说,坐到长凳上,继续吃妈妈给她们涂好黄油的午餐面包。希尔曼先生碰着了一幅大广告,上面写着:恭请全体居民出席大威尼斯之夜。他撞上了广告支架,仰面跌倒在地上,两条腿交叉在一起,一只鞋尖踢到额头上,后脑勺碰到了铁栏杆。帽店主人库尔卡先生跑过广场,扒拉开撞破的广告

纸,问道:

"邻居啊,您的脑袋摔得不轻吧?"

希尔曼先生坐起来,摸摸后脑勺。

"好在看到的人还不多。"帽店主人安慰他说。

希尔曼先生蹲下去,又站起来,捡起拉窗帘的竿子走了。

"还痛吗?"

"痛得多厉害啊!"希尔曼先生说。

"您压根儿不知道,我多么为您惋惜啊。"帽店主人遗憾地说,但掩饰不了他语调中的幸灾乐祸的意思。他又蹲下来系鞋带,同时再一次笑起来,笑得口水滴在膝盖上。他嘶哑着嗓子说:"那就好……"

"我有什么可以自吹的,"布西法尔先生在店里说,"太太,如果您在这儿给我投入一千万,教堂服务部把整个教堂都给您……交钥匙!因为我们有自己的车间,小工厂,那儿可以制造讲经台。有作坊,能按尺寸给神父缝制教袍。一件漂亮的教袍,值八千二百多克朗。还有首饰车间、打铁车间……"保险公司代表布西法尔先生说着,希尔曼先生拉开百叶窗。它那红色的条纹,给小店投上了一层玫瑰色。肉店老板走进店里,拿出一个大锡盆,从人行道打开橱窗,拎着一个个猪头的耳朵,扔进盆里,然后关上橱窗,就返回来了。

"太太,"布西法尔先生接着说,"教堂服务部有自己的葡萄园、酒窖,还有做弥撒用的葡萄酒……有两座女修道院,为全共和国烤制做弥撒用的面包。"

所有的人都掉转头来看肉店老板怎样将猪头倒在砧板上,然后拿起一个猪头,高高举起,好像在用整个猪头做祷告似的。随后又把它放在砧板上,很内行地用一根指头,在锋利的屠宰斧上抹了一下,只一斧头,就把猪脑袋劈成两半了。

"好漂亮的一刀!"指挥先生说,用手擦了擦前额。

"我们是不是该走了?这砧板上的场面,同我们可能的命运,有没有什么暗中的联系?"维克多先生问。

"说不定丈夫先生有点吃醋吧?"布西法尔先生问。

"可是,先生们,"肉店老板的妻子大声说,"你们是怎么想的?法南尼克①!吃醋?他没有理由嘛!法南尼克,你是不是有点嫉妒?"

希尔曼先生拿汤匙,望了一下几个代表,从猪头盖骨腔里掏出脑髓,恶狠狠地往瓷盆里一甩。

"我的头有点痛。"指挥先生说,一只手伸到分头的发缝里。

肉店老板拿起挂在铁丝上的价格标签,插在盆里的猪头上。

"我那儿又痛起来了。"指挥先生说。

布西法尔先生站起来,走到砧板旁边说:

"师傅,做这种香肠,最主要的要看肉怎么样,对吧?"

希尔曼先生在砧板上放好了四个猪头,重重的四斧头,把它们都劈开了。

"肉,肉!"女店主大声说,"最重要的,先生们,是配作料,肉不过是成分之一。维克多先生,您最喜欢什么?"

"您问我这个?"他小声说。

"随便问问,"她的脸红了,"我指的是别的事。好比说,您最爱吃什么。"

"我喜欢带酒味的香肠。"

"好,先生们,我给大伙准备的正是用水浸泡过的酒味香肠,连加油站的职工也辨别不出来。水泡过的香肠,这是上帝的恩赐!"她笑着说,"你们要是不相信,就去小贮藏室看看吧。布西法尔先

---

① 希尔曼先生的名字。

生,是哪个公司给庙会供应圣像?"

"是我们,太太。"布西法尔先生说,同大伙一道去看小贮藏室。煤气炉里的蓝色火焰,像一束紫罗兰色的野花,照亮着暗处。"我们给所有办庙会的地方供应念珠、圣水盘、捷克国产的水晶球,小不点儿的布拉格圣子像,人们称它为'布拉格的儿童'①。"布西法尔先生又说,从阴暗的贮藏室通过光亮的窗口,朝院子里望去:一架绞肉机正在强烈的阳光下运转。绞出的肉溜进盆里。剩下的是开始腐烂的内脏,上面落满了金头和绿头苍蝇。

"那么您最喜欢什么呢?"维克多先生问。

"除了那儿的玩意儿以外,"女店主低着头说,"我最喜欢吃早晨的猪头肉……宰第一头猪的时候,我拿来一只装牛奶的空桶,割下一块猪心、一片猪肝、一点儿猪尾、猪嘴巴和耳朵,加一些水,用特制的盖子把桶盖上,放进煮锅里。等到猪肉煮好了,我把桶取出来,打开,将肉汁倒进杯里……再把猪头肉装到盘里。大家开始吃起来,喝那健身汤……"

"就着面包吃?"维克多问。

"面包只用来装装样子。可是,先生们,这是我们店里的秘密。这些是展览会发给我们的奖品、奖状,一个大作料柜子!"希尔曼太太大声说,打开柜子,抽屉装得满满的。

布西法尔先生返回店里,看着希尔曼先生用勺从猪头里掏猪脑髓,说:"师傅,您可能不大相信,今年坟地多么便宜啊!奥尔尚公墓有这么三块坟地。每个有钱的捷克人,都想能在奥尔尚公墓做甜蜜的梦。您没有兴趣吗?"

"我担心,"希尔曼先生说,瞅了一眼贮藏室,"我在坟墓里会醒过来。"

---

① 原文为意大利文,与本篇标题相同。

"很少有人会那样。"布西法尔先生说,"只要您讲一句话,那块墓地一周以内,就归您所有了。地皮干燥,离自来水管很远,从墙上看外面的田野和酒店,风光不错。这可是个千载难逢的机会啊!"

"您知道,"希尔曼先生说,用刀刮砧板上的猪脑髓,还将刀子在瓷盆上擦一下,"我一直是想要一块坟地的……现在,当我一瞧我妻子这样子,我就更想要它了……可是,文化赞助者赫拉夫卡从坟墓醒过来这件事——除了我老婆——就能把我打垮。"

肉店老板说着,用刀向砧板砍去,然后走近小贮藏室。他妻子正往开水里放小香肠,还大声喊道:

"一抽屉的香料、胡椒、辣椒、新鲜作料、椒根和生姜,这些东西给我们带来了名气,法南尼克,是不是?"她轻轻敲了敲丈夫围着蓝红色条纹围裙的胸部。

"嗯。"希尔曼先生应了一声,把冰柜打开了。

钩子上挂着半边的小猪和小牛,像私人医生家里的挂图,还有两条啤酒店的大牛腿。

"您得到那块坟地,人人都会羡慕您的。"布西法尔先生说。

"可是谁能给我保证,"希尔曼先生说,轻轻地拉着牛腿,"我不会像赫拉夫卡那样,从坟墓里醒过来?上帝呀,他们在那儿是怎么发现他的,棺材盖挪动了,文化赞助者跪着,指头和胡须都被咬掉了,棺材也歪了!"

"是老鼠咬的?"

"老鼠!"肉店老板大声说,"是他吓慌了神,自己把手指咬断了,把胡子也拔掉了!我宁可让人们火葬!"他伸开手,取下挂着的牛腱子,将两百斤重的后腿扔到肩上,走出冷藏室,拉上保险钩,走进店里。牛的大腿压弯了他的腰,他的脑袋快贴着胸部了。

"您知道吗?"布西法尔先生说,从后面看希尔曼先生的面孔,

"您在遗嘱里写上,让医生扎扎您的心脏。布拉格阔气的家庭都这么干。这在贵族圈子里,已成为习惯了。"

"扎心脏?"希尔曼先生说,"我老婆对我就是这么干的,您看看吧!"

希尔曼的妻子端着热气腾腾的小香肠,大叫大嚷:

"先生们,我差点给忘了,今天是威尼斯之夜呀!晚上都来吧,我要在平板船上弹曼陀林……啊,维克多先生,灯笼高照,月儿圆圆……我邀请大伙来!我丈夫将在冬不拉乐队弹夏威夷吉他。"她说着,跑到牛腿下面,拉起丈夫的手,拧他的一个个指头,还说:"大家看看这些指头吧,多么像又粗又短的灌肠啊!就是这样的指头,去年宰猪节还在乐队演出哩。人们搭起小舞台,法南尼克爬了上去,五百公斤的公牛也牵了上去,用绳子系着……我丈夫法南尼克牵牛,乐队开始演奏,听众一片欢腾……可是今天,先生们,这些又粗又短的灌肠一样的指头,还要在小小的吉他琴上弹奏哩。你们来吗,先生们?"

"希尔曼先生,那坟地值得琢磨一下,它紧挨着一位捷克有名的诗人。太太,您劝劝他吧!这么便宜的坟地,你们任何时候也找不到的!"布西法尔先生说。

"同有名气的诗人躺在一块儿,那真不赖,"肉店女店主说,"我爸爸也是诗人。先生们,他多么乐意举办纪念活动啊!身穿白袍的学徒们走在队伍前面,用大盆端着猪头、内脏、香肠,像举着中彩的彩票一样。他们后面,是头戴白帽子、上身穿格子衣的工人师傅,肩上别着我们的徽章——银质宰猪的斧头。再后面是管乐队。接着是体重一百多公斤的运动健将,头戴宽边帽,上面插着羽毛。接着是屠夫、民族之花……可是先生们,趁热把香肠吃掉吧!"肉店老板的妻子说。

布西法尔先生说道:

"布尔曼先生,我看那块坟地就归您了……好,我可以通过教堂服务部,在墓里面安装一个仪器。是住在巴黎的一位俄罗斯著名人物发明的。这仪器放在棺材里,由您手握着。只要您在棺材里动一下,墓上面就响起铃声。因为那电线控制着报警信号。铃声一响,管子里就喷出烟火。为了不出错,报警以后,还发出一种响声……哎呀!"布西法尔先生叫起来,将手往旁边一甩。

希尔曼先生跳了一跳,身子一歪,手上的牛腿肉掉到地上了。他身体失去平衡,撞到了关着的门上。希尔曼太太正巧这时候把门打开,肉店老板蹿到走廊上,想抓住那块大肉,可是重心已转到前面五米远了。希尔曼先生挥动刀子往前赶,踉跄一下,摔倒了……他是被撞倒的,不是摔下去的。莉蒂亚公司两名老实的女学徒看到这一切,就把衣兜上的面包渣抖掉,将长凳抬到安全的地方。

"下午好,老板先生。"她们站起来,看到希尔曼先生要摔倒,弯腰问候。

他撞到了威尼斯之夜的广告上,牛腿肉飞过去,打穿了避瘟柱旁的一根细铁棍,在小玫瑰花泥土上砸了个坑。

帽店主人库尔卡先生跑过广场。他只穿了一件毛衣,拿着绿绒帽:

"邻居朋友,"他同情地说,"您摔得不轻吧?"

"是很重。"希尔曼先生说。

"我从窗口朝外看,见您摔得蛮远……可是您知道,我以为您会保持平衡的。您真的很痛吗?"帽店主人问,从口袋里取出刷子,仔细地刷他的帽子,吹吹帽上的灰尘。

"是很痛啊。"肉店老板难受地说。

"我为你感到惋惜。我老婆还以为,您在为威尼斯之夜练习表演哩……感谢上帝,邻居朋友,没事儿就宽心吧。"帽店主人说着就往回走,一点也不掩饰他语调中的高兴劲。

布西法尔先生接着跑过来了。

"可事还没有讲完哩,"说着,他蹲了下来,"坟墓里有电话通公墓管理处,只要它一响,掘墓的人马上就到,立刻将您刨出来。"

"我也必须为你们掘墓,"希尔曼先生坐下来说,"是你们强迫我进行人寿保险的,现在又要强迫我买坟地,因为我反正是要买的……可是您看,我老婆在给我搞什么名堂?"他举起手掌,望着他妻子跑过来,她手提着裙子,一手挽着保险公司代表维克多。

"我爸爸真够倒霉的,"她说,用干净抹布擦牛腿肉上的泥土,"先生们,我爸爸开着橱窗,像我的法南尼克一样,往猪头里放柠檬,凑巧一辆卡车开过来,前轮掉下来了,飞了起来,撞在我爸爸背后。我爸爸正往猪头里放柠檬。他同猪头一起,把柜子撞穿了,一直撞到砧板面前,我妈妈还举起斧头在砍小牛骨头,准备放到汤里去哩!"

"她把您爸爸砍死了?"指挥先生问。

"没有……但是出了点事儿,只剐了一层皮。可是,先生们,来吧,过来往店里搬肉腿吧!"女店主喊着。支持老年人协会的代表们站到牛肉腿周围,弯下腰,想将肉抬起来。指挥先生喊着:

"加——油!"

大伙一齐动手,可牛腿一动也不动。

"我们的手太滑了。"指挥先生说。

当每个人拿出手帕时,他喊道:

"加油!"

可牛腿还是不动弹。

希尔曼先生站起来,推开支持老年人协会的代表们,用一只手拿起牛腿,夹在胳膊下,像夹一块绘画板一样。希尔曼太太高兴地说:

"你们看到了吗?他的手指像粗大的香肠,可晚上还要在冬不拉乐队弹琴。维克多先生,把手伸给我,向我保证,您一定来!"

"您听见了吗?"希尔曼先生对布西法尔先生说,"我那老婆还要把我带到坟墓里去哩!那坟墓您就安排吧。这可是像针一样扎我的心啊!"

## 二

小商店阴暗暗的,柜台上银白色的交款台亮着,活像一个水库模型。

维克多·图马先生,支持老年人协会的代表,走进里面的时候,朝作坊弯腰鞠躬。四位姑娘坐在长桌旁边,每人面前有一大堆人造花叶。她们用灵巧的手指,往茎上卷扎。

"大家好,漂亮的小姐们!你们的头头在哪儿?"他问道,又鞠了一躬。年轻的女工们将目光从人造花上移开,也点点头。每个姑娘都有绵羊般的鬈发,鼻子闻着一堆毫无香味的纸花。

"收款台上有电铃,您按就行了!"一位姑娘说。大伙继续干活,好像在编织小块的桌布,或者像抓着展翅飞翔的彩鸟。

商店后面黄色的灯光下,出现了一个秃头男子。他沿着一束束人造玫瑰、大丽花、玲兰、水仙和报春花走着。花儿一串串地挂在钉子上……男子戴着厚片眼镜,在眼皮底下,投下两个土耳其式的新月。他停在柜台旁,手放在台上。两个手臂是装的假肢,颜色像烟草一样……

"是克劳斯先生吗?"维克多问。

"是,先生有什么事?"克劳斯先生竖起毛茸茸的耳朵听着。

"我是学哲学的学生,国民教育部委托我作为支持老年人协会的代表,对所有愿意享有养老金的人进行登记。部长先生的意思,是要让老老实实的人来干这件差事。"

"这是件好事,"小商人说,"我对养老金有兴趣,这从保险上讲,是个数学问题……可您学的哪门哲学?"

他问的时候,使劲按着假肢上的铜扣。

代表按了一下扣,假肢如手一样活动起来,克劳斯先生把烟拿到手里。

"这装置,我知道,"维克多说,"巴尔杜比采①遭轰炸的时候,正好有这么一只手,挂在二层楼的一个钉子上。"他说着,把燃着的火柴按在手掌里。

小商人吸起烟来。

"年轻人,您学的什么哲学?"

"形而上学。"

"一门好学科。但那是怎样的形而上学呢?讲生前、死后,还是讲解脱?②"

"生前,柏拉图的思想。"

"了不起的科学!"克劳斯用这句话称赞说。透镜的反光,像银白色的小金鱼在他脸上滚动。"好,年轻人,迦勒底人③的游手好闲和赫拉达④的纯净的灵魂,十分精彩地向我们表达了犹太人的智慧……所以,我欣赏所罗门⑤国王。欣赏他那介于两极之间的分散性,以及《旧约》圣经中的支离破碎。"小商人说着说着,接不上气倒下了。他的话语同香烟味混在一起,眼皮越来越低垂了。

一片寂静。只有作坊姑娘们的手在干活的声音。烟头还冒着

---

① 捷克北部城市,二战快结束时遭美机轰炸。
② 生前……解脱,均为拉丁语。
③ 指古代迦勒底人。
④ 神话人物。
⑤ 统一犹太以色列国的国王,以聪明智慧著称。

青烟,在克劳斯先生下巴下面分成两股,活像大夫的听诊器。

"也许有人会对我感到惊奇,"过了一会儿他说,"我会欣赏非理性主义的哲学家亚历山大,他脆弱得像我的花儿一样?我最崇拜赫麦斯①,有谁会认为我不好呢?"克劳斯先生大声说,用假肢敲打柜台,抽剩的烟头掉在黑色的地上。

"这只是作为您的装饰,"代表说,"我们还是回到现实世界来吧……您想要多少养老金?"

然后,代表递给他一支香烟,给点了火。

"当然,"小商人说,"在赫麦斯以前,有谁用图表显示过他那绿宝石般的哲学基本性质?"

"所罗门国王和他的印章。您将享受十级待遇。"维克多先生说,并且记录下来。

"七级,是不是更好一点?"

"有七个棱角的烛台,"代表说,"不过我们最好以十诫为基础吧。"

"好极了。您是个有学问的年轻人,"小商人夸奖说,"可是,所罗门国王的印章能告诉我们什么呢?"

"同蓝宝石图案所表示的差不多。"代表说,同时用铅笔在商店的上空画了两个重叠的三角形。克劳斯先生闭上眼睛,仿佛要挨鞭子似的。随后,他用两条假肢撞银色的钱柜,褐色的抽屉从里面滑了出来,还发出了叮当声。

"那些字是什么意思?"克劳斯先生问,用头碰碰冰冷的钱柜。

"上面同下面一样,下面与上面相同。"代表解释说。

女工们停下手中的活儿,眼神里充满了问号。

维克多先生又轻轻重复了一遍,朝车间望去。

---

① 希腊神话中的神。

"上面同下面一样,下面与上面相同。"他说着又用手指画了两个重叠的三角形。

小镇的砖路面上,铃声更近,更响了。整个商店都受到震动。橱窗外开来一台大型收割机,好像童话里缩着翅膀的大飞禽。一个年轻人坐在铁皮座位上,头上是格子顶盖。那是个农村小伙子,头发乱蓬蓬的,一直散落到贝雷帽子下面,好像被枪打中的鸭子翅膀。年轻人哼着小曲儿,收割机隆隆地响,像吓唬人似的,又好像负荷过重,仿佛蒸汽机车载着六台脱粒机一样。

可是,克劳斯先生对收割机的响声听而不闻,一心注意着那两个镶嵌在一起的三角形。

"这才是生活中唯一的、真实的画面。"他低声说。

当克劳斯渐渐回到现实世界之中时,发现女工们的双手都摆在膝盖上,正望着他哩。

"姑娘们,我可凭什么给你们开工钱?"他板着脸说,两脚跺着作坊的地板,"干活,干活!"

女工们拿起人造花和叶,用灵巧的手指,匆忙快速地扎着人造花茎。

"一个会做生意的人,货源充足的时候,也要像一无所有一样。"克劳斯先生解释说。

"是的。所以在我的权限内,头三个月,我有理由收取现款。"代表说。

"好朋友,明算账嘛。"小商人说。

"那就请签个字吧,要不就画上你的代号,"维克多先生说,将钢笔给他,指着申请书说,"我整个收取一千二百五十克朗。"

克劳斯先生签了字,可把申请书弄破了。

"这没有关系。"代表说。

商店的门轧轧地响着。一位头戴红色礼帽、身穿毛外衣的姑娘走进来,手指上夹着由两片绿叶扶持的睡莲。

"请买下它吧。"她说。

"这是什么?"克劳斯先生惊讶地问。

"抢生意。"维克多先生说。

"做得真漂亮,"小商人很内行地说,"亲爱的孩子,这睡莲是谁做的?"

"我爸爸妈妈做的,由我拿到各处去卖。请买下吧。"

"多少钱一枝?"

"二十五克朗。"

"可怜的竞争必须得到支持,"克劳斯先生沉思着说,"这么漂亮的姑娘,来向我这个人造花商人,推销人造睡莲……年轻的先生,这里面是不是有更深的意思,这不是一种巧合吧?因为这个姑娘就是一块流动的、带有所罗门国王徽章的蓝宝石,向着我的命运挑战……"商人说着,像摆弄印刷机似的,用假肢按出几张一百克朗的纸币,放在桌上。总共十九张一百克朗的纸币。代表点了一遍,小心翼翼地放进钱包。

"好,亲爱的孩子,给您二十五克朗,您把睡莲挂在橱窗的钉子上吧。"

姑娘拿着睡莲,进入橱窗,背后背着一个系着绿绳的包包。她转过身来,看到了维克多先生,脸红了。她没有开玻璃门,却摸到橱窗的门柄上去了。

"您在那儿干什么?"克劳斯先生吃惊地问。

姑娘跑进商店,推开了向她伸来的假肢,跑到街上去了。

"我们像橄榄一样,"商人悲伤地说,"只有我们被粉碎时,才能从我们身上贡献出最好的东西……可是有什么法子呢?年轻人,您再到镇上来的时候,请拜访一个人,此人经营的商店,账本虽然看上去是赢利的,但他的双手却永远同漂亮的姑娘们绝缘了。"

他走开了。黄色的头发在小灯黄色光线照耀下,渐渐消失在库房的人造玫瑰、大丽花、玲兰和水仙花丛之中。

"美丽的姑娘们,再见!"维克多代表先生鞠躬说。

年轻姑娘们躬躬身子,头部碰到一簇簇花叶上。

维克多先生跑到街上,还踮起脚四处张望,打算踩到一辆小轿车的发动机罩上去,可车主从小窗口伸出脑袋嚷道:

"您好大胆子!"

街旁的路灯,架着一架梯子。代表沿着梯子,一直爬到路灯下,扶着灯柱四下张望,可是看不到手持睡莲的姑娘。

街上一名清洁工,高大的个子,身穿威廉式马夹,满身尘土,身上的汗毛如同仙人掌。他挥动着长扫帚在打扫街道。嘴里随便吹着交响乐曲……吹一会儿就停了,靠在灯柱旁的梯子上,不满意地说:

"那些家伙可真笨,真笨。但是也就这么样!"

维克多先生从梯子上走下来,踩着了清洁工的脑袋。清洁工朝上摸着了鞋子和踝骨,抬起眼睛,往裤腿里面看。

"伙计,您从哪儿冒出来的?"

"从天上来。"

"那儿情况怎么样?"

"棒极了。"

"这么说,天主教徒过得不错呀。"清洁工说着,走开了。

他又拿起扫帚,使劲清扫面前的废纸、落叶和一堆堆尘土。

"那些家伙真笨,就是这么笨!要是他们懂得,什么是像样的音乐,那就好了!"清洁工大声说,又吹起口哨,挥动长扫帚,像指挥打拍子一样。

"这是悲怆曲缓慢柔板!"代表维克多先生大声说。

"我名叫瓦斯拉夫·尤日奇克,皮斯克尔霍特镇的人。"清洁工说,继续吹哨,扫地。从一条街扫到另一条街,扫除尘土、废纸和落叶……

支持老年人协会保险公司的代表,沿着磨坊浅浅的引水沟走着。一群光屁股的孩子在水里游动,打水仗,兴高采烈地大喊大叫。几个皮肤发紫的孩子,手捂着下巴,裹着毯子,牙齿直打哆嗦。屋子的院落,紧挨着引水沟。几位妇女在沟里洗脚。其中一位躺在浅水里。她站起来的时候,裙子夹在大腿之间了。

维克多先生继续朝前走,走向紧挨着啤酒厂的高大建筑的制箱老工人科加特卡的小屋。山毛榉和橡树木板整齐地靠墙竖着。维克多走进厨房兼作坊时,制箱工人正坐在条凳上,用刨刀加工一块木料。他身穿短皮衣。窗外传来引水沟里戏水的孩子的欢笑声。

"您是科加特卡先生吧,为养老金的事,您给我们写过东西,对吗?"

"写过,"制箱工人说,"可不知道你们是否接受我……我已经老了……一想起今后,就有些恐惧。"制箱工人咳嗽着说。他身后的墙上,挂着斧头和刮刀,窗台上摆着几把水壶,地上是刨具和木屑,还有两只散架的木桶。

"那就正需要支持老年人协会嘛。"代表说,将申请表摆在桌上。他看到有一台喇叭式的老留声机——喇叭很像一朵大旋花——就说:"给我放点什么吧!"

"行,没有问题,"制箱工人说,摇动手把,"我孙子很喜欢这张唱片。小孙子是我老年唯一的靠山。"

"可不是唯一的,"维克多先生说,"对小生意人来说,靠山只有一个,那就是保证幸福的晚年……养老金。所以我才到这儿来……不过这儿很新鲜!"

制箱工人放上唱针,一种奇怪的管乐响了。

"这是慕尼黑啤酒馆贝布斯演奏的,这一部分叫费德尔社团。我可怜的孙子是那么喜欢它。您知道,他学木工,用圆锯锯木板时,脚受伤了,脖子也受伤了……每次发补助金和来汇款单,他都买一瓶罗姆酒回来,还说:'爷爷,给您壮壮身体吧!'我们于是就放这张唱片……请吧!"

"您想要多少养老金?"代表问。

"每个月八百……一千克朗,行吗?"

"那就一千吧……科加特卡……可那是一张什么唱片,连顾客也在唱哩!还有人高喊:'好堂倌!'"

"是呀,这在慕尼黑是个习惯。我在那儿的奥古斯丁啤酒厂干过活。他们供应啤酒用犍牛拉车,每头牛脑袋上扎一个黄铜色的绒球……碰到这种黄铜色的绒球装饰的啤酒车,是很开心的……请问,行不行啊?"

"那就给我签个字吧,"维克多先生说,站起来搓搓手,"……在我的全部权限内,头三个月我将得到……"

"多少?……"制箱工人惊讶地问。

"七百五十克朗,那五十克朗是登记费。"代表说着,又安上唱针,拉起弹簧,从喇叭般的扬声器里传出音乐来,奏的是贝布斯乐队在慕尼黑啤酒馆演奏的费德尔乐曲。

"那就请让我签字吧。"制箱工人说,手拿刨具,慢吞吞地走向碗柜,拿出祈祷书,摊在桌上,从圣像中找出几张一百克朗的纸币,往桌上一摆。

"人们欠我不少的钱。"老工人遗憾地说。他拿走祈祷书,取来布拉格展览会的金边瓷碗,朝桌上一倒,全是硬币。他将它们分成十个一堆,放在桌上,竖着堆得像一根小柱子。

引水沟里传来欢笑声和喷水声。

制箱工人数完硬币,不好意思地抬起头,抱歉说:

"我在柜子里找找,请安静地等一下……"他打开柜子,一个又一个地翻口袋。

"这儿怎么这样冷?"代表颤抖着说。

"因为紧挨着小屋的,是啤酒厂的冰库。我们后面就堆着四五层楼高的冰块,像冰山一样……现在不算什么啦。孩子小的时候,最糟糕的是夏天。我们穿着衣服睡,牙齿还咯咯地响。可是引水沟那边却传来年轻人的洗澡声。他们在月光下唱歌……"老人说着,将皱的纸币摆在桌上,摊开,用手按平。

"请别生气,我还有呢。"老人说,将手伸进裤兜里,掏出钱包,拿出全部的钞票,又点了一遍,他只剩下两个克朗了。

"我爬上树的时候,看到地上正好有那两个克朗,给您……"制箱工人笑着说。

"可您现在又有了养老金啦。"维克多先生说,数了数那三十堆克朗。

"我真高兴啊,"制箱工人感激说,"因为我一想起今后的日子,就浑身发抖。等我的手连一把刮刀也拿不起来的时候,谁给我一个子儿……"

"好了,申请书原件还给您,其他材料通过邮局寄来。"维克多先生冷冰冰地说,把手指尖伸给老人,随后就走掉了。

老人让留声机停在原处。喇叭花样的唱机中,放出慕尼黑啤酒馆费德尔的乐曲。他朝引水沟边走去,那儿传来光屁股小孩们的戏水声和欢笑声。

## 三

威尼斯之夜场地的河边上,安装有铁链吊着的旋转木马,在急骤的曲子伴奏下,从中心向四方八面飞动。旋转木马上装饰着各种仙女。力臂上安着彩色灯泡。木马飞速旋转时,一个个座椅直飞到河面上。谁要是低头看看,便可见到木马的横梁和柱子正在搅动水的深处,水中映出人们的双腿、铁链和脸部组成的圆圈。因为是在水边,所有的景物都成了双双对对的。

代表先生维克多紧搂着手持睡莲的姑娘。两人一起摆动。两人座椅上的链子,搅在一起了。他一个大动作,将姑娘抛到蓝色的夜空……刹那间,她的座位又返回来。旋转着的姑娘,伸出手来。维克多先生伸着双臂迎上去。差一点,还差一点……他们的手钩在一起了。代表用力将姑娘拉过去,搂抱了一会儿,朝她的耳边说了几句调情的话,又将她抛向空中,一直飞到离心力允许铁链所能到达的地方,他自己差点儿停下来了。这时候,坐在他后面的支持老年人协会的指挥撞了他一下,小声对他说:"你应该将这妞儿包起来!"

维克多的腿朝上蹬,两眼微闭着。

开动旋转木马的人按了一下电铃,将它开到最高速度,座椅和铁链离地面上被践踏的草地更远了。灯光远处,圆圈下游人的面孔,在蓝色之夜的阴影下,好似一个巨大的滚珠。

手持睡莲的姑娘吓呆了:如果座位脱落,她会飞到哪儿去呢?可能飞到河当中,那里映着月儿晃动的影子。可能正好飞向一只静静划动的小木船,船上彩灯高挂,正在演奏弹拨乐。可那一撞,木船也就完了,彩灯也会熄灭……但也可能那脱落的座位,一直将她甩到岸上,撞入卖糖果的小帐篷,那怎么办?要不就是飞进射击棚,正好打中铁皮娃娃……或她连着铁链,撞在穿白褂的卖棉花糖的人身上!也可能飞得更远,掉到一个木盆里,里面正用凉水冰着啤酒和矿泉水哩,那该怎么办呢?

但开旋转木马的人按铃了,上面种种可能性都不存在了。开木马的人减慢速度,铁链缓缓往回收,像伞收拢一样……接着是鞋跟儿碰着木马的声音。旋转木马停止转动了。

"我晕头转向了。"姑娘说。

"那最好喝一杯酒。"指挥先生邀请她。

他们站在啤酒棚里,慢慢地喝着甜酒。指挥先生问道:

"生意怎么样?"

"糟透了,买东西的人很少。"她说。

"哎呀……他妈的,蚊子!"指挥先生用手驱赶,把酒泼到东达先生脸上了。

"对不起。"指挥先生抱歉说,解开姑娘的小包,笑得流出了眼泪。接着,他抽出一枝用绢花纸包着的睡莲。

"您真会开没有意思的玩笑。"东达先生骂道,从眼睛上擦去刺人的甜酒。

"好了,小姐的芳名是……"

"乌尔舒拉·克拉森斯卡。"她低下头说,面颊绯红了。

"乌尔舒拉小姐,这么好的货,卖不出去?"

"也许是我不会做生意。"说着,脸更红了。

"这一枝值多少钱?"

"二十五克朗。"她说着,放下一只空杯子。

"老板,"指挥说,"再来一杯!"

"那您是卖什么的?"姑娘问。

"我和我的伙伴们向人们推销幸福的未来。"指挥先生说。

"啊哈,你们是算命卜卦的!"她笑着说。

"不对。您猜猜看。"

"卖祈祷书,要不就是给人看手相!"

"哪儿的话,让维克多先生告诉您吧。"指挥先生说,将酒杯递给姑娘。

"乌尔舒拉小姐,我们向人推销幻想,养老金。公司收到申请,就付给我们钱。如果人们相信我们所说的话是真的,就会有幸福的未来。"维克多先生说,两眼直盯着手持睡莲的姑娘。

"你们出售的是希望?"她问。

"对了,"维克多先生说,"像耶稣一样,当他做贸易旅游者的时候,经过革尼撒勒湖边①,对用户推出的货物是:信仰,希望,爱……我们也是这样……不过,我们还是去逛威尼斯之夜吧!"

"你们的职业真棒。"姑娘说。

"是的。"指挥先生说,拿起人造睡莲,从人流中挤出去,大声嚷道:

"巴黎的最新产品就要到你们桌上!人造睡莲,可美化列位的住宅,机会千载难逢!"他喊着,用两眼观察各种各样的人。

"我们那个头头开的玩笑可不大高明,"东达先生骂骂咧咧地说,闻闻自己的指头,"有种茴香的怪味!"

"啊,那真美哟!"姑娘转向维克多说,用手指向一个摊位。那儿站着一个男子,正从柜子抽屉往外掏一种下垂的东西,像个橡皮套子。他将那东西放在氧气筒上,转动小齿轮,手指下很快出现了一个美丽的彩色气球。再来几个快动作,气球飞到了拴着它的细绳所能达到的高处……小孩们手拿气球,高高兴兴地笑着……小商人在小汽灯下,制作出一个又一个气球。

指挥先生拉着一位妇女的手走过来,大声说:

"乌尔舒拉,这位夫人要两枝睡莲!"

他打开包包,取出两枝人造花,放进胖墩墩的女人的提包里。夫人有几分犹豫说:

"一枝大概够了吧?"

"两枝,两枝!"指挥先生喊道,"正像您买狗崽一样,最好是成

---

① 见《新约全书·路加福音》。

双成对,因为一对好喂养一些。给我五十克朗!"

妇女取出钱包,两手有点抖。指挥先生说:

"对不起,夫人。"他把钱包拿过来,从里面取出五十克朗,交给乌尔舒拉,将钱包还到夫人的口袋里。接着,他从姑娘背后拿下大包,掏出一枝睡莲,拿在手里,朝人群挤去,大声喊道:

"请买维也纳的最新产品:人造睡莲,经久耐用,美观大方,人造花卉,永葆新鲜,请买下吧……"

"我想要一个……"姑娘说。

"要那枝睡莲?"东达先生问。

"不是……要那气球……"

"要哪个颜色?"维克多先生问。

"绿的。"

"碧绿色是希望之色。"维克多说。

东达将手伸进口袋,朝高兴地玩着气球的孩子们走去,买了一个绿色气球。当他将气球用细绳系住,摆了几下时,一个石子打到他的太阳穴上,他愣住了,感到出了血。他看到两男孩正从威尼斯之夜的黑暗中逃到河边的柳树下面。

售货人说:

"那些小杂种总是这么胡闹,用弹弓打气球,打得可欢啰……可打着了您的头吗?"

"险些把我的眼珠子打出来!"东达先生说,用手绢捂着被石子打伤的地方。

随后,他将气球交给手持睡莲、被维克多先生挽着的姑娘。他们正朝着秋千走去。那上面坐着两个女人。秋千老板喊了一声:"好,好。"按动控制钮,板上的杂物都飞起来了。那两个女人力气真大,轮流向上使劲,使秋千像飘动的旗子一样,荡到水平状态。她们这么玩:一个人荡起来,让秋千向下,紧接着又向上。第二人笔直站着,朝上腾起,头几乎碰到蓝天。秋千的座位向下降时,第一个女人又笔直向上,直冲天空,脑袋将几颗星星都遮住了。她们两人的头发乱蓬蓬的,一会儿飘到肩上,一会儿遮住了面孔。这样,时而可以看到她们的秀发,时而可看到她们露出的面容。

指挥先生走过来,很远就举起空空的大包,嘴里含着花生米。

他让姑娘系上带子,把钱交给她。

他手捏着花生米,将花生壳塞进东达的外衣口袋。他一下子笑起来,把花生渣喷到东达的脸上。他挽起东达的手,将他引到一个摊位上。摊位上方,挂着一幅扇形标语,上面映出来的是从四面都可看到的广告:彩虹。一位年轻的金发女郎大声喊道:

"女士们,什么是彩虹牌漂白剂呢?这可是家务中用得着的好帮手!"说着,摇晃手中的漂白剂纸袋。

"您搞的是同样的蠢把戏。"东达先生说,用有血迹的手帕擦去花生渣。

"这儿有膏药。"指挥先生满意地说,把一百克朗塞进东达的口袋,四下望了望威尼斯之夜的情景和水上空的月儿。一阵琴声从远处传来。他说:

"我欣赏这样的夜晚。朋友,这是一种美妙的感觉:我活着,我活在世界上……"

在小桌旁边宣传漂白剂的姑娘大声说:

"女士们,当然,有些污点,不损坏料子是无法洗掉的。"

"谢谢您,"手持睡莲的姑娘鞠了一躬,将绿色气球贴着脸,"要是我,兴许要卖一个星期。您是怎么卖掉的?"

指挥先生说:

"这可是一门艺术。科林市①有二十名裁缝控告我,说有人在

---

① 布拉格以东的城市。

支持老年人协会的申请书上签字,像是吃了迷魂药似的。我听了他们的控告,进行了辩驳。二十位裁缝撤销了起诉。我还做了两次陪审官,鉴识人……这好比您手握着门柄,精神必须集中,要有毅力。比如去对付客户,要一下子把他压倒,像老虎一样……用最简洁明快的办法,对他施加心理压力,让他在申请书上签字、交钱,就像喝了迷魂药一样听你使唤。只是不要任何对话,一个人说了算!"

指挥先生高谈阔论,有点自我陶醉。卖睡莲的姑娘向他鞠了一躬,就同维克多到射击台去了。

金发姑娘指着彩色广告大声说:

"当然,在你们不可能在草地上漂白你们的内衣时,就只有充满信心来使用我们国产的彩虹牌漂白剂!但是,像我已经说过的,有一些污点,不损坏料子是去不掉的。"

"小姐,"指挥先生问,"我可很在意那去不掉的污点啊,不能就这么说一说就了事。……那我该怎么办?"

"在一点上,只用我们的彩虹牌漂白剂是不够的,您最好用小刀将污点刮掉。"金发女郎说。

"这个办法我倒可以试一试!"

"我看这对您也不会有什么损失。"金发女郎说。

"您是怎么想的?"

"神父先生是不宣讲第二遍的。"姑娘笑着说,把钱收起来。人们购买一小包一小包漂白剂。

金发女郎若有所思地注视着远方。那儿传来优雅的曼陀林乐曲。闪亮的木船在河中游弋,慢慢消失在柳树丛中。

"有人生活得……"她叹了一口气。

"您想什么?"指挥先生问。

"坐船沿着河游。"

"我请您去!"

"那谁替我卖东西?我还要办关于彩虹的讲座哩。在旅馆里讲,是威尼斯之夜硬给安排的。我就在这儿讲吧!"

"很好。看得出来,您是布拉格人。这些货一共值多少钱?两百,三百,还是四百?"他问,手插进裤子后面的口袋里。

"四百。"她说。

"这儿是四百,我们包了吧……再见啦!在水上再见,用手去拨弄月光中的河水!"指挥先生高声说。

他以浪漫潇洒的姿势,向月儿招手。可是当他的目光落到人群中时,就将身子蜷缩起来,躲到彩虹广告后面去了。

"东达,怜悯我吧,保护我!这儿有个客户发疯了。"说着,他双手合十。

"要我怎么对付他?"东达问。

"把他引到什么地方去,时刻盯住他。我会重重地酬谢你的,重重地酬谢!"

一位瘦骨嶙峋的男人,扒拉开威尼斯之夜的游人,仔细打量他们的面孔。

"您在找什么,先生,我能问一下吗?"东达先生问。

"听说在这儿!"那个男子大声说,"有个保险公司的,名叫克拉胡利克①。他替我保了险。我去火车站找到他,跪在车厢前,要他把钱退给我。可他从车窗里朝外瞧了一眼,说,已经晚了,保了险是不能退的,正像神父不能退出天主教一样……火车开动了,我跟着跑,用拳头捶打车厢,要他把钱退给我……我老婆生病了。"

"这您一点也不用担心,"东达先生说服他,"那个家伙最终肯定会蹲监狱的,事情就是这样。"

---

① 此人即本篇中的"指挥先生"。

"好,您老弟真叫我放心了。他妈的,为了养老金,我天天替别人理发刮脸,一干就到半夜。去他妈的幸福的未来!给他的食物里放点毒才好哩!"

"哪儿的话,"东达先生说,"这样对那个恶棍是不起作用的。您知道,越是大坏蛋,坚持的时间越久!"

他说着,又瞧了瞧金发女郎。她正在将小桌折叠起来,把彩虹牌漂白剂放进小箱子里。

"我要能抓住他就好了,"理发师说,"我会像他们那样给他当头一棒!"

他指了指附近的小摊。几个年轻人正在比力气,用锤子捶打机器操作的木墩子,锤子打在灯泡照明的刻度上。那些年轻人失望地走开了,又走回来,摇动机器。但老板用肚皮将他们挤走了。

理发师几步跳到机器旁站着,拿起锤子。

一个小伙子好心说:

"大叔,您最好还是去买串念珠吧。"

理发师挥动锤子,机器开始发出响声。走开了的年轻人,转身一看,大为惊讶,便走回来。他们摸摸理发师的肌肉,登上台阶,看看所达到的最高刻度。老板挑选了一个玫瑰色布娃娃,给他作为优胜者奖品。

"对准目标,减少疲劳,"理发师大声说,"这样,我可给那小子一锤,像打蛇一样,将他撕成几段!"

他提起布娃娃的腿,使劲一扔,把它摔碎了,连他自己的外衣扣子也全扯掉了。他跑向射击台,拿起上了膛的气枪。

"您过去打过枪吗?"射击台的女老板问。

"没有,"理发师嚷道,"可您有没有表现谋杀的什么塑像?"

"这儿有,"女老板说,用竹竿子指了一下,"偷猎的人朝猎人开枪。"

理发师瞄准,扣扳机,猎人倒下了。维克多先生在他旁边,还搂着手拿睡莲的姑娘,并从后面紧挨着指点说:

"这必须在一条直线上,就是所谓准星,对着靶子,懂吗?"

"我不懂……"姑娘小声说。

"是这样,"他拥抱着姑娘,下巴压在她的头上,一直挨到冰冷的发夹。"是这样,"他小声说,"可您是那样漂亮,乌尔舒拉。看到您这么美,我的心都要跳出来了。您听到我的心在怦怦跳动吗?"

"听到了。可您在取笑我。"她转过目光将脸贴在他的脸上。

射击台女老板拿出上膛的气枪,指指说:"那是一只母鹿!"

理发师将气枪挨着下巴,扣动扳机,跳跳蹦蹦的母鹿应声倒下了。

"只要我遇着他,他就这个样儿完蛋。"理发师说。

"这我对您一点儿也不感到惊讶。"东达先生说。

维克多先生小声地问:

"乌尔舒拉,您在什么地方睡觉?"

"火车站。"

"那儿没有旅馆呀。"

"在候车室。我总是在候车室睡觉。调度先生答应我,今天睡在他那儿的收款处,用账簿给我当枕头,工作服当被子……"

"您那对酒窝真美。"他悄声说,一直搂抱着她。两人手握气枪,靠着绿色桌布。

"您开玩笑。"

"不是开玩笑……假如您不美,我干吗要那样说。"他小声回答。

"这儿有两个男子在锯木板。"射击摊女老板指了指说。

理发师举起气枪,侧身射击……两个男子一推一拉地锯起圆木来。

"就应该这么样!"理发师高兴地叫起来,"不能一下子打死,要慢慢地折磨他!慢慢地锯。他叫得越凶,我的灵魂就越高兴。"

"那我也会欣赏的,"东达先生说,"可是,师傅,我们去歇一会儿吧,一起去看看威尼斯之夜,好吗?"

维克多小声说:"走,我们一块儿去睡觉吧。"

"您爱我吗?"

"爱。因为爱情是天与地之间的媒介。"

"说得真好。如果不是真的,您为什么要这么说呢,对吧?"她笑起来,从他的怀里挣脱了。维克多先生端起气枪,看看所有的铁皮玩具,扣动扳机,将一只小鹿击倒了。手拿睡莲的姑娘,拉住绿色气球的细绳,一只手抱着木支柱,朝河里望去。岸边一条木船挂着灯笼。还看到指挥先生背一个大靶,上面涂有各种颜色。她还看到,指挥先生帮助金发女郎登上木船。他们一道坐到船板上,看着河水。她还看到,东达先生——就是给她买绿色气球的那个人——同一个疯疯癫癫的家伙,走回船边。两人跳上船以后,有人用叉子顶了小船一下,船尾的冬不拉乐队就开始演奏了。

指挥先生躲在彩虹广告后面。金发女郎把手塞进一个冰凉的人身上,嘻嘻地笑起来。四位漂亮的姑娘,在曼陀林上弹奏《拉贝河上银色的泡沫》。一位运沙的老人,用长长的叉子,将船碰了一下。河上的游人,看见整个威尼斯之夜的情景,都映在水面上,仿佛一伸手就能抓到似的。有秋千在摆动,木马在水深处旋转……当他们俯身朝下看时,还有一只灯笼高挂的木船,载着游客在行驶。人们都是两脚朝天倒立着。

"假如那个人阴差阳错到了您那儿,要您给他刮胡子,那您怎么办?"东达先生问。

"我给他打上肥皂,拿起刮胡刀,按我的方式办。我要送给他一个美好的未来!我将抓住他的耳朵问他:'我们怎么来处理这两只耳朵?'我要慢慢地割他,并且大声喊着:'嚓,嚓……'"理发师嚷道,指向东达先生,好像要割掉指挥先生的耳朵。

四位美丽的姑娘弹着《拉贝河上银色的泡沫》,船后荡漾的水面,映出月儿长长的影子。

"您猜猜,"金发女郎对躲在彩虹广告后面的指挥先生说,"我叫什么名字?"

指挥先生将脑袋放在姑娘的膝盖上,蹲到船底,悄悄地对她说:

"假如您长的红头发,鼻子上有雀斑,拉的是小提琴,您就可叫汪达……可那个理发师让我太紧张了!"

"我的名字叫娜佳。"

"啊,娜佳?那就是希望①。娜杰什达②……彩虹牌漂白剂……可这些怎么能凑在一起呢?"指挥先生小声说。

"然后您还会把他怎么办?"东达先生追问。

"然后,我要抓住那个野种的鼻子,对着他被割的耳朵说:'鼻子怎么办?'嚓,嚓……我要慢慢吞吞地来割他,像拉小提琴那样。我也可以像剪羊毛一样,以用于我幸福的未来!"

"您会是这种人吗?"娜佳问理发师。

"是呀!还不止这些哩。我还要狠狠踢他一脚!不让他从我这儿溜掉。然后我再慢慢折磨他!"理发师大声说。为了证实他的话,他朝船底板猛踢了一脚。

"伙计,安静,安静。"运沙老人说。

灯笼摇晃起来,不平静的水面上,浪圈逐渐离船散开,月儿变成了一条长线。

---

① 希望,在捷克文中与娜佳的发音相近。
② 娜佳的昵称。

指挥先生蹲在船底,头枕在娜佳小姐的腿上,手擎着彩虹广告牌。

"我一点儿也不奇怪,"娜佳说,"每时每刻都有什么凶杀。"

"对这样的畜生,光杀死太便宜他了!"理发师嚷道,"应该折磨他,用铅笔刀削掉他的生殖器!"

"那可能太痛了吧。"娜佳笑着说。

"还要一根一根地踢他的肋骨,彻底把它们折断。然后听听他的号叫声怎样渐渐地弱下去,那才带劲哩!"理发师兴致勃勃地说。

"伙计,不要总是踢这条船,行不行?"运沙老人警告说。

"最后,我要将剃须刀搁在他脖子上,问他:'我们怎样处置你的脖子?'"理发师吼叫着,有点忍耐不住了。"我可能咔嚓几下,把他的脑袋割下来!让他的脑袋像箱子盖一样揭下来,把它放在地上,用脚踢它,让它像那边的月亮一样飞动起来!"理发师叫嚷说,拼命踹船的底板。船底破裂了,河水往船底涌,船板浮起来了,水像喷泉一样涌出来,小船慢慢往下沉。

"伙计,你这是干什么呀?"运沙老人大声嚷道。

船体渐渐沉到水下,灯笼已经碰到水面。可是水已没膝盖上的几位姑娘还在弹奏《拉贝河上的银色泡沫》。河水快要没到她们的腰部,可她们还是继续弹琴……

几名游客跳进水里,朝岸边游去。灯笼沙沙地响,熄灭了,有的散架了,漂浮在水上。姑娘们将乐器举到下巴底下,但还在演奏。水快淹过她们的胸脯了。姑娘们将曼陀林举到头顶,尽力地弹。可是水还在上升,她们已经站立不住了……这时候,琴声才静下来。姑娘们蹚着水,小心翼翼地将乐器举在前面,正像指挥先生举着彩虹广告牌一样……

同代表先生东达一起游着的理发师大声说:

"如果那个要给我带来幸福未来的家伙也在这儿同我一起游水,我就这样把他按在水里!直到我感觉他快完蛋了,才让他吸口空气。然后再把他按进水中,就这个样!"说着,还做手势,怎样抓住指挥先生的脖子,把他往水里按。可是在他们面前,一位漂亮的冬不拉女琴手游过来了,将曼陀林举在前面,长长的辫子,像一条蛇在身后浮动。

沉船的第一批旅客从浅水中站起来,岸上的人向他们伸手。四位曼陀林女琴手,站在坚实的河底,将乐器中的水倒出来。拨弦片丢了,就用手指拨弄琴弦,从浅水处朝岸上走。银色的月光,照耀着她们的身影。美丽的乳房,丰满的胸部和纤细的踝骨,还有健壮的双腿,都露在外面。这时候,焰火晚会隆重开始。岸上的人们,并不注意五彩缤纷的烟花爆竹和小山坡上燃起的罗马蜡烛,而是目不转睛地盯着漂亮的姑娘们。她们并排在水中走着,脚下掀起银白色的浪花。

姑娘们意识到,众多的目光在注视她们,但她们并不因此感到羞怯,而是更加挺起她们紧贴着内衣的胸部。

"这是晚上最精彩的节目。"运沙老人说。

接着,灌木丛中,升起了孟加拉焰火。

安排焰火晚会的杂货店主人,在岸边跑着喊道:

"这些都是我制作的。红色焰火,我用的是锶,绿色焰火用钡,玫瑰色的用钙,蓝色的用铜,黄色的就用钠,所有这些都同氯化钠和硫黄拌在一起!"

神父先生用望远镜观看漂亮姑娘的身姿,还说:

"我知道,您是唯物主义者——杂货店主。可是诸位,"尊敬的神父喊道,望远镜一直不离开眼睛,"诸位,它那美色和上帝并不是对立的,而是相反!"

# 四

黑马旅馆的客房,粉刷的是白色。家具也是白色的。但有三张铜色的床,两个大衣柜,两个床头柜。挂的窗帘为浅蓝色。柜门是玻璃的,门后是浅蓝色的帘子,白色丝绒镶的边。

娜佳小姐走进房间,四下打量,听到身后橐橐的鞋声。她从背上卸下蓝色的广告牌,牌上是彩虹商标的蓝色广告,带彩色的扇形圈圈。她将广告板放到洗脸池旁边,然后打开柜门,取出床单。

安托廉·乌赫德[1]先生,支持老年人协会的代表,站在开着的房门口,好奇地看着姑娘。

"这是个好主意!"娜佳走进柜里时,他说。

他也朝另一个柜子走去,身后留下了湿湿的脚印。可当他想打开另一个柜门时,发现柜门锁着,上面没有钥匙。

"也许您对自己的领导没有多少好感,对吧?"娜佳在柜子里面说,将她的胸罩扔到半开的柜门外。

"没有多少。"东达先生说,打开他的床头柜抽屉。接着跪下来,朝床下仔细看看。

"这我可不欣赏!您的脸皮怎么这样厚?"姑娘说。

"您为彩虹办讲座有多久?"他问。

"两年。"

"那您可能会知道,热水供应的代理人有时候感到无聊,没有法子。而对付无聊的最佳办法就是逗乐。"

"啊,您是个裸体主义者[2]!"娜佳大声说,从柜里往外看,将衬

---

[1] 即东达先生。
[2] 无聊,同裸体主义者写法相似。

裙扔到柜门前,还问道:"您在垫子下面找什么呀?"

"发卡。"

"可您为什么不说?……"她笑了。从柜中伸出脑袋。东达从她头发里拿下发卡,将它扭弯,然后插进锁里。望望顶棚,熟练地把锁打开了。他说:"您知道,我也要当小丑了……当然,这只是在我们两人之间说说……我已经没有力量将小生意人拉来养老,从他们身上榨取钱财……开锁,可不那么简单。您的神经末梢一定紧张得很……您知道,我已经忘记撒谎了……"

"过去您是干什么的?"娜佳问,从柜里出来,用床单包着身体。

"干什么的?……"他边说边盯着浅色头发姑娘的身姿。她站立在房间中央,手抓着床单,将什么东西一直扯到踝骨上。这时站直身子,快步走到放裤子的地方,拿起裤子,搭在柜门上。

"您干吗这样看着我?"她笑着问。

"我觉得您很美。"

"您这是想说什么?"

"我是说,我已经忘记撒谎了,可您不相信我!"

"我相信,但是相信您作为保险公司的代表?当您告诉我,今天是星期四的时候,我最好还是看看日历。"

"小姐从指缝里看人……"

"还要看到五脏六腑!"

"行了!"东达大声说,打开柜门,将用发卡做的钥匙插到她的头发上。

"谢谢。"他说。

他脱鞋钻进柜里,碰到了什么东西。

"这儿有留声机。"他说。

"留声机?"娜佳叫了起来,"但愿还有唱片吧!"

她将盒式留声机拿出来,放到桌子上。

"您从前是干什么的?"她问道,揭开了盖子。

"制作焰火的!"东达在柜子里说。

"这儿有唱片。做焰火的人……是什么玩意儿?"

"那就是搜罗一些没有爆炸的炸药、炸弹、手榴弹那样的人。"

"可这儿是歌手贝雅米诺的唱片,一面是《圣母颂》,另一面是《桑塔·露琪亚》。很可惜,我不是一颗未爆炸的炸弹!"

"劳驾,帮我拉一下……"

"天啦,不是要拉裤衩吧!"

"不是,是拉另一张床的床单……"

"我真吓了一跳……"她说,轻轻地将唱片放在桌上。

随后,她把床单拿到衣柜旁,敲敲半开的柜门,将床单递过去,又说:"您知道吗,一丝不挂的男人,使我感到极为可笑?"

"您住在什么地方?"他在衣柜里问。

"利本尼①,可您为什么问?"

"因为人们不喜欢日什科夫②和利本尼。"

"可那两个区的姑娘最漂亮!"

"姑娘是有,但算最漂亮吗?"

"可您住在什么地方?"

"到处为家。我有地区火车票。当我在一个地方干完一个工作周——四天,就坐快车走,一直坐到我可以住的地方。"

"这真不错呀……"

"您也不错嘛。"东达说,披着床单从衣柜里出来。

"您好!"他抬起一只手。

"《圣母颂》。"娜佳说,把唱片拿起来,放到留声机上,想上弹

---

① 布拉格小区。
② 布拉格小区。

簧,可是手柄只是空转。

"弹簧掉了。"她失望地说。

"您给我放什么,贝雅米诺不是要唱歌吗?"

"《亲密的吻,友好的吻》。"

"那不算长,放吧。"

"不管长短,小鱼也是鱼呀。您住在快车上,我可还没有听说过。那人们怎样给您寄邮件呢?"

东达拿起针头,放在唱盘的起点,然后坐到椅子上,将手指放在《他大师的声音》商标旁,用食指转动唱盘。老式乐队奏起前奏曲。

"熬稀粥啦!"娜佳叫起来,坐到桌子角上,"您住在火车上,您爸爸怎么说呢?"

"他为我祝福哩,"东达说,"因为我正好重复着命运之神替我父亲安排的一切。他当站长。可当他发现他的妻子,也就是我的母亲欺骗了他时,就搬到火车上去了……"

室内响起了贝雅米诺雄浑的歌声:

"啊,甜蜜的拿波里,幸福的土地,生命微笑的地方……"①

"那很叫人伤心。"娜佳说。

"父亲下班后,钻进第一列火车。等到要上班时,他就坐火车回来了。这样生活了十年……"

"那后来呢?"

"后来在办公室自杀了。他把衣服脱得精光。全身凡是手能摸到的地方,都盖上各种各样的图章。人们冲进去时,他已经躺在地毯上,身边摆着一把嵌有珍珠柄的小手枪……"

贝雅米诺愉快地唱着:

---

① 原文为意大利文。

"你是和睦的天堂,桑塔露琪亚!"①

娜佳躬下腰,东达先生抬起头,用食指继续拨动唱盘。

两人在床单里亲吻了。

"你别疯疯癫癫的!"指挥先生大声说,站在门旁边,一手拿着一瓶葡萄酒,一手提着藤篮子的小把,里面露出三个瓶颈。

留声机停止演唱了。

"我以为,"娜佳说,敲敲东达的前额,"这里有座守林人的小屋,可那边却是一个猎人的房子!"她指着东达说,"他像熬稀粥一样地修好了断裂的弹簧!"说着,用手比画着留声机如何演唱。

"这很好,"指挥,将篮子放到桌上,把台布抽走,"诸位,好一个月明之夜,我们来开个夜餐会吧。娜佳,准备酒,都在篮子里!你们在什么地方换衣服?哈哈,在柜子里,洗澡以后,我感到很冷。"指挥嚷道。可当他钻进柜子以后,他的声音充满了欢乐。"对留声机,我的印象并不佳!在翁霍什杰镇,我到铁匠那儿。他正在切肉。孩子们围在留声机旁,同他一起唱着:小溪的水呀,潺潺地流淌,朝着森林的方向……一个小孩跑去拿啤酒,铁匠也同孩子们一起唱……我只顾宣讲养老金的好处,然后填写申请书。铁匠同孩子们和着留声机唱道:晚安,亲爱的,祝您夜晚平平安安……然后去收钱,把钱收来了,就万事大吉。可是留声机的弹簧绷出来了,弹着了我们大伙的嘴巴,我的脖子也绷弹了一下,您瞧瞧吧!"指挥先生高兴地叙述着,从柜子里伸出脑袋,抬起下巴,又说:"整整一年,我脖子就只缠着纱布。可我更爱戴一条围巾。把那床单给我吧!"

娜佳从床上抽出床单,往柜门那儿扔去。那儿传出了指挥低沉的声音:

---

① 原文为意大利文。

"还有姆涅尔尼克①的钟表匠,办申请书真容易。我给他铅笔让他签字。那是个笨家伙!将弹簧安到挂钟里,一下子反弹出来,将桌上所有的小齿轮、弹簧、手表都弄到地上去了,申请书也扯破了,工作室纸片满天飞,飞到敞着门的装齿轮和备件的柜子里,才静下来……钟表匠把幸福的前途给毁了!第二天我去乘火车时……"指挥先生用床单包着身子,从衣柜里出来,又接着说,"我瞧了一眼工作室,钟表匠和徒弟一直还在地上爬,寻找遍地滚动的小齿轮和螺丝钉!"他高声说着,走过去打开两扇窗户,白色房间的蓝窗帘被风吹得鼓起来,一股温暖的空气吹进了室内。

"您像个罗马人。"娜佳说。

"像罗马要饭的人。可是您呢?像从前药房里的罗马女人!"指挥先生说着,拿起一瓶葡萄酒,松开瓶盖。

"牛奶房②的人?"娜佳问。

"药房!"

"您说牛奶房,我倒吓了一跳。"

"这好比一手拿着碗,另一只手抓住一条蛇。"

"这我可乐意。可东达先生怎么样?"

"他嘛,由动物保护协会管起来了,因为他像绳子系着的犍牛一样爱动。给他缝上一张母牛皮,让他去同公牛厮混吧。"指挥先生大声说,用大拇指慢慢弄开瓶塞,一股酒从瓶口嗞嗞地喷出来,喷到东达先生的头上。

"洗发香波。"娜佳笑着说。

"对不起,"指挥先生抱歉说,"姆涅尔尼克的酒可以同一种法国葡萄酒媲美!"说着,往杯子里倒酒。

---

① 布拉格以北的城市。
② 捷克文药房,同牛奶房只有第一个字母不同。

"愚蠢的玩笑。"东达先生骂骂咧咧地说,好像半边脸在生气,半边脸在微笑。

"我们为什么事干杯呢?"指挥先生问,用力拉开窗帘,举起酒杯对着广场上的月儿说,"为了美丽的夜晚!"

"为大伙生意兴隆!"娜佳说。

"为了不损坏衣料就无法去掉的污点!"东达补充说。

"还要为头头们干杯。"指挥说,用酒杯碰酒瓶。

"干杯时要互相对视!"娜佳闪动着睫毛说。

所有的人都一饮而尽。

娜佳又斟上酒。

"为了生意兴隆,对!"指挥坐下来说,"可是什么生意?我们的保险业务正是乌云密布啊。我们给小业主做好事,他们却在我们的留声机里安上挂钟的弹簧!在那条小船上,那个理发师手拿刮胡刀,我无法防备。"

"保险工作者进屋子,手上快拿起棍子!"娜佳喝一口金色饮料说。

"现在请老太婆出个主意吧。"指挥先生指着娜佳说。

"我饿了!"她说。

"筐里有摩拉维亚腌肉。东达,你演奏吧!"指挥吩咐说。

老乐队在支持老年人协会代表的指挥下,奏起前奏曲和贝雅米诺的歌:

"祝玛利亚健康……"

娜佳一面饮酒吃肉,一面提议:

"现在别说这些了。你们向人们试试推销日用品吧!建一个合作社,出售葬礼用的雕像。"

"您打算怎么做?"

娜佳擦擦嘴唇,钻进柜里,关上柜门。接着又敲了敲柜门。

"请!"指挥说。

娜佳走出来,鞠躬说:

"尊敬的各位,我是葬礼雕像公司的代表,你们希望在永远安息的地方——坟墓上,竖立什么样的墓碑?诸位不清楚吗?葬礼雕像公司替你们想好了。这儿有样品册,请看……有双鸽牌,其中一只鸽子嘴朝上。这是一位哭泣的天使小墓碑……"

指挥先生走到姑娘跟前补充说:

"棒极了……但请扪心自问一下,这对用户能起更大的作用吗?好……"

"或者您希望墓碑上有一棵人造树,上面有根枝子是折断了的?"娜佳用手按着左胸口说。

贝雅米诺十分动情地唱着:

"桑塔……露琪亚!"

"或者,尊敬的诸位,你们对墓碑有自己的想法?好,葬礼雕像公司将按照你们的意愿和设计来制作……"娜佳说服了感到惊讶的指挥先生。他拉起娜佳的右手。

"别这么笨手笨脚的,手势要自然一点……这就对了……要用那只没拉着的手,做出同上天对话的动作。您将是一位了不起的代表……一个用眼神和手势施行催眠术的人……"

"已经喝完了。"娜佳说,摊开了双手。

"你们开始喝威士忌吧!"指挥先生说,手指按着眼旁的鼻梁,好像在戴夹鼻眼镜。"我的上帝!"他喊道,又用手按着眼角,"从这里我们可以捞到一大把票子哟!雇用十名雕塑家!我们可以用百分之三十的人力去运转,按照讣告保证用户的需要。"

娜佳抱着威士忌瓶子,打开之前,她说:

"等讣告怕有点来不及了。花几个钱,医院的职工就会告诉你们,谁快要一命呜呼了。"

接着她闻闻酒瓶的香味。

"这味道不错!"她称赞说。

贝雅米诺的歌声微弱了。东达甩甩手,冻僵的手指变成红色了。

"小筐里还有酒杯。"指挥说。

"那些是给你们用的,我使用那些大一点的杯子喝。"娜佳说。

东达转动唱盘,又唱起来了:

"啊,甜蜜的拿波里,幸福的土地……"①

"东达,这太吵人了!"指挥大叫起来。

"这没有什么,我爱这些歌手。"娜佳说,朝柜子里走去,转回时拿着一双湿的短袜。

"我们往那里加个减声器。"说着,她往音管道里塞了一双男短袜。贝雅米诺的歌声,通过潮湿的短袜,断断续续传出来。

"啊,你是和睦的天堂……"②

"要不,就试试卖画的生意。"娜佳将杯子贴着下唇说。

"别提什么绘画了!"指挥一蹦三尺说,用两手表示反对,"看了那些画,连狗也会给气死的。满房间堆的画,不论朝哪儿看,都是画。拍卖行呢?没有什么比画的价格更低了。因为花上几万克朗,你们就可以建个画廊。你们想干什么,就下赌注吧。丧礼雕像,就是一种!"

说着,他走开了,转个身,坐到白色的窗沿上,欣赏蔚蓝的天空和皎洁的月亮,还看看广场上同黑色喷泉一样的避瘟柱,柱子顶上有圣母玛利亚金色塑像……他又望了望水池里喷出的银白色的水和银白色的垂直水柱,水尖上有个乒乓球,上下跳跃,一直跳到喷

---

① 原文为意大利文。
② 原文为意大利文。

水的顶峰……

"考虑到我的想法,我可不用在地上倒立着走。"娜佳说,倒了一杯饮料。

喝完了,她叹了一口气,感到嘴唇有点麻木。

贝雅尼诺的歌声,通过潮湿的短袜,更加微弱了。

"桑塔露琪亚!"

娜佳举起手指,走进柜里,然后敲柜门。

"请。"指挥先生说。

姑娘从白色柜里出来,鞠了一躬。

"主席,你知道,权利和文化的义务转到你们身上了。时代变了,主题也不一样。绘画大师们如今为您创作,工厂委员会大厅应该挂像。你希望挂在矿工办公室,钢厂休息室,还是马丁炉出口的地方?"

指挥先生从窗沿跳下来,朝娜佳走去,低声说:

"好极了……可您现在又厉害起来了,几乎使用命令的手势。马上看看墙上该挂画的地方……一只手好像在发号施令……文化上的义务!您继续干吧……进来!"指挥先生用手吩咐,倒了一杯饮料,在唇上啜了一口,又拿着毛巾躺在床上,用毛巾捂着脸。娜佳喝下了酒,用手掌盖着嘴,满口清香。

她在床边跪下来,对着指挥的耳朵低声说:

"我们现在是在乡下……经理!用新瓶装新酒就行了。那样,新国营农场应该挂上新的画。新的艺术家们已经在画画了。您认为,《耕耘的田埂》或《麦浪里的收割机》这样的画,应该挂在什么地方?"姑娘小声说。

东达走近叠床的娜佳,盯着她的嘴唇。

"那可以坐汽车去,"她说,"已经有了几十幅现成的画。马上准备斧头、钉子、釟钉……指挥,您考虑一下,挂在什么地方?这里还是那儿?这可能成为一个全国性的活动!"娜佳说,自我问道:"要不就通过什么美术家协会去找,是不是更稳妥一点?那样,就可以刻个图章!可以用汇票支付……"

她站起来,一会儿又趴到地上。

接着她又站起来,理了理床单,给自己倒了一杯酒。

"您总是喝得这么有味?"东达问。

她摇头否认,说:

"嗯。"

"您应该稍微克制一下!"东达说。

她弯头哈腰说:

"不行。"

指挥先生躺在床上,摊开双手,毛巾捂在脸上。

娜佳把手指放在嘴上。

"托纳尼克①,"她说,"我要到女人去的地方。"

"您到过道去,那儿有一个房间,再过去一个房间,往前走,就是您要找的地方了。"他指着墙说。

她跑上过道,关了房门。过道的尽头有缕月光,照亮着一个藤条编的大儿童车。车下装有钢质弹簧。她又走到直射下的月光中,靠着儿童车的底座,弹簧稍稍动了一下,她就坐到车里了。随后躺下来,跷起手脚,就像躺在又小又深的盆子里。她四下打量,第二个窗口把楼梯照亮了,月光照到人造棕榈树上。当她再看她来的地方,钥匙孔里射出一道光柱。

她轻轻地跳起来,然后跪下,从钥匙孔中看,看到一个全白的房间。床头站着一个青年,身上裹着毛巾。一位裸体姑娘躺在鸭绒被上,两手抓着一顶紫红色礼帽,遮住身子。

---

① 指东达。

"把礼帽拿掉吧。"年轻人说,蹲在床边。

"不行,"姑娘反抗说,"要是把礼帽去掉,我就一丝不挂了。"

"把礼帽拿掉吧。"年轻人恳求说,双腿跪在枕边。

"不成,那样我就失去控制了。这礼帽就像妈妈的戒指。"姑娘说,一手按着礼帽,一手关了开关。娜佳将耳朵贴在门上听着。

"他们对我,也会设下这样的圈套的。"她细声说。

她赤着脚轻轻地在地毯上走,进入她的卧室。

"那房间里的人是谁呀?"她问。

"维克多,也是公司的一位代表。"东达说。

"维克多?他不是名叫菲克·多尔吗?您是否知道?东达,您过来,我们去敲他们的房门!"

指挥站起来,扔下毛巾,将腿从床上移动下来。

"就是这样!"他站着说,"可您,娘儿们!星期五,维谢赫拉德一个旅馆有舞蹈课,您去吧。我们再谈谈,那些墓碑,还有画。那些画包含着一种现实的希望……东达,你去敲维克多的房门!"

"我知道,可他会打破我的鼻子的!"

"我说,你去,我们把门开着,他往外跑时,你就再溜到这儿来。难道你还不会跑吗?"

"当然会跑。但你们一定把门开着,娜佳!"

"那还用说……"娜佳从威士忌酒杯旁斜着瞅了他一眼。

东达走上过道,迈着像大鹰一样的步子走到维克多的房门口,转转身,满意地看娜佳的脑袋和从房间里探出的指挥先生的头部。

接着,他用拳头敲房门,还将耳朵贴在门上听。

他又敲了一次。

他看到,娜佳和指挥从房间伸出的脖子。娜佳还用手比画,让他好好敲门。

他捶打房门,门猛一下打开了。东达捶打到维克多的脸上,转身就朝他们房间亮着钥匙孔的地方跑。可是房门紧闭着,维克多朝他屁股上踢了一脚。

这时,东达拧门柄,但房门依然关着,维克多最后一脚,把他踢倒在地毯上。

房门开了,东达跌了进去,又马上跳起来,砰的一声把门关上,还拧上钥匙。

指挥先生又摊开双手,仰卧在床上,用毛巾捂着面孔。娜佳人不见了。但很明显,她藏在柜子里。笑声从里面传出来,她的小拳头在敲打后壁。

"这可是个愚蠢的玩笑。"东达说,倒了一杯威士忌。

"受苦,是通向智慧之路。"指挥先生将毛巾举到嘴边,接着又捂到嘴上。

"那个坏蛋踢过足球。"东达喝完一杯酒说。

"火没有烧着你,就不要去灭它。"娜佳在柜子里说,她又补充道,"有个消防队里就是这么写的。"

"是谁把门锁上了?"东达吼叫道,"我像圣瓦斯拉夫①一样,被挂在门闩上了!"

他将椅子搬到洗脸盆旁边,站到椅子上,卷起床单,对着镜子看。

"你们看,我身上会紫一大块。"他说。

"先生们,女士们,要去掉紫块,请用彩虹牌漂白剂。包好,包好!"娜佳嚷着,从柜里跑出来,开门走到过道上去。回来时,提着一个大藤筐,又跑又跳,身上披的床单掉下来了。但娜佳一转身,仰天跌进了筐里,手脚都跷着。大伙都笑起来,她感到筐在震动。

指挥拉下眼上的毛巾。

---

① 十世纪捷克公国大公,被其兄弟杀害。

"请看,我的皮肤紫了一块。"东达叫苦说。

娜佳用胳膊支着下巴,摇摇头。

她擦去眼泪,看看站在椅子上的男子,又转过身,对着镜子打量自己的细腿,笑着说:

"托纳尼克,那儿会有污点的,不损坏布料可没法除掉,只有用小刀子刮,上外科!"她说着,有几分嘶哑,又将手垂下,笑着坐上儿童车走着。

东达从椅子上跨下来,扭动水龙头,往手掌浇点水,按在屁股上。

"是谁给我闹的,是谁?"他嚷道。

"是我瞎想出来的,"指挥说,"这就是那位将理发师带上船的人的后果。"

"可是,什么人把门锁上了,是谁?"东达挺直身子,脸色十分难看。

"是我,"娜佳站起来说,"谁爱上什么了,就喜欢作弄人!"她大声说,笑得直不起腰,倒在小车上。

东达打开门,将小车连同娜佳一起,推到过道上,让小车沿着台阶往下溜,一级台阶又一级台阶往下跳动。

"我要变成结巴啦!"娜佳喊道。

小车碰到立架上,人造棕榈树倒在地板上,连旅馆都震动了。东达钻进房间,把灯灭了。指挥踮着脚走近窗口,一跃坐到窗台上,越过屋顶遥望田野。远处的脱粒机在灯光下开动。一位缠着头巾的妇女,站在踏板上,用手接一个穿白衬衣的小伙子递给她的一捆捆麦草。她将麦捆塞进机器,脱粒粉碎。一个孔是扬谷粒的,同一个长长的粗管相连。金黄色的麦壳飞快吹到照亮的空中。这给夜班增添了一幅充满幻想的画面。旁边堆着草。男女工人站在齐腰深的草垛里,用叉子将麦草举得高高的……后来,穿白衬衣的男子送上最后一捆麦草,脱粒机工作结束,突然响起了愉快的回声,空转了几下,好像它也乐了,可以像站在灯光下的那个女人一样,休息一会儿了。女人解下满是尘土的头巾,深深地呼吸着,从绿色瓶子里喝啤酒……

"有人在往下走。"东达小声说,把门半开,看到维克多隔壁房间走出一位老人,手拿蜡烛往楼下走。蜡烛照着敞开衣服睡在车上的娜佳。

老人继续朝上走,踏着烛光到楼上去。他进到自己的房间,只是摇头,还小声说:"这么大个儿的小孩。"

月儿高挂在小镇上,喷泉里喷出的水,正在嬉戏白色的乒乓球……

## 五

县级公路十字路口,停着一辆马车。一位身穿短皮袄的男子,蹲在马的前面,用裁缝的尺量马蹄周长、胸围、从大腿到蹄子的长度,还把所有的数据记在笔记本上。

旅店后面,有条小街通向一座小楼房,旁边竖着脚手架。架的那一边,是一道白墙,上面画着一匹高大的珐琅色的马,可那匹马没有前腿。一个穿短衣的骑手,拿着一把弯曲的剑,骑在马上。

身穿短皮袄的男子记下所有尺寸说:

"这将是一匹骏马。"

支持老年人协会的两位代表,乘坐大轿车过来,表示有些惊讶。

"您打算给那匹马缝裤子?"布西法尔先生问。小个子马夫用鞭子指了指建筑物。

"我的骏马就是这个模样?那我可不欣赏!"

"我可以把它喂得又肥又壮。"穿短袄的男子说。

"我的一匹好马可是比利时骏马,"马夫说,打量了一下一匹骟马,"可是墙那边的一匹老马,肚子都快贴着地面了,肿得厉害,算什么骏马!"

他吐了一口唾沫,把马鞭一挥,比利时马就溜到旁边去了。

"真笨!"穿短袄的男子嚷道,"我画那些画可全是为了你们。请转告所有的马夫和司机,我这么干,是为了他们在远处有东西可看。晚上,圣瓦斯拉夫的雕像,从下面一照亮,就同赫拉德昌尼①一样!"

"什么圣瓦斯拉夫?总像是从贝日科维采镇逃跑出来的!"

"我走的路是对的,"男子说,"如果那个马夫欣赏我的画,那我的画大概一钱不值了。"

"您是努利切克先生吧。"布西法尔先生说。

"是的。"

"这是真的。"东达·乌赫德先生说。

"我们是小业主养老协会的代表。您给我们写信,说您有兴趣,所以我们就来了。"

"好,请进。"努利切克先生说。他出来的时候,高筒靴的背上,还有着快干了的血迹。

院子的木杆上,挂着一只宰杀的山羊,眼睛像蓝色玻璃,鼻子里流着肉冻一样的东西。倒挂的山羊皮,悬在篱笆旁的木板上,上面沾满了绿色和金色的苍蝇。几只母鸡来回跑,在院子里争啄褐色的肠子。

一只半瞎眼的老狗,在角落里跷起一条腿,好像在拉小提琴,它撒了好一会儿的尿。

---

① 布拉格古城堡,总统府所在地。

"先生们。"努利切克喊道。

"什么事?"布西法尔先生吃了一惊。

"你们知道,有一回我不得不画什么吗?画我所宰杀的所有白山羊的最后审判!我哪儿去弄那么多颜料?"

"等您成为支持老年人协会会员的时候,"东达先生说,"就能得到特殊补贴。"

"这我听了高兴,"努利切克激动了,从兜里掏出屠刀,削去手指上的肉刺,"因为我一生都骑自行车,喊着:羊皮,羊皮……可这已经是我脑袋里的一幅好图画。它的题目是:山羊的最后审判。我将手持屠刀,站在画的正中。先生们,我以多么大的兴趣,拿起刀子,刺进山羊的脖子啊!可我弄羊皮,算得上小业主吧?"

"算,"布西法尔先生说,"这是个赚钱的行业。"

"这可是个叫人高兴的消息。"制皮革的人说。

"那些画也赢利。"东达先生说。

所有的猪圈、工棚和住宅,墙上都涂着珐琅色,一幅画赛过一幅,虽然相互没有什么联系。

制皮革的人站在东达先生旁边,回味着他的称赞。

"这些全是您画的?"代表问道。

"是呀。"努利切克先生说,为自己的画作感到高兴,他从这位客人的热情中看到了自己的画作:木棚的墙上,满是草木、耳蕨和木贼,还有一位奔跑的裸体女人,头发似乎在飘动,背上插着一把屠刀。树枝上有个大胡子男人在发笑,手将铜丝弄弯了。孩子们从坡上滚下来,像碾子一样轧着他们的内衣。一名小个子男人,赤着脚在碎石上走。旁边站着一个姑娘,用手指握着马的头盖骨……

"真的?这些全是您画的?"东达惊讶地问。

"是我。"制皮革的人愉快地点头,一直盯着代表。

东达先生爬上梯子,想看看被凉台遮住的画。他朝院子里望去,看到了那只剥了皮的山羊,母鸡在周围啄它的肠子。他还看到一只老狗,不停地撒尿,后腿跷着,好像在拉小提琴。还有一个开着门的厕所,里面的墙板上画有棕黄色的猴子、猕猴和狒狒,颜料仿佛是从粪坑里蘸的。东达先生看得晕头转向,连爬梯子也感到无力。他仰着身子溜下来了,滚到了制革的人怀里。那人将嘴巴对着代表的耳朵说:

"这都是为了圆我的梦画出来的。"

"您哪儿来的这么多构想?"东达问。

"来自我的头脑,就像来自山羊身上一样,"制革的人说,"因为按照圆梦的书,说看到被杀的父母,就会有幸福;见到死去的妻子,就有欢乐;人感到疯狂和愤怒,就会整年幸福……"

"请问您受过什么教育?"

"上过二年级。"制革的人说。他看到布西法尔先生在水泵旁边走,十分高兴。那儿有个一丝不挂的男人,生殖器上挂着一顶礼帽,六名裸体女人,高高兴兴地在粪地打滚。

"这是些什么?"

"我自己也想知道哩。"努利切克先生说,往后退着走上台阶,手放在背后。他打开凉台的门说:"但真家伙还在后面哩!"他抬起手一指,让代表进去。他没有看自己的画,只是说:

"先生们,这是人的灵巧的手画出来的各种各样的画,人的宝贵的手啊!这儿有个小伙子坐火车去找他的姑娘,为她带了一束花。您看他站着,一手扶着车厢的门柄,一手拿着花。这一张,他在往下跳。但正像您看到的,他摔倒了。年轻人跌倒在车轮下面。这儿请看,一只车轮轧过他拿鲜花的手。可他的未婚妻,像您所见到的,站在后面,举起了双手! 可那被轧断的手,在这儿铁轨上滚动。您还看到,年轻人用剩下的一只手,去抓那只一直握着花的手。可是火车一直在开动,另一个轮子又轧上了他剩下的那只手。那手还捏着第一只拿花的手……这儿您看到,没有手的青年坐起来。进站的火车踏板撞上了他的脑袋,他倒下了……我在车站看到的十五幅画,表现了人类宝贵的手的十五种形态……"

制革的人嗓门大,他的客人看到,他劲头上来了。他转身退到门口,按门闩,用屁股把门顶开,走进去,把门弄得好像要飞起来。地下射出的光线,让代表们感到耀眼。

"这儿是厨房,先生们,"他大声嚷着,退到一旁,"这儿到处都是画,不仅墙上有,天花板上有,连柜里柜外也有。"

厨房墙壁,像岩洞一样闪光。伤心的男人们亲吻怀孕的妇女。背景是一头白色犍牛往前冲。床的上方跪着一位年轻女人,在小溪里洗肠肚。一位号手沿着一排柳树走着,肩上背着黑里康大号……

"这儿,请注意一下那个碗柜,从里到外全都是画。"努利切克先生笑着说。

他接着往下讲:

"碗柜里面的画,表现各种不幸事件,一直到死亡!"他大声说,两手指向碗柜,"这儿你们看到,一个吉卜赛人,掉进了铸桶,落在沸腾的钢水里,因为他磕磕绊绊,撞到柜子上。这儿你们看到,吊车吊着一个铸桶,但桶底下画着那个吉卜赛人。这儿你们看到钢水铸成钢锭。可是每条钢锭里,都有那个吉卜赛人。我在每条钢锭上,都留一个吉卜赛人,拖着钢锭轧成的钢坯……而每个钢坯中,都有一个完整的吉卜赛人!这儿你们看到,每个钢坯,都轧成薄板,不锈钢薄板。每块薄板上,总有一个完整的吉卜赛人。从薄板再轧成刀叉和小勺。你们看到,每把刀叉和小勺上,都画一个吉卜赛人。就是最初掉进钢水的那个人……刀叉上的吉卜赛人又跑到世界各地。每个地方,都有吉卜赛人身体的一部分。但我在勺上画的是完整的人。好了……"制革的人说，注视着客人们的眼睛，他们深深地呼吸着，有点发愣了。

努利切克先生蹲在床边，接着又躺下，钻进洗涤盆下的柜子里，只有他的皮袄翘在外面，脚背的靴子上有斑斑血迹。

"那养老金是怎么回事？"他问。

布西法尔先生跪下来，看到努利切克先生的柜里摆着画笔、颜料盒，他正在柜壁上画人物画。

"对您来说，最好享受五级。您大概可得到一千一百克朗。"他说。

"那就给我登记上吧。"制革的人以低沉的声音说。

布西法尔先生把皮包放在被子上，将装申请表的夹子摆到地板上，理了一下复写纸，写上姓名、养老金等级、地址，然后计算一番，把计算的结果勾掉了。

"努利切克先生，"东达先生说，"努利切克先生，不要上这种保险，那是骗人的把戏。"

"怎么回事？"制革的人吃力地说。

"您看，那养老金并不是给您的……因为您还得补交二十年的费用，才能得到那一千一百克朗……这我们没有给您讲明。努利切克先生，您最好还是去买颜料画画吧。"东达劝他说。

"可这样一来，我一生就得到处跑，到处嚷：'皮革，皮革……啦？'工人有养老金，为什么不能人人都有？"努利切克先生大声说，"这与您有什么相干！您的同事都给登记了，可是您却不同意！"

布西法尔先生说："是的。这儿有铅笔，给您……"

可就在这当口，被子掀开了，皮包掉到地上。床上冒出一位穿运动衫的老妇。她举起装有申请书的文件夹，扯下几页，撕成碎片，往蹲着的代表身上扔去。

"这是我妈妈,"制革的人说,"她是我的缪斯①。她给我构想,我照她说的画画。"

"见到您很高兴,"老妇人说,将手伸给东达先生,"谈什么保险啊!我们连买颜料的钱都没有!请到房间看看,那儿有我们独特的东西。"她说着,抬起蓝色的眼睛,直视着东达先生的两眼。她后退一步,摸着门柄,打开房门,走近一张双人床边。床上没有被子,也没有床垫,满床都平摆着玻璃板,可叠成一部厚厚的玻璃书。

"这是些玻璃画,看看真过瘾。我儿子用画笔在板的另一面作画,像公猫看镜子的反面一样。"她说着,注视东达先生的脸部。她凭记忆翻那些玻璃画,玻璃发出嗞嗞的响声,好像磨棱角的声音。"比如说这些,您看,画的圣奥古斯丁②,坐在收割机上从麦浪中开过去。但我看您好像赞成宗教题材,对吧?"她笑着说,"我们这儿就有,"她大声说,但只扫了玻璃书一眼,还是盯着东达先生,"这里我要说明一下,是玫瑰花从圣奥古斯丁嘴里掉出来了。这是件倒霉的事,发生在圣贝尔纳德身上。天主进晚餐时,贝尔纳德从杯子里错把一个蜘蛛喝下去了,接着那蜘蛛又从他嘴里活着爬了出来……可怜的蜘蛛!这儿还有点什么……咳,您看那儿!"老妇人大声说,但一直盯着东达先生的面孔,"您是个反基督教的人,请到这儿来!"她仍然盯着东达先生。布西法尔先生从厨房走进来。

"您母亲还在吗?"老妇人问。

"还在。"布西法尔先生小声说。

"好,您看,"老妇人接着说,继续望着东达的眼睛,"这儿表现的是一场梦,圣多米尼加的母亲做的梦。她梦见自己生了一只有黑斑点的狗,狗的光芒照耀着世界……这是在玻璃上完成的作品,

---

① 希腊神话中的文艺女神。
② 圣奥古斯丁(354—430),古罗马帝国时期的天主教思想家,拉丁神学家最著名的代表。

怎么样？您的母亲也梦见了您在这个世界上将发挥什么作用。但她绝不会梦到，她会生下一个骗子。您叫什么名字？"

"布西法尔。"

"这么好听的名字，"她说，"趁您还没有进牢房，不要再干那些勾当吧！"

"您是不是已经卖掉了什么？"东达先生问。

"是的。"她说着，撞了一下门，门关上了。

门上挂着耶稣的铁皮像，双臂张着，黄色的躯体，肩上披着一件条纹游泳衣。

"我们夸张了一点，"停了一会儿，她说，"现在我看到了！那儿十字路口，挂着铁皮的耶稣像。但时间太久，像有点损坏了。村镇居民想起来了，把它交给我们加工，会便宜得多。"

"我马上明白了，那座耶稣像，将像小鹅那样，成为黄色，要穿上三色的民族颜色①的游泳衣。他们给我们付了定金，我们去城里找洋铁皮工。我挑了一个小个子学徒，让他躺在铁皮上。他张开双手，我用木工的画笔将他画下了，我们将他剪下来，两天以后，这个像就挂在十字路口上了。可是我们做得过于耀眼，因此六天之内，那儿出了六次车祸。因为那个像吸住了司机的目光，主要是那件游泳衣。我们只好将耶稣像取下来，把钱退了。"

"这真精彩，"东达先生赞叹说，"可您这样的构想哪儿用得上呢？"

"这我脑子里也还一塌糊涂。"老妇人说。

"那您把它怎么办？"

"等我们全画好以后，"她边想边说，两眼望着窗口和那西下的太阳，"等所有的墙、柜子和地板都画完了，我们就退出去，把房子

---

① 红白蓝三色，为捷克国旗颜色。

推荐给民族画廊,让他们另外给我们一座干干净净的房子,我们再慢慢去画。这样,就得安装一条缆绳座椅,不让人们踩地板上的画……因为我们是出于自己的乐趣,无偿地给人们画画……"她幻想般地说。努利切克先生从柜里的盆下爬着出来,站起身,打了个哈欠,伸了伸腰。

"我打了个盹。"他说着,哼了一下。

老妇人搬来一把椅子,从柜里拿出油灯,将灯芯弄干净,擦火柴点着,盖上灯罩。制革的人伸展一下身体,看着伸出的灯芯发愣。

"妈妈,您知道我在画什么?"他问,望着燃起的油灯灯芯,"我画的是一排跪着的姑娘,准备领受圣餐。她们伸出舌头,祈祷书放在下巴下面。助祭拿着弥撒书,望着姑娘们的舌头,扔下弥撒书,书撕成了两半……我画的就是这些!"他提高嗓门说,一直望着灯罩下的火苗,僵直地站着,两手叉在圆面包般的脑袋后面。

"我们去画马吧。"老妇人说,拨拉了一下灯芯。

随后,他们在院子里那只剥了皮的山羊旁边告别。

制革的人登上脚手架的梯子,老妇人用手捂着油灯跟在他身后。

代表们然后坐到引水渠旁等候公共汽车。

油灯照着白色墙壁,他一只手画着马的前腿。

公路上有个人骑自行车过来,用绳子牵着一只黑白小花狗。它蜷缩起来,挨了一脚,又跑动了。自行车后座上,挂着一条死狗,鼻子还淌着血……布西法尔先生卷起袖子,但东达先生拉住了他的胳膊。

"喂,"他说,"有些事是怎么样,就随它怎么样去吧!你以为有人因为奢侈而吃狗肉?"

## 六

城镇的尽头,是一道栅栏。整个栅栏上,是一条长长的横幅招牌:白天使日用品技术试验所。

"喂,布西法尔,"指挥先生说,"每一位推销保险的人,开始都要通过一次测试。拿哪一种小生意人来测试成绩最好?"

"卖化妆品和日用品的。"维克多和东达两位代表说。

"那好,你们到经营良好的试验所去推荐养老……养老保险吧……"指挥先生举起手指说,"养老金这个词,要善于使用,就像漂亮女人戴钻石胸花一样……养老金,养老金!先生们一定要讲得含糊一些,像母亲逗孩子,情人说悄悄话,谈情说爱,发誓赌咒一样……这是个千锤百炼的美好字眼。现在我讲话是严肃的。你们在家里对着镜子试试,学会讲这个词:养老金!就像你们本人要办养老保险一样……养老金,是看不见的事物的本质、幸福未来的保证……现在你们去吧,布西法尔,我们将从树丫中看着你们。"

他们走到大门前,指挥先生使劲打门。

有人走到门口大声说:

"别用手往我这儿甩皮带!"

布西法尔先生用拳头敲门。

"往第三号锅炉放蒸汽!"一个声音喊道。

布西法尔先生用一只眼睛对着树丫,但对面也有人从同一个树丫朝这边看。

"谁在那儿?"一个声音问。

"支持老年人协会的代表。"布西法尔先生说。

门开了,出来一位身穿沾满尘土长袍的男人,手里拿着一根杆子。

"这儿是白天使杂货试验所,请进。我正在培训一名新助手。"那个男子说,布西法尔先生进入栅栏里面。

一位老年人正往木桶里灌水。

"我们是制作化妆品和日用品的,"老板说,"我们可算作半个殉道者,先生们,我这只手就是试验生产一种塔科林时烧坏的。这是一种著名的地板油。弄石蜡锅炉时,爆炸了!真壮观啊!我的手像《圣经》里描述的那样被烧了!因为这种技术试验室也就是一个科学研究所。"

"老板,您的眼睛怎么啦?"

"那是另一码事。我制作猎人喝的甜酒时,"日用品生产商说,"加进了一公斤半猎人用的香精,二十克香堇菜,还有四十公升酒精,十三公升果汁和三十三公升水。这下可热闹了。锅盖绷起来,一下子打到我头上,把我弄成了斜视眼。晚上,我在家看科技书的时候,这么样坐在椅子上,桌上放着书。可我看到的,总是一个角落,一句话,当我想看书时,眼睛不得不望着别处。当然,进行日用品试验时,不允许我们被小事转移注意力。先生,您给我带来了什么呀?"

"养老金。"布西法尔先生说,盯着树的枝丫。

"这是樱桃树,"老板说,"也是科学的牺牲品。它应该五月份结果,但这棵树十一月份就结果了。这是自从这儿生产世界著名的摩罗尔牌老鼠药开始的。樱桃树长出这么大的叶子,已经用作烟草了。氯化钡的作用就这么大。"

栅栏旁边一只大狗站起来,走路一摇一晃。它全身光秃秃的,像樱桃一样。狗走过来,舔主人的手。

"好,阿尼塔,"日用品生产商抚摸着它说,"摩罗尔是为全人类的。每当读到被活着解剖的狗还舔主人的手时,我总是特别感动……好,阿尼塔……好,阿尼塔,你是不是也倒霉地预感到,我们要解剖你？这是没有法子的事。先生们，这是一只波尔什的狗，我在比卓夫镇买的。在赫鲁麦茨火车站，我到车站饭店去买啤酒的时候，把这条狗系在水泵上。我从窗口朝外看，见人们吓得乱跑……这小东西等得不耐烦，把水泵连同几百斤重的盖子都掀倒了，跑进了我去的饭店。约瑟夫先生，一个人有这么一只可爱的小动物，多么开心啊。"老板补充说。

"哪儿的话，"助手说，"有一回，我从几位小姐那儿走开，从别墅跳出来三条狗：波拉、阿尼塔和阿日克，都像小牛一样，将我拖到狗窝里，同我一起直睡到天亮，还冲着我的脸轻轻地哼哩。"

老板走进小仓库，用小车运已经板结了的面粉。

"这是因为，狗是逗人玩的动物，"他说，"至于这类高大的猎犬，它们将多少人从白色死亡里救了出来啊！"

"可别这么说，"助手生气了，"我在耶塞尼克服兵役的时候，一位老太太在山上滑雪，丢失了。我们带着两条大猎犬去搜索。在布拉杰特，我们的准尉丢了。猎犬身上沾满了雪，我们只好给它裹上毯子抬着它。每条狗有百十来斤重，我们像抬钢琴似的在雪地上走。到了兵营，它们发烧了，大夫只好给它们缠上绷带。可是准尉我们永远也没有找到。丢失的老太太，早上回来了，拖着滑雪板。她已是年过六十的人啊……可她说这不过是到布拉杰特散散步而已……"

老板小声对代表说：

"我们应该激怒他……他生气了，事情就干得更好一些。"

"真的吗？"布西法尔先生感到奇怪，"可是老板，您好像在地下室说话，声音太小了。嗓子不大好吧？"

"我喝的来苏水，没有喝甜酒，嗓子又有点发炎，"老板说着点点头，"十年来，我床头总是摆着一瓶甜酒，加上贴有来苏水的标签，为的是不让孩子们喝。可我做父亲的，一直在喝，从小就喝。

老婆疏忽了,将真的来苏水放在那里。我见到了,一连喝了三大口。作为一个日用品生产商,不掉几个指头或整个的手,或者做试验时不留下几个伤疤,就算不上日用品生产商……可是,约瑟夫先生,我要是您呀,就买只小猴子!"

"哪儿的话!"助手大声说。他琢磨,用他挣的几个克朗,连买衣服也不够,"猴子,我连看也不愿意看!那个笨货布勒丁——我在辛格哈斯流浪时,就跟他一起——为了纪念一只黑猩猩,才买的。我们回来以后,就同那个东西住在一起。他说他是雄鹰体育协会的,每天早上用肌肉增强器进行锻炼哩……"

"那只黑猩猩?"日用品生产商问。

"哪里!是那个蠢货布勒丁。黑猩猩也练过,但必须系上带子。有一回我出去走访,布勒丁那个蠢货说:'喂,你试试那个肌肉增强器吧。你会发现,那有多么舒服!'我拿起肌肉增强器,拼命地拉。结果,黑猩猩那个坏蛋松手了。手柄弹到我鼻子上,眼睛肿了好几天。猿猴,哼!"

猎犬走到地板上的角落里,大叫起来。

"那个聪明的动物记得摩罗尔鼠药的制作过程。"日用品生产商说,扛起一袋板结的面粉。

"老板,"布西法尔先生说,"请您考虑一下养老金的事。等到您一双宝贵的手不能干活了,谁给您吃喝?"

"受苦呗。"老板回答说,将面粉倒在大桶里,扬起一股黄色烟尘,盖住了地面。

"这像狗尿一样熏人。"助手咳嗽起来。

"就该这样,"日用品生产商高兴了,"您稍微搅拌一下。我们加进三盆变质的油脂,合成物就是原汁原味。保险公司的先生,您在什么地方?在那儿,好。您牢牢地扶着水泵,我给您讲制作过程。有的公司往老鼠药里加砒霜,我宁可加碳酸钡。老鼠吃起来有野果味道。碳酸钡在它的胃里变成氯化钡,老鼠就被毒死。"日用品生产商津津有味地说,"但要得到合格的产品,要花不少时间。开始在庄园,我毒死了两头猪和一群小鸡。后来几个月,用户给我写恐吓信,说老鼠吃了摩罗尔药,反而长胖了……可现在,只有一片赞扬和荣誉奖状。"

"这臭味就像教长被撕裂了一样。"助手在烟雾中咳嗽起来。

"约瑟夫先生,我要是您呀,就养山羊。"日用品生产商说。

"我可不要什么山羊。如果人们说我胡闹,把我的养老金剥夺了,怎么办?"

"但有了羊就有羊奶呀!您是制毒药的……"

"哪儿的话!山羊是个讨厌的东西,它屁股一张开,我从羊圈里拔腿就跑,连盆子也搬走,因为我的手已冰凉。再说,我眼力不顶用,天黑了,怕找不到山羊,我双手发抖。"

"您挤起奶来可就够受的了!"日用品生产商说,从尘雾中走进仓库。钩子上挂着一桶变质油脂。猎犬见了,叫得更凶,连爪子也伸出来了。

"好,不养山羊,那就喂小母牛吧。这可有收益,有牛奶。"日用品生产商看着助手在桶里搅拌时说。

"那哪儿成!"约瑟夫先生叫起来,使劲地用木杆快速搅动,"养奶牛可叫人生气。过去,我们家养一头花奶牛,好看得很,像头阉牛一样。我牵着它走到一条公牛旁边,奶牛拖着我就跑,像拉雪橇一样,尽管它鼻孔里有铁链缰绳。养母牛可真难哪!"助手说,加快地搅拌着说,"有一回,我牵着我们的花奶牛到一头公牛那儿去。但那家的主人不在。女儿——是个大美人——将公牛放出来。可是那头公牛将我和母牛弄混了,冲着我就上,撒了一大泡尿,很敏捷地从小梯子上越过辕杆,前腿撞在杆子上,摔了个筋斗。那美人般的女儿真担心公牛会折断它那宝贵的生殖器哩!那个时候,猪发病了,人们把它放在床上。它死的时候,大家像死了小孩一样感到不幸。可那头重达几百斤的公牛,前腿蹬起来了,但我还是大胆地坐在屋顶上。那公牛前腿扒着墙,用角拱瓦片,鼻子像喷泉一样出气。可您还说……养母牛!"

"桶在这儿,"日用品生产商说,"现在我往桶里倒变质的油脂。"他高兴地向代表挤眉弄眼,弯下腰,往桶里加料。他在想象中认为,"这是往合成物中添加货真价实的香精哩"。

他说着,又往桶里加变质的油脂。助手用棍子快速搅动。熏人的臭味从地板上散发出来,一直扩散到栅栏外很远的地方。

直到邻居阿尔弗雷德·比沃尼卡先生大奏起手风琴似的乐器。这个人身居小住宅,淘厕所二十五年,从祖上继承了这部大乐器。

白天,天使日用品技术试验所生产摩罗尔牌老鼠药时,比沃尼卡先生就把他的乐器搬到院子里,奏起一首老歌:《我是布拉格的贝比克……》。

他奏第五遍时,老板走到栅栏旁大声嚷道:

"比沃尼卡先生,听见我说话了吗?"

"没有听见,但感觉到了。"邻居说,他一只手痛,将乐器换到另一只手上。

"比沃尼卡先生,别奏了!谁该听这种音乐?"日用品生产商嚷道。

"对,可是是你们首先闹起来的!"

"比沃尼卡先生,我要到商会去提意见!"

"您不妨到洗脸间第五个水龙头那儿去提吧!"比沃尼卡先生大声说,又奏起那首歌:《我是布拉格的贝比克……》,大声说:"你们用毒老鼠的药来害我,我就这样来对付你们!"

"比沃尼卡先生,会遭到报复的!以眼还眼!以牙还牙!"

"我以两眼还一眼,以半口牙还一颗牙!"

"什么?"日用品生产商吼叫道,"比沃尼卡先生,当人类放松同大自然的斗争时,老鼠就会来咬你们,连您那破乐器一起咬掉!"

但比沃尼卡先生自有主张,他转动乐器上的把手,仿佛要让它成为驱散臭味的风扇。

"人们总是特别不自觉。"日用品生产商抱怨说。

"是的,所以我看,"代表说,"您不需要任何养老金。"

"您怎么知道,我需要什么和不需要什么。"日用品生产商斜着眼说。

"我认为,对您来说,这样的养老金是没有的,您只需要一个存放苯胺颜料的小仓库就够了……"

"我需要什么,不需要什么,要您出什么主意?如果我需要养老金呢?"

"我认为……"

"不用您认为!考虑这种事情的是我,"老板大声说,"我想要养老金!"

"可那是要费钱的。"布西法尔先生说。

"难道我是个无赖!"日用品生产商恼怒了,"我想要养老金,您给我登个记,我要一千五百克朗的养老金。"

比沃尼卡先生开始第十次奏他的乐器,还唱道:"我是布拉格的贝比克,还是个小无赖……"有人猛敲栏杆,猎犬不再吠叫,一跃跳到栅栏上,用蓝色的眼睛盯着另一边。布西法尔先生在申请表上写了姓名和企业的地址。

"你们这些罪犯!不信上帝的家伙!"栅栏外面有人叫起来,"谁该来闻这种臭味!"

"这没有办法,"日用品生产商说,"我们有营业证!"

"他妈的!最难的问题是理解作为万恶之源的上帝,可这已经超出了上帝的框框！"栅栏外的人大喊大叫说，而且每讲一个字，就用棍子在木板上敲打一下。

"出生年月日？"代表问。

"一八九五年……"日用品生产商说，"可那准是基督再临派的霍拉切克。霍拉切克先生！我们可是必不可少的罪过呀！"

霍拉切克先生不再敲栅栏，他高声说：

"《圣经》上讲了，情况会更糟的。但是，先生们，我在家里快要给闷死了，你们那个摩罗尔灭鼠药的味道从墙里透过来，无形地渗到整个镇上！"

院子里，比沃尼卡先生的乐器不响了，为的是换换空气，好将同样的歌演奏第十一遍：《我是布拉格的贝比克……》。猎犬跳起来，用蓝色的眼睛斜视着另一边，霍拉切克先生在那儿，一个手指捂着嘴在想什么，另一只手握着粗棍子。

"伙计们，我看到了，"他嚷着，"我眼前现在出现了两个世界：一些人是生前注定的……你们在那儿吗？"

"我们在！"日用品生产商大声回答。

"一些人注定只吸干净空气，另一些人注定只能吸臭不可闻的空气。我属于第二种人。朋友们，你们在那儿吗？"基督教再临派会员大声说，乐器又大声响起来。

"我们在！"日用品生产商说。

"请在这上面签字。"代表用手指着说。

霍拉切克先生兴奋地叫起来：

"现在我看得更远了：那不可见到的教会——我也是它的会员——应该将世界上的罪恶都吞噬掉。你们和我，就是它活生生的证据。伙计们，我再生了！又一次在这儿了！"

基督教再临派会员这么唠叨着。他顺着光线看，栅栏外有个头发上扎着白蝴蝶结的小姑娘，和着乐声在拉小提琴《我是布拉格的贝比克……》:她是对面屋子的小女孩,那是街尽头最后一座房子希尔德布朗家族的最后一个孩子。那个家族根基可牢固啊,因为他们在一切事物中,都能看到对自己有利的征候……比沃尼卡先生奏乐器时,希尔德布朗夫人马上拿下小姑娘的提琴,将她打发到街上去,还说:"露仁卡,去学习,学习同大型乐队一起演出……"尽管她刚学会马拉特①的第一练习曲。

扎小蝴蝶结的姑娘,下巴夹着提琴,长着一双美丽的眼睛。但眼神里有几分恐惧。她在栅栏边上走着,拉起《我是布拉格的贝比克……》曲调。她妈妈在窗口幻想:有朝一日,露仁卡会在斯美塔那大厅演出,捷克交响乐团将为她伴奏哩。

霍拉切克先生像看幻影一样地望着小姑娘。

"朋友们,"他喊道,"请到这儿来!"

"那儿有什么?"日用品生产商大声问,"我们刚刚开始调制摩罗尔灭鼠药哩!"

"全都放下,为了宽恕,快过来!"霍拉切克先生喊道。

大家放好箱子,靠在栅栏上。

布西法尔先生和日用品生产商往下看,小姑娘头上的蝴蝶在抖动。

"拉得真好,"日用品生产商说,"有感情。"

"她必须这样拉,"基督教再临派会员说,"上帝本身出现在某种黑色的深渊时,深渊的底层会有一只金戒指。露仁卡,你就是那深渊底下的金戒指……"霍拉切克先生说,抚摩那个小姑娘。她抬起一双大大的、过早变蓝的眼睛……

后来,助手冷淡地坐到泵上,毫无表情地看着摩罗尔药时,老板往一公斤的铁盒里倒合成物,布西法尔先生告别了。

---

① 马拉特(1843—1915),捷克作曲家。

"您提前了三个月给我们付了那笔钱,包括五十克朗注册费。别的问题,我将同您通信联系。"代表说,鞠了一躬,沿着栅栏走了。栅栏上面是一排大字:白天使日用品技术试验所。

"这儿是中学毕业证书。"他在拐角上说,将申请书交给指挥先生。

但指挥先生两手扶在栅栏上,摇摇头,用拳头在板上猛击一下,抬头望着天空。

维克多先生仰卧在草地上,两手两脚都在摆动,嘴里在哼着什么。

"怎么回事?"布西法尔先生吓了一跳。

"你是支持老年人协会做成了日用品生产商工作的第一位保险工作者。"东达说。

# 七

由鼓和手风琴伴奏的男声歌唱,从小酒店传到黄玫瑰色般的夜空。几位妇女在丁香花影下徘徊。公墓的围墙,迎着琥珀色的地平线屹立着。

两个女人拖着梯凳过来,隔着窗帘朝酒店望去。

"博什卡,你看见那一位有多帅吗?"

"他穿的新大衣!在一群无赖的人当中,怎么竟出现了伯爵的模样?"

一名妇女从酒店的走廊上跑出来,腮帮鼓鼓的。

"结婚一年后,挨这样的耳光!"她说。

"有人中了一百万的彩票?"代表东达先生问。

拖来梯凳的赤脚女人说:

"看来您不是本地人。我们的小伙子自己制作舒马瓦①点心。"

"上帝呀，"爬上自行车架上的妇女喊道，"我那口子在那儿大手大脚地花钱啦，孩子们又得吃一整个月的廉价油脂和果酱面包。"

"您带着梯子上哪儿去？"东达先生问。

"到公墓墙边瞧瞧。"

"把我带上行吗？"

"您是谁呀？"

"保险公司的代表。"

"见到您很高兴。我是从前公爵渔场的负责人。"她说着点点头，赤着脚走得沙沙地响。

"那不扎您的脚吗？"

"不，在麦茬地里我照样打赤脚走。"渔场前女管家说，放好梯子，往墙上爬。

"您挨着我坐下吧，"她说，"我们瞧瞧酒店，那儿的镜子面前，就是公爵先生过去经常坐的地方，他常望着那堵墙，而且一看到坟墓，他就口渴，人们跟着他学。男人们在家里说：'人活在世上算什么？今天在这儿，明儿个就可能到墙那边去了。'女人们就哭起来，因为这是我们公爵先生本人经常讲的，讲完了，他就替酒店所有的人付钱。"

"那可真是一位好先生。"东达先生笑着说。

"什么样的好先生？有一回，他骑着马从窗口蹿进了酒店，要了一杯甜酒，又骑着马跑到酒店门前了。卡拉斯库也想那么干，可是额头撞在柱子上，结果就葬在那块地方了……"渔场前女管家指指说。接着，他们朝酒店望去。晒得黝黑的小伙子们，敞着衬衣站

---

① 位于捷克西南边陲的山脉。

在里面，高举双手，大喊大叫，彼此搂着腰，眼对眼，看了好久。然后按老方式，接吻祝贺。他们还搂着脖子，拍对方的背部，一跌一撞地走着。

"这儿的人都那么喜欢公爵先生吗？"

"那看怎么说！"渔场前女管家说，"公爵先生有条原则：'过去偷盗，现在偷盗，将来也偷盗。不过我只希望，偷盗要讲理智。'那儿躺着的脸泡在啤酒里的人，是公爵先生的私生子。"

那个醉醺醺的人，躺在酒店中间。两个小伙子往他身上倒了半公升啤酒，醉汉才清醒过来，将一只手背放在另一只手掌上，嘟嘟囔囔地说："下雨了。"心满意足地将脸部靠在倒出的啤酒里，又睡着了。

"等一等，你们两个无赖！"梯子上的妇女嚷道，"他穿的新大衣！"

被啤酒和汗水弄湿的酒店老板，每手端着十杯啤酒，像两盏吊灯。小伙子们挪开酒杯垫。老板从耳根后取下铅笔，在垫上画记号，拉手风琴的掉过头去，鼓手用锤子击着大鼓。

"穿蓝衬衣的那个人，是个漂亮的家伙。"东达先生说。

"是那个喝了一大壶的伙计？啊，他是镇里药房的人，有空就上这儿来，但算不上贵族式的人。他可不那么容易老实下来啊！先是把老婆的嫁妆喝掉了。接着，把病号们的所有甜酒、葡萄酒、酒精……也全喝光了，还总是不安分，不习惯小镇上的生活，因为他是布拉格来的。直到一位采药的老太太给他出主意，让他骑自行车到集市上去，大声讲粗野话。他真的那么干了。第一次，当全集市的人都盯着他时，他昏倒了……但第二次、第三次，他在广场叫嚷一些脏话时，感到心里的忧伤一下子都消失了……他是这一带最帅的男子，但身上没有一点蓝色的血液，只有衬衣是蓝颜色的。可您看见了吗？他倒在桌下，现在又站起来了。"

"那个丑八怪呢?"

"那个人,"渔场前女管家说,"他也是公爵先生的私生子,了不起的提琴手。他谋生的方式是,不演奏,只是将小提琴夹在脖子上,人们就掏钱给他,好像交付补偿费似的,为的是希望他别拉琴。有一回,我听他拉琴,满身起鸡皮疙瘩……啊,我们有的是手绢!"渔场前女管家大声说,往手心里擤鼻涕,甩到了墓上。"他是属于前三代的人,演奏得十分差劲,名叫贝比切克·哈巴斯库。"

"嘘……您没有听见什么?好像有人在小声说话。"东达先生说。

"这是水上传来的声音,"渔场前女管家笑着说,"橡树林那边,女孩子们在洗澡,那儿离这里足足有一公里……您听见了吗?她们在谈论男孩子,听见了吗?芦苇发出的飕飕声……不知什么地方的鸟儿醒了,水把鸟的声音传到这里,好像是在您的脑子里惊醒了……那水和风,像扩音器,把声音放大了……"

墓的墙边,两位妇女在指手画脚,向一位穿黑袍的胖男人讲什么事。

"那是神父先生,"渔场前女管家说,"他有幸让公爵先生做了忏悔。"

"那好,您去吧,"梯子旁的妇女说,"您去说说他,他总是把工资全都喝掉,接着就砸家具!"

"安静点,妇女们,"神父说。但当他听到那歌声时,叹着气说:"这就是那不幸的斯拉夫人性格。"

"他们还烧房子哩。"踏在自行车架上的女人说。

"那些人都是一伙的,"神父说,"行为放荡。"

"对,"一位妇女说,"我那一口子,劲头上来的时候,神父先生,就逼着我干那种事,我只好……"

"您别在这儿扯那些事,"神父嚷道,"你们床上的隐私,就是上帝的隐私。你们床头挂了圣像吗?"

"挂了。可是他像头公牛,他……"

"静一静,"神父跺脚说,"您应该经常来,姆拉奇柯娃,做忏悔,领圣餐。"

酒店传来响亮的歌声:

"当我年方二八的时候……"

"尊敬的先生,您到那儿去一下吧!"站在自行车上的妇女请求说,"我的那一口子干了那种事就病三天。"

"我不明白,我不明白,"神父犹豫说,"只是不要让我把珍珠往猪身上扔……可耶稣干什么了?他经常同女海关人员和妓女坐在一起。"他鼓起勇气说。

随后,他那黑色的身影消失在过道上。一会儿,他就出现在酒店的小伙子们中间。他们正冲着天花板胡叫乱嚷,相互搂着腰,还手舞足蹈。神父先生坐到椅子上,一只手按着教袍,一只手指向天空……但有人打了他一下。

"这真是当头一棒。"渔场前女管家说。

然后,尊敬的先生出现在走廊上,板着面孔。

"我说什么来着?"他说。

"尊敬的先生,我们该怎么办?"梯子上的女人问。

"到那边去。"神父建议说。

"去像您一样挨耳光。"

"唯一的办法是去做祈祷。"神父说着走开了。

"尊敬的先生,"渔场前女管家说,"有人在您背上画了下流的东西。"

神父脱下闪亮的教袍,抖了一抖,看到用粉笔画的一个菱形的玩意儿,只是摇头。

"我不明白,不明白。这一代人大概走不了耶稣的路。"

他用手擦去粉笔画的东西,走开了。他的衬衣可是白得放光。

"那是些异教徒!"他嚷道,一只手插进袖口,"世界末日!"说着,另一只手又插进口袋,板着面孔走了。

"是谁把它给烧了?"东达先生问。

"公爵先生的私生子克鲁帕先生。您看到了他那高贵的神态了吗?"渔场前女管家接着说,"人们说他,好像头上挨了几棍子的小猪。可他是上过学的人啦。他的床头上有个口号:疯狂起来吧!每天早上他一打开窗户,就像箭一样,从床上一跳,钻进游泳池……哈哈,有一回,他喝醉了酒,在城里一个旅馆躺着。早上醒来,打开窗户,照样像箭一样往下跳,落在广场砖地上,把手摔断了。"渔场前女管家笑着说。

"他冬天呢?"

"冬天他不跳水,而是像公爵先生一样,在花园里游。有个邻居擦了擦冻冰的窗户,朝克鲁帕的花园望去,什么都看得一清二楚。克鲁帕赤身露体,站在游泳池边,用棍棒敲打冰层。接着……往里面跳。邻居这么瞧了一下,就伤风了。克鲁帕同他父亲一样,也有这么一条原则:'人应该惩罚身体,而不是身体惩罚人。'"渔场前女管家边说边往手里擤鼻涕,像公鸡咯咯叫一样。

"天哪,那儿有个小伙子。身穿裤衩,站在桌子上跳舞。"东达先生说。

"那是我们的老师。"

"也是私生子吗?"

"也是。街坊的人都喜欢他。因为有一回他说,假如有个女儿,患疟疾死了,要是他有支手枪,就可能因悲恸而自杀!……自从讲了那些话以后,他就不再喝酒,而是狂饮了。大家都原谅他,因为没有人能证明他有女儿,会染上疟疾……"渔场前女管家把手一摆,又说,"他名叫雅乌列克,他妈妈是公爵先生的挤奶女人,您知道吗?"

"知道。但那个大个子,头发快碰到天花板的人,也是私生子吗?"东达先生问。

"是的。他可是个巨人。公爵先生所有的孩子,都有一种贵族的小毛病,一只眼睛低一些。"渔场前女管家指着自己说,"眉骨突出,颧骨像捣土耳其蜜的小斧子,爱干些龌龊的事,如此等等。可这个名叫希尔哈茨基的先生,是个耍弄肌肉的男子汉。他在集市和庙会上,身披虎皮,展示他的肌肉。他只要登上舞台,就说:'女士们,先生们,肌肉表演,是很累人的事……'我们妇女就都爬到舞台上。我们买了一串粗香肠,装在啤酒桶里,让希尔哈茨基先生坐在桶上,吃香肠,喝啤酒。他给我们讲解每块肌肉的名称、功能。我们妇女可喜欢那肌肉表演啦。我那死去的丈夫曾经在虎皮下把我抓住了哩……"

"可现在我想问一下,公爵先生共有多少私生子?"

"……丈夫用鞭子抽我,一直把我抽得昏过去了。有多少私生子?总共六十七个。"渔场前女管家说。

"多少?"东达先生惊讶地问。

"我们总共六十七个。十五个已经死去了,我们活下来的还有五十二人。"渔场前女管家说,把头掉过去了。

"您也是蓝色血统?"

"很荣幸,"她说,用弯弯的手指按着鼻孔,熟练地擤鼻涕,"因为公爵先生知道,什么是真正的女人。他的大多数私生子女,都是他同渔场看守和庄园守门人的女儿和妻子生的。他对每个孩子,都给以关照。但他最喜欢养牛的女孩子,时时刻刻用舌头舔土地里闪亮的东西,麦草或者粪渣。我是他和妈妈在小茅屋里生下来的。其他方面呢?公爵先生懂五种语言,认识一大批有才华的艺术家。但他最爱赶母牛的女人。人们议论公爵先生的时候,他思念一个姑娘达到这种程度,要将女人推倒在粪堆上,一只手蘸上尿粪,用尿把自己的头发弄湿。他就是这样爱普通的人……后来他进入被粪包围的城堡——这又是守门人讲的——从镜子里看自己,将尿粪涂满一脸,还大声叫道:'我接触到大地了!'"

"您作为私生女,有什么感觉?"

"感到亲切得很,"渔场前女管家说,将手握成拳头,"我的血管里有公爵先生的血在沸腾!他多么善于评价好的主意啊。一个除夕之夜,他从公爵旅馆出来,路上冻得那么滑,他连着摔了好几跤。我母亲从天主教堂往回走,看到那种情景,又转回去,借了三条桌布,铺在公爵先生的前面。等他走过去,母亲很快揭起来,再拿到前面铺在地上。这样一直让他走回城堡。他临死前在床上回想起这件事,还看到我妈妈一直在为他往冰上铺桌布……"说着,渔场前女管家眼泪都出来了。

"我的上帝,"东达先生叫了起来,"那个鼓手用生殖器敲鼓!"

"啊,那是格伊多什,也是私生子。在谢肉节化装舞会上也这么干,"渔场前女管家说,有点激动,"这不是很亲切吗?公爵先生临死前还看到我母亲在他前面铺桌布,一直铺到天国……"

酒店里,男子汉们吼叫着:"秋天,大丽花盛开的时候……"

流着泪的妇女们走散了。一轮水汪汪的明月在村庄上空荡漾。酒店老板像举吊灯一样,每只手举着好多杯啤酒。

"下面一个酒店在演奏音乐……"

酒店的歌声,震动着屋顶。一名歌手发疯一般地往挡板上一撞,墙上的全部装饰,连同窗帘和镶边全都掉了下来,打到一个醉汉身上。此人靠着墙,自告奋勇地在指挥手风琴和鼓手。可是,鼓也被窗帘裹住了。只有指挥者的手,拉手风琴的手,还有侧面敲鼓的手,举得高高的。

教师克里什托夫,私生子,来到酒店门前,摇摇晃晃地走进亮着灯的厕所,跌倒了,滚到槽里去了。

"看到了吗?"渔场前女管家说,"这真像公爵先生。有一回,他从布拉格贵族赌场回来,走到百合花街,摔倒在白兔酒馆门口。一位头戴大礼帽的社会民主党人走到他跟前说:'公民,要我帮帮您吗?'公爵先生腿不听使唤,两手撑在地上,找到了单片眼镜,戴上说:'您知道我是谁吗?吐恩·塞科·塔索公爵!前进!'说着,他又躺下了。这就是蓝色的血液,怎么样?"

"这故事好听,"东达先生说,"您对这儿如此熟悉,不认识一位皮带生产商兰达吗?"

"认识,您找他干什么?"

"他给我们写过养老金的信。"

"他不会再要什么养老金了,"渔场前女管家说,"一个算卦的女人替他算了命,说小业主们的头上,乌云密布,赶快把存货全部抛出去,拿着钱去寻欢作乐吧……就是头顶半公升啤酒,在酒馆中间跳舞的那个小子。"

一位穿白衬衣、容光焕发的年轻人来到酒馆门前,对着屋顶上的月儿大声嚷道:

"你们谁饿了?我家里有烤鹅、烤鸭,还有野鸡!只要说一声,我就去拿过来。我们家里,连狗都撑得吐出来了!"可是没有人理他的茬。那个小伙子跑进厕所,往教师身上撒尿。

"我的青春多欢乐,可惜只嫌太短暂……"

酒馆的歌声,更加响亮有力了。人们又相互搂着脖子和腰部,青筋胀得鼓鼓的,连空气也在激烈震动。那位容光焕发的客人在厕所高唱着:

"我已不再这般青春年少……"他挥舞双手,一个人独舞,可教师先生还躺在槽里……

一个小伙子从走廊跑过来,气喘吁吁的,叫苦不迭,请求上帝把他带走……

"庙会之后,一般总是拉稀蹲厕所,"渔场前女管家说,"有个名叫卡雷尔·亨内鲁的消防队号手。有一回失火了,他找不着号,只好拉小提琴,满村子跑,大喊:'失火了,失火了……'"

消防队号手到公墓边的芋麻地里,用一根大钉子在月光照亮的洋灰地上刮,还说:

"我发誓,永远不再……"

"喂,卡雷尔,别再乱写了,好吗?"渔场前女管家说,"不要在我爸爸的坟墓上画什么了,行吗?"

可是,号手抬起他的手,用钉子在洋灰上嚓嚓地画了一条线,好像天空的闪电。

号手握住钉子,打起盹来。

姑娘们从河边返回来,月光柔和地洒在她们背上,她们不得不踏着自己的影子走。

"真像童话一样美,可惜只有短暂一瞬间……"

晒得黝黑的小伙子们在酒馆唱着。从每个人的表情上看,似乎都在用歌声为自己庆贺……

身上溅湿了的老板像举着吊灯似的为大伙送啤酒……

## 八

从舞厅到厨房,有个暗淡的小窗户。毛玻璃上,有个穿燕尾服男子的身影。他举止文雅地端着酒杯,仿佛在给开胃酒做广告。他将杯子举到唇边,很惬意地喝完最后一滴酒。不一会儿,那个身影就消失了。舞厅里,进来一位穿燕尾服的舞蹈老师,他马上鼓掌,站到舞池中间,用手摸摸开襟上的扣子,大声说:

"好,先生们,这儿可没有女士们,仅仅只有一位。"他对着镜子说,那儿坐着赫鲁多娃小姐,身穿方格衣服,手指头捻着一块大手绢,"先生们,现在没有的,不久就会有,女士们会来的!她们答应我一定要参加老年和进修舞蹈班!请大家报数,双数是先生,单数扮作女士!马上复习圆舞曲。乐师先生,请演奏施特劳斯的乐曲!"舞蹈老师喊道。他的学生们列队往前走,数着双数、单数,双数、单数。他指向最后一个人吩咐说:"男士们去请女士!"

乐师年轻时曾在比尔克乐队演出。他鞠了一躬。但当他看到全是衣衫褴褛的男舞蹈者时,头都发昏了,弄错了地方,本来应该朝钢琴走去,却往镜子那儿去了。

"全是疯子。①"他骂了一声,才坐到真正的钢琴旁边。舞厅里响起了《春之声》圆舞曲。

"下面演奏《皇帝圆舞曲》,"舞蹈老师喊道,"我到厨房去一下,有位漂亮姑娘给我来长途电话了!"

他离开大厅,一心想着标致的女士们。随后,他的身影出现在从大厅通往厨房的乳白色玻璃上,从影子上看出,有一只手伸向他。

"天哪,这是些什么人呀?"布西法尔先生说,他顶替女士,正同指挥先生跳舞。

"客户,"指挥先生冷淡地说,"坐在镜子下面那个卖肉的。我们很快给他上了第一课,他将得到最高数额的养老金。您看,布西法尔,那是维克多!同油漆匠迪米克跳舞的那个人,也是做他的工作的。您仔细瞧瞧就发现,他们全是些老掉牙的小业主、公务员,还有个疯疯癫癫的老鳏夫……因为除了他们,谁乐意到郊区来上舞蹈课?"

"我的上帝!"布西法尔先生喊道,"没有踢着您吗?喂,那个自

---

① 原文为德文。

己同自己跳舞的人是谁呀?"

"园艺工伊鲁谢克,"指挥先生小声说,"上第一节课的时候,他作为女士同我跳。可是每当乐队开始奏波尔卡舞曲时,他就挣脱我的手,一个人独舞起来。这是个人主义的本性。他有两个弱智儿子。一个到十五岁还不识时钟,将闹钟乱上一气,还用闹钟砸自己的脑袋……现在好了一些,可是上吊了。那另一个儿子,看到闹钟是五点三刻,他就说是五点半……园艺工感到高兴,因为他毕竟有了长进。"

"谁给您付报名费?"布西法尔先生问。

"支持老年人协会主席团。去年我们在老年和进修班舞蹈课上——当然是布拉格另一个郊区——总共办成了十二桩养老保险。"指挥先生说着,朝左转,轻快地跳着维也纳圆舞曲。

"可您知道吗,园艺工们犯了不少凶杀案?"布西法尔先生问,将脑袋轻轻地靠在舞伴的肩上,"也许是为了要新鲜空气,园艺工栽种浇灌了五年的花卉。有一天,他突然臆想出一桩惊人的凶杀案。在奥斯拉发广场发生过三次残忍的谋杀。杀人犯园艺工菲利普,后来蹲到一口枯井里,等待着即将发生的事……或者讲讲鲁德尼采的什杰班尼克?他枪杀了两名骑自行车的妇女,后来又杀死了他的表姐,把她赤身裸体地推到澡盆里,然后去宪兵队自首:'我就是有名的杀人犯什杰班尼克,园艺工人!'注意!"布西法尔先生喊道。

一名园艺工人在他们周围跳舞,超越了一对又一对舞伴。他额头上的汗粒像珍珠一样,从眉宇间往下滴。可他闭着两眼跳着,手臂扬得高高的,仿佛要飞去一样……

"他已经来了,很好,"指挥先生说,用嘴巴指向活动门说,"那是我的朋友布鲁德克,疯人院的监管……"

"疯人也到这儿来吗?"

"也来,不过他们还未进疯人院,"指挥先生笑着说,"布鲁德克到这儿来,是为了离开疯人,稍稍休息一下。还有!跳舞以后,我们要去参加野餐会!我提供几瓶酒,布鲁德克带我们去花园,哈哈!"

在暗淡的窗口,一个身影喝完甜酒就消失了。

舞蹈老师跑进舞厅,用手指摸摸开襟上的扣子,又理了理袖口上金色的纽扣,把手一挥,钢琴声停止了。

"女士们,先生们,"舞蹈老师大声说,"大型舞会的时刻到了,我有责任给大伙提出几点宝贵的建议……我讲话的时候,请那位先生停止独舞,好吗?"舞蹈老师生气地说。

园艺工继续跳他的独舞,两眼闭着,欣赏着四三拍舞的动作魅力。三个学舞蹈的人去抓他,可是园艺工毫不费劲地将三位先生推开了。直到上去六名学舞蹈的学生,才将他架住。把他推走时,园艺工才睁开眼睛。

"我讲的话,对您也有效。"舞蹈老师说,将园艺工敞着的扣子给扣上了,又说:

"您也必须打领带!"他转身高喊道,"大型舞会就要开始了,我要求你们,先生们,穿上燕尾服!配上黑裤腿,高领白衬衣,衬衣也应该是白色……"

"我喜欢穿童子军制服。"园艺工说。

"可燕尾服一定得配白衬衣。您在什么地方听说,穿童子军制服?"舞蹈老师吼叫着,"一定要穿白色衬衣,上过浆的,胸前只许用珍珠扣,绝不准用宝石!先生们,请各位注意!您要干什么?"舞蹈先生转身问园艺工。

"我喜欢系童子军腰带,因为上面有弹簧扣,我可以挂家门的钥匙。"园艺工说着,解开棉外衣,指了指钥匙。

"可是天哪,您要带什么,请随便。但是在这儿,我按照雅可夫斯基的原则讲课,"老师大声说,"领带要白色,袖子也一样,礼帽放在存衣室!"

"但我可以把东西塞进燕尾服……"园艺工说。

"我不听,什么也不想听!"舞蹈老师捂着两耳说,"我要去打电话邀请漂亮的女士们!"说着跑出去,手还在红头发上挥动。

不一会儿,乳白色玻璃上出现一个身影,正端着一杯酒,打电话邀请漂亮的女士们。

年轻时在什比尔克和老夫人酒店演奏过的钢琴手,去摸摆在最高键盘上的一块马肉香肠,咬了一口,开始弹《皇帝圆舞曲》。

疯人院监管布鲁德克先生,靠近正在哭泣的赫鲁多娃小姐坐着。

"怎么啦?"他问。

"我不想活在世上了!"她说。

"为什么?"

"在我担任副主席的反虐待动物协会,我又听说,有人在萨斯基镇抓到一个学徒,这个人活活地将一只羊羔剥了皮!人们怎么能这样对待小动物!"赫鲁多娃小姐说,用手捂着脸。

"别哭了!"监管说,"请看看我脸上的伤疤。公寓里有女管理员,把一只活蹦乱跳的小猫冲到马桶里去了。小猫被水冲下去以前,还望着马桶,把爪子伸进水里,以责备的目光盯着女管理员,好像在质问,为什么这么粗暴地对待它。"

"她会有好看的,上帝将惩罚她!"赫鲁多娃小姐破涕为笑。

"还不止这些哩,"监管说着,弯了一下腰,"后来,老猫赶来了,看着抽水马桶,把爪子伸进水里,还用责备的目光对着女管理员,好像要我们把她送到疯人院。五天以后,女管理员把马桶踩碎了,打算用碎片来割断血管,我给制止了……您看!"监管说着,把头伸过去。

"她这是代表更高的正义性。"赫鲁多娃小姐笑着说,将目光转向那正义的心脏。

"现在演奏《皇帝圆舞曲》了,我可以请您跳舞吗?"监管站起来,两只鞋跟一碰。

"另找时间吧,这儿有的是女士……以后再跳吧,"赫鲁多娃小姐说,想把手伸进口袋,"啊,我没有口袋。可我将报告放在家中了。我在报告中说,屠夫为了把公牛送进屠宰场,又挖掉了它的眼睛。"

"可是另一方面,有多少公牛踩了屠夫啊!"布鲁德克先生大声说。

"真的吗?"小姐问,拿着手绢,从满是泪痕的脸上,擦擦泪水说:"那我不知道。给我讲个好听一点的故事吧。"

"比如说,霍勒肖维采屠宰场,一头公牛将两名动物贩子隔开了,把第一个人的头挤到墙上撞碎了。另一个动物贩子,是我的舅舅,没有带砍刀。公牛无目的地乱跑,它嗅了嗅我那舅舅,一个转身,将他推到栅栏上了……"

"真精彩,真精彩!"反虐待动物协会女副主席大声说,"去跳舞吧,您真叫我开心!我喜欢公牛。就是这样。要是我有力气,也会将几百公斤重的公牛牵在手里,像抚摸公猫一样去抚摸它,吻它的脖子、肚皮……"赫鲁多娃小姐动情地说,晃动脑袋,好像她正在用脸部贴着几百公斤重的公牛的肚皮一样。

"小姐,"监管说,"您闭上眼睛,试着用指头摸鼻尖。"

女副主席用手指摸到闭着的眼睛。

"谢谢,"监管说,"现在两手向前伸开,笔直朝我走来,"他又说,"……闭上眼睛!"

女副主席照办,可是走偏了四十度。

"现在请坐下。"监管说。女副主席坐下以后,监管吩咐她:"现在,请把一条腿放到另一条腿上!"

接着,他用手掌照准小姐膝盖骨的下面重重地敲了一下。

"没有任何反应,手指几乎一点也不抖动,静静地耷拉在一边。精神分裂症,个性分裂。有朝一日,您会回不去的,人们会送您去那个地方……"他说着,用手指着天花板的一角。他认为,那儿就是疯人院。

舞蹈老师跑进大厅,边跑边检查他衣襟上的扣子,连音乐也没有注意。他指着赫鲁多娃小姐大声说:

"我差点儿忘了,这儿我们有一位女士嘛!"

赫鲁多娃小姐大声朝手绢里擤鼻涕,监管的脸都红了。

"女士,"舞蹈老师喊道,"女士到沙龙里去取披巾,头巾选带花边的……很多年前,你们大家肯定看过杜尼约娃同博耶尔的电影《镶边的头巾》……女士将那镶边的头巾塞进短衫里面……先生们,你们……"舞蹈老师喊着,又用手摸摸衣扣,"如果过去荣幸地担任过大型舞会委员会的成员,有位要人光临你们那儿,别忘记去欢迎那位大人物,到存衣室帮他脱掉外衣,在庄严的铜管乐声中,陪他和他的侍从走上乐台。请诸位一定牢牢记住,先生们!"

"可我现在扮的女士。"民间舞教师说。

"但您还是男的!"舞蹈老师叫嚷说,"现在有消息了,有三位女士答应来参加下几节舞蹈课,我去打电话再邀请一些!"

"可惜!"民间舞教师说。

"什么?"舞蹈老师发火了。

"我已经习惯了扮作雅尔达的女伴跳舞,从来没有像现在这样跳得好,对吧,雅尔达?"民间舞蹈教师说,望着油漆工迪米克先生。

"天哪,这您可不要在任何地方讲啊,别让我同机关发生麻烦事,"舞蹈老师大声说,"乐师先生,来一段探戈舞曲,"在遥远的海外是迷人的夏威夷!"我再去打电话!"他嚷着,挥挥手,袖口掉下来了。

不一会儿,他的身影出现在从大厅通往厨房的乳白色玻璃上。他理了理袖口,从一个人手里接过酒杯。

年轻时在什比尔克和老夫人酒馆演奏过的钢琴手,开始弹甜蜜的探戈舞曲。他的胳膊将马肉香肠碰到了地上。这时他正蹲着,一只手弹琴,一只手去捡香肠。拾到以后,咬了一口,两只手接着弹奏,右手故意将音调抬高三个八度。他快速从嘴边拿下香肠,放到最后一个键盘上。

三对舞伴几乎在原地跳着,园艺工加快了速度。

"您给我说什么啦?"民间舞教师生气地说。

"今天您为什么不突出表现一下?"指挥先生问,就地同一位退役准尉跳着。

"好,先生们。"民间舞教师说,将手放在舞伴迪米克先生的肩上。这个人是油漆工,耳朵上全是油渍。教师接着说:"我祖父是贝内肖夫城民间舞教师,在尼格林酒馆打赌说,当费迪南大公①同妻子公爵夫人霍特科娃一起进教堂时,我祖父将跑上前去摸公爵夫人的小腿。那是个星期日,所有的小业主都聚集在教堂旁边,身穿燕尾服,头戴大礼帽。大公到来的时候,祖父站在教堂第三个台阶上画十字,突然将手伸到公爵夫人的裙子下……"

"她的腿肚子很结实吧?"第三对跳舞的人停下来问。

"祖父说,那样的小腿他可从来没有摸过。"

"那时候,一些这类的婊子,根本不重视这件事,"民间舞教师插话说,"可是大公掏出手枪,要当场打死祖父。穿燕尾服的小业主们只好跪下来求情,请求宽恕他,说假如城里有两个民间舞教

---

① 奥匈帝国末代王子,一九一四年在萨拉热窝被刺,成为第一次世界大战的导火线。

师,那就整死他好了,但是这么办行吗?大公说,祖父必须交出两千金币给科诺皮什杰城堡①,作为给贫困贵族的赠礼。这样,我祖父只好赶紧去张罗两千金币,交完了事。后来,大伙都喝醉了,人们用盆子将祖父抬回家。一位理发师在路上想起来,应该将祖父的满脸大胡子刮掉。就这样,他刮去了祖父的胡子,还用刀刮下巴,然后将祖父放在沙发上躺着。第二天早上,祖父醒来,到洗脸间洗脸,对镜一照,惊呆了,说:'这不是我呀。'……我讲到哪儿了?伙计!"民间舞教师问,乐滋滋地跟着探戈舞的旋律转动起来。

监管布鲁德克先生点头说:

"在我们那儿,疯人院……"

民间舞教师同他的舞伴站着不动。

"我问各位,谁能比这更出名?谁能摸女公爵的小腿?这种事情只能发生在奥地利时期!"

可当他同舞伴再次旋转起来时,办公室科员胡达列克先生转身对所有在场的舞伴说:

"这可不成样子,我不能让别人来侮辱第一共和国②!"

"证据。"民间舞教师说,做了一个探戈舞姿势,好像用舞蹈来取笑似的。

"是这样,先生们,我爸爸一九三一年当宪兵少尉。"胡达列克先生郑重其事地说。

"这您就不要给我说了!"退役准尉大声说,"一九三一年谁也不可能提升那么快!"

"是这样,"胡达列克先生高兴了,向练习探戈舞基本步伐的舞伴们解释说,"我爸爸是霍斯蒂瓦什③的宪兵准尉。那里戒备森严,

---

① 位于布拉格以南,是费迪南大公狩猎的林区。
② 一九一八年捷克独立,至一九三八年,称为第一共和国。
③ 布拉格一个小区。

因为政府总理什维赫拉①就住在那里。总统先生光临的时候,中尉将宪兵派到花园的醋栗树下面。这样,我爸爸就坐在醋栗树底下。总理先生陪总统先生进入花园,天色已经暗下来。当他们走近栗树时,爸爸听到:'你们到前面去。'他看看周围,只见总统先生解开衣服,往醋栗树里我爸爸身上撒起尿来。那是民主啊,我爸爸一声不吭!后来,中尉从花园撤走岗哨时说:'胡达列克先生,你身上怎么湿乎乎的?'爸爸说,总统朝他身上撒尿了。中尉拍着爸爸的肩膀说:'胡达列克先生,现在就看您了,您可能前程远大。'中尉向总理报告时,赞扬我爸爸坚定勇敢。总理到达总统府,第一件事就是向总统报告了醋栗树林的事,两人都笑起来。总统先生说:'对那位准尉怎么办呢?为表彰他的勇敢精神,提升他为少尉吧。'就这样,我爸爸在一九三一年成为宪兵少尉!"胡达列克先生自豪地说,同舞伴跳起轻快的步子。

"那我也能让人在我身上撒尿!"退役准尉大声说。

可是舞蹈老师跑进舞厅,气得满脸通红,他嚷道:

"学跳舞的时候,能讲这些话吗?你们留到那低级舞场去讲吧!为什么有人不跳舞,在镜子下面打瞌睡?为什么不到走廊上去睡?"他吼叫着。

他摇了摇正睡着的屠夫问道:

"您是谁?"

"约瑟夫·楚茨,卖鲜肉和腌肉的,在维谢赫拉德区……"

"扮的女士,还是先生?"

"女士。"

"天哪,那您在这儿叉开双腿睡觉?讲不讲社会风尚?"舞蹈老师大声说,用手摸摸开襟上的扣子。"谁在这儿抽烟了?我给你们

---

① 什维赫拉(1873—1933),曾在捷克共和国三任总理。

通通风吧。上舞蹈班,不许躺着!"说完,往厕所跑去。不一会儿,那儿传出来他的叫声。两个车夫在里面抽烟斗。他们跑出来,感到受了侮辱。

布西法尔先生同舞伴跳着往前走了一半,又转过身来。"打转,打转!"舞蹈老师在门口大声喊道,"能这样带女伴跳舞吗?乐师先生,奏乐!你们两位快到舞厅中间去!"

年轻时在什比尔克和老夫人酒馆演奏过的钢琴手,摸摸钢琴,坐下来叹气说:

"真是些疯子!"①

圆舞曲开始。

布西法尔先生将胳膊伸给牲畜采购员——他作为女舞伴——听到音乐一响,他就跳起四三拍。他们两人的脸红了,因为其他学跳舞的人都愣愣地望着他们。但园艺工挥动两手,大大加快了速度。

"好,"舞蹈老师亲切地说,朝后退去,"现在停止奏乐!如何带领女士回到桌旁?"

他用手势指挥,该怎样有礼貌地进行。他拉起一对舞伴,让他们手挽手走到桌旁,然后用手贴近耳朵听着,布西法尔先生如何鞠躬并且说:

"女士,您跳得真美。请您跳下一场舞吧!"

斜眼的牲畜采购员,在斯洛伐克时,往只能装载十八头奶牛的车厢,装进了二十五头。火车开到布拉格,因为又饿又缺水,总要死去五到六头,他都做了赔偿。这时,他低垂着两眼,轻声说:

"已有人请我了。"

舞蹈老师流着泪说:

---

① 原文为德文。

"好,我教你们教得挺不错吧。要知道,男士应该表现文雅……乐师先生,现在我们奏《蓝色花园花盛开》圆舞曲……"他激动地说,用手指摸纽扣。

园艺工停止跳舞了,满头大汗说:

"这舞跳得真带劲!"他双手叉在胸前说,"老师,我可以发个电报,向舞蹈中心表示感谢吗?"

"您去发吧,"舞蹈老师说,"但请说明是谁教这舞蹈课,"他举起手指,说,"先生们,我去打电话,邀请漂亮的女士们来。"

他离去了,歪着脑袋,被赞扬声大为感动,消失在走廊上。他那高举着酒杯的身影又一次闪现在乳白色玻璃上。

入口处的活动门开了,油漆工迪米克先生跑进来大声说:

"奏迎宾曲,迎宾曲,有位重要人物到我们这儿来了!快,你们谁去欢迎一下,给她脱大衣和……"

娜佳款款走进舞厅,曳着人造银鼠皮大衣的长袖,笑盈盈的,伫立在门前。直到东达先生,保险公司的代表,身披风衣,手持玫瑰花,走进人们惊得发愣的大厅。

舞蹈老师打开小窗口,从厨房伸出脑袋说:"先生们,我是怎么说的?一位漂亮女士已经来到了!现在我再去打电话,接着邀请!乐士先生,奏《蓝色花园花盛开》!"他拉下乳白色玻璃窗,又现出那举着酒杯的身影。

"真是些疯子!"[①]钢琴手弹键盘之前说,右手不断弹向高音阶,到最后一个键盘时,还未摸着马肉香肠。

东达先生扔下外衣,向娜佳鞠躬,大步跳起圆舞曲,姿势优美,手里拿着玫瑰,随着钢琴声唱起来:

"有一回进入他的心灵深处,像蓝色勿忘我花一样美丽……"

---

① 原文为德文。

"您唱得真好。"娜佳说,往后退了一步,紧盯着东达先生文雅的面孔。

园艺工在沉醉之中,超越了所有的跳舞者。钢琴手斜着眼看看地面,检查一下指法,低声说:

"那根马肉香肠八成被人吃了……"

## 九

交响乐般的声音,吹过精神病院的围墙。监管布鲁德克先生打开边门,支持老年人协会的代表进入病院的院子。娜佳提着用白台布盖着的篮子。

"这种偏执狂一般的处女作,真是个不像样的破烂货,"监管先生布鲁德克说,"有一回,那个病人表现的记录不佳,很快就给我们送了回来,归入到黑猩猩一栏里面了。"

"那我们就前途无量了。"指挥先生说。

"有时候,患精神病是很开心的,"维克多先生说,"埃拉斯姆斯·罗特丹曾经写过一本《赞美精神病》。"

"是的,"布鲁德克先生举起一只手说,"不过,只有当你能够返璞归真时,才能够淘气打闹。可是有朝一日,您再也不能恢复原状,出现了分裂症候,那就只能把您送到我们这儿来了……"

公园那边的活动已经停止。树梢里,隐约可看到蒙着一层月光的五层楼房的影子。唯一的一个窗口警觉地亮着灯。

人们在数百年古老橡树下的长凳上坐着,向病院的菜园望去,畦上的白菜叶上闪着水珠。墙边有座长长的暖房,闪亮的玻璃房顶,像一把巨大的刮胡刀。

娜佳的白色晚礼服,在阴暗公园的影子里,显得分外洁白。

"小姐,开酒瓶吧!"指挥说,以赞赏的目光,打量花园。"人们,看见了吗?我多么喜欢月色的夜晚啊!可我认为,现在的月夜,不如过去。从前,月儿更亮一些。那时候,夜晚都能找到一根缝衣针。人们在室内,用毯子遮住窗户,百叶窗也拉下来。因为有些人在那么明亮的月光下,常患梦游病。你们听说过如今有人得梦游病吗?"

"您。"娜佳说,用双腿夹住酒瓶,将瓶塞取出来。

"这声音真悦耳。"监管称赞说。

"我是个梦游病患者,"指挥先生说,"但当我只剩下这一点儿钱,有什么办法。因此我喜欢同姑娘们在月夜散步……年轻的时候,我就是这个样子,但有什么办法?"

"没办法,"监管说,"一切事情都有个时间限制。这样,您毕竟不会像我们那位女士一样,受爱情的折磨。"说着,他指了指那亮着的窗户。"那儿坐着一位玛莎太太,心力交瘁,个儿很小,她忘了她已是四十岁的人了,还在为爱情折腾自己。"

娜佳用桌布擦杯子。

然后往里面倒烧酒。

"为什么干杯呢?"指挥先生举起杯子说,"为了这月色的夜晚!"

"为了让玛莎夫人心碎的爱情。"维克多说。

"为了今后的良宵。"娜佳说。

"为了我们全都进精神病院。"东达先生说。

"为了不损害布料就无法清除的污渍。"布西法尔先生说。

"为了酿出这种甜酒的克罗恩兄弟公司的巧手。"

大家然后举杯,一饮而尽。

建筑物中心有人在可怕地呻吟。

"那没什么。"监管说,又斟上一杯。

"那是基里尤斯先生,他妈的!克罗恩兄弟公司给我们酿制的好东西！大伙想一想，把我们这儿当成修理店了，修理精神病就像修轮胎似的……似乎是要我们把心灵黏合起来一样。人毕竟也是个扭曲的灵魂！基里尤斯先生已是第五次来我们这儿了。他岳母在夜里总是把假牙放进别人的杯子里。而基里尤斯先生从酒店出来的时候，竟然产生了喝啤酒以后那种新生代①的饥饿感。怎么办呢？看到什么，就吃什么，而且连水也喝下去。结果有五次将岳母的假牙喝到嘴里，而每次他都大叫大嚷：'岳母在杯子里戏弄我！'大家就用晾衣服的绳子将他五花大绑，送到我们这儿来了。"

"布鲁德克先生，所有这些事您是怎么知道的？"娜佳问。

"怎么知道的，加油站有几个西格蒙德。但是精神病学家是西格蒙德·弗洛伊德，"监管说，"我们做自动记录，就像天主教会要别人对着耳朵忏悔一样……我们能探听到病人的所有情况。然后，我们用凉水、休克药和其他药品，从病人的脑子里抹去不属于他的东西，将病人送回去，外加一个说明：'注意，岳母不要将假牙放进杯子里！最稳妥的办法是，让岳母夫人搬走！'可人们以为，我们这儿把他们亲属的病永远根治了。但是半年以后，那个病人又来了。克罗恩兄弟公司真善于酿酒，是不是？"监管称赞说，又倒了一杯酒。

维克多先生坐在草坪上，背靠红山毛榉树干，将腿伸到乳白色的月光中。

娜佳在树枝上发现了一个用链子系着的铁球，球下面是一段插在地里的铁栅栏，还有九颗零散的滚珠。她将它们穿起来，把铁球拿到手里，将它摆到最边的位置上。

东达先生站在公园的阴影里，摆弄着手里的酒杯，杯里的饮料闪着光，像一只琥珀戒指。其他的人望着玻璃暖房陡峭的房顶，月

---

① 地质上的一个时代。

光反射下来像磨坊的一条水沟。

"你们还有什么样的病人?"指挥问。

"同基里尤斯先生一起的还有,小提琴大师戈利扬,"监管先生说着,咂咂舌头,"他老婆同理发师的小工一起跑了。那个小工也是拉提琴的,但是只学了五本练习曲……"

"人们不会原谅这一切的。"东达叹气说。

"戈利扬先生可不是这样!老婆跑了,他反倒高兴。可是那性腺呀,性腺,倒霉的性腺呀!"监管唉声叹气说,"戈利扬先生看上了一位劳作课女教师。她以自己的理想主义把他征服了。她领着小提琴大师沿伏尔塔瓦河边走,吸新鲜空气,给他讲两人所盼望的幸福未来。可是戈利扬先生宁可返回到第三纪,结果发疯了。劳作课老师凭夕阳西下的印象,热情地对小提琴老师说:等两人活到六十岁,性欲减退的时候,那该多好啊!他们在夏天可以购买三十公担煤,冬天在炉子里生火取暖,劳作课女老师上床爬到小提琴师旁,高声给他朗诵伊拉塞克①的作品……对这种幸福的未来,戈利扬先生首先是感到两手发抖,连弓弦也拿不住,接着口吐白沫,小便失禁,最后两腿瘫痪……当然,所有的荣誉,是那个克罗恩兄弟公司给我们带来的!"监管说着,像对马儿一样咂咂嘴。

然后,他将剩下的烧酒喝掉了。

娜佳将圆球扔出去,滚球四处飞溅,像暗杀爆炸一样。她把另一瓶酒夹在两腿中间,取出瓶塞。

"这声音真好听,"监管赞扬说,"今天上午,我同基里尤斯和戈利扬先生在这公园打扫落叶。据说,劳动使健康人生气,但可以让精神病人安静。所以我们就扫落叶。可是刮起了风,把两位先生用锹装在小车上的树叶全吹跑了。他们又将落叶扫成堆,往小车

---

① 伊拉塞克(1851—1930),捷克著名的历史小说作家。

里扔,可是马上又被风吹散了。他们开始骂起来,一会儿骂树叶,一会儿骂风,像足球守门员一样扑过去抓每一片叶子。我吹起哨子,疯人院的帮手们过来了。我们只好给戈利扬先生和基里尤斯先生穿上精神病患者的拘束衣,因为他们嘴上已全是白沫。他们马上接受了休克治疗。后来,戈利扬先生跪下来哀求:'再休克一次吧,再来一次!'我们满足了他。"监管说着,站了起来,又蹲到链子系着的铁球下面,捡散落的滚珠。

"维克多,"指挥说,"今天你怎么啦?像蔫了的百合花。喂,给我朗诵我的小诗:月色的夜啊,青蓝色的夜啊,当我年轻的时候,一切可是另一个样……"

"指挥,不成,今天我灵魂悲伤,快活不长了。"维克多说。

"怎么回事?……"指挥先生喃喃地说。

"真的有一种阴谋在针对着我。我全明白了,为什么古老的斯基特人①用哭泣欢庆出生,用欢呼祝贺死亡……"

"啊,那又是一笔赡养费!"指挥先生唾沫四溅地说。

"是的,人生途中第三笔赡养费!诸位,我为那性腺付出了什么样的代价啊,上帝怎样用性腺惩罚我啊!"维克多先生摇头说。

"就像我们的玛莎太太,"监管大声说,"还是这么个漂亮女人呢!为了不幸的爱情,自己把血管割断了。"

说着,他指了指亮着的窗口。

一会儿,他的灵感来了。

"怎么样,我们爬到那棵红山毛榉树上,从树冠上能清清楚楚地看到玛莎夫人的小房间。过去,我往那儿看的时候头晕。可是今天呢?"他喊叫着,跳上一根树枝,摇荡起来。

他向下跳到草坪上,敏捷地站起来,跑向近处一座亭子,拿着

---

① 古伊朗的一个游牧民族。

一根绳子回来了。

"酒我们随身带着,"他说,"那树就像亭子一样,有很好的座位!"

他跳上第一根树枝,又从这树枝跳到另一根枝子上,沿着梯子爬上山毛榉树冠,从那儿把绳子放下来。

"这是个好主意!"指挥先生高兴地说,将绳子系在藤筐的耳柄上,"谁愿意去,请爬吧!"他纵身一跳,到达了几百年的老山毛榉树枝上。

布西法尔和维克多紧跟着跳上去。

"您也上去吗?"娜佳问,望着藤筐往上升。

"我不上去,您呢?"东达问。

"哎呀,偷看他人的卧室是不文明的。"

"那是不文明。"

"可当我半裸着身子躺在那辆小车里的时候,您是偷看了的,对吧?"

"看过,还感到惊讶。"

"当然,我不是一个守规矩的女人。可您知道,我在小车上还看到维克多先生回来,给了您打开戴蒂罗尔式礼帽的那个姑娘房间的钥匙,让您也进到里面去,对吧?"

"是的,我拿了钥匙,进了那个房间……"

"您是进到房间里祷告吗?"

"才不是呢,不过我干了蠢事。我告诉那手持睡莲的姑娘,维克多是个什么人,他付了两份赡养费,还把她房间钥匙给了我……可那个姑娘骂我是流氓无赖,说我对她讲了那些话,因为她现在只好放弃信仰,去世界流浪,如何……"

东达先生说着,走上菜地小路,去温室那里。他走着走着,又转过身来,等待娜佳。他看她的面容,鬓发的发型上,洒着月光。

他又朝前走,一直到达温室,闻到一股烂西红柿味道。墙边上,放着一台制冰淇淋的破旧机器。长台桌上,摆着花盆,里面有许多生出嫩叶的菊花。

娜佳悄悄地跟在东达后面,抚摸着毛茸茸的花叶。温室尽头,是一个装满水的井膛。桌台上有一堆泥土,散发出沼泽地的烂泥味。还有一台喷雾器。

"你们是打算像对付那个姑娘一样来作弄我,对吧?"她转身问。

"也是。"东达说,抓起一把泥土,用手揉搓,然后闻了闻怪味。

"你们想要强奸我。而我呢,是连屠夫要奸污我也没能得逞的,你们知道吗?"她说着,手拿喷雾器,从水管里吸水,对着温室的顶棚喷洒起来。棚顶上月儿闪亮,像一团棉花,喷出的水雾,形成了彩虹般的颜色。

"彩虹,"她说,"你们男人都是一路货色。你们会奇怪,当有人对我讲,今天是星期四,我相信他,但首先还得看看日历,对吧?"她靠在门框上说,"有时候,生活很艰难,当一个人知道,什么是孤独的时候,不是因为没有跟某个人在一起感到孤独,而是一种全面的孤独。您肯定也知道,因为只有做过热水代理商的人才有这种体会。"

她举起一只手,放在脑后,抓住门框。云雾般的水汽,在月亮周围形成一道光环,钻石一样的水珠,滴在姑娘的头发上。

"您知道,"她仿佛在讲给自己听,"当一个人身上打湿了,生意又不好,当人们对您撒野,仅仅是因为您不像他们那样下流。后来,您住在班斯基大楼的碧树酒家。我不清楚那些酒家和旅馆叫什么名字……您独自一人在冷冷清清的房间,只有一个像绞架的衣架,还有一面镜子,供人反省……现在您躺在冰冷的床上,听着各种谈话和响声,胡乱猜测……唉,我突然感到孤独!每个无赖看到您走进酒店,都会以为,我是一个未经世事的女人,可以听人任意摆布。唉,真是,咳咳,您知道吗?您在房间爬着走,趴在床架上,活像搭在架上的一块毛巾,痛苦得全身打战,牙齿咯咯直响……"

"男人更能忍受一切。"

"至少您理解我,"她说,"我们俩可以更亲密一些,比亲人还亲!所以,我不像指挥先生所想象的那样迫不及待。他在黑马旅馆对我说:'您是一位了不起的女代表,能用眼神和手势施行催眠术的人。'"

"他跟您这么说了?"

"这……您记得吗,我的一个主意把他迷住了。就是共同建立一个殡仪整容合作社,还可以另外配上画!"

"我想起来了。"

"终于想起来了,好!这些我可以开始干,但要大伙一起动手,只是别让我再一个人到外地跑。孤独寂寞,我已经受够了!"

"当然,指挥先生在这点上答应我了。他已经在制订远景筹划哩!他答应今后给我们一个顶好的职业!不过他又会把这些忘得一干二净的。他是个浪漫主义者。"东达说。

"我可是相信了他的话。"

"当有人告诉您,今天是星期四,您接连两次回答说,对。但最好您还是去看看日历……"

"这么说星期一我就得出去,到州里去跑跑?还要着手在夏宫宣讲这个题目:什么是彩虹牌漂白剂?"

"对,彩虹。您去那儿睡在什么地方?"

"小剧院后面,小旅馆的一个小房间。那个房间星期六或星期日用作剧院的更衣室。这还说得过去!睡在镜子和放化妆品与假发的小台子中间,还是很开心的!最后一次,我在那儿睡觉的时候,兵营正在操练。我躺在沙发上,假发的发卡刺得我不好受。我打开一点门,从暗处看到小舞台。那儿站着一对情人,好像是,导演在同他们排演谈情说爱的二重唱……钢琴响了,那两人唱道:佩特日纳山旁有座兵营,吸引着姑娘曳着长裙……当黄昏暗下来的时候,响起了晚会的声音,在昏暗的角落里,两个心灵在幻梦中思念……"娜佳唱道。

"您的记忆真好!"

"他们排演了两个小时,"她笑着说,"后来就是一片喧闹声!六个青年站成一排,手里拿着嵌有银扣的小棍,头戴大礼帽。导演教到半夜,也没有能教会他们像女孩一样,按乐曲的节拍,轮换着抬起腿,举起小棍,有礼貌地准确地按节奏用手指摸对方的脸部……他们唱道:因为吻了敏卡的大腿,得了个悲惨的结局,悲惨的结局……过着艰难痛苦的生活……而半开着门,躺在暗中,用手去摸肮脏的地面……"

"真精彩,"东达先生说,"可惜我不能同您一道去夏宫。"

"为什么您不能去呢?同我一道去吧,我们去吧。一起开始另一种新的生活。我可以为我们弄到一个好位置……"

"那是……"

"那项活动叫作《祖国的翅膀》。我们将一起走访企业和私有业主,让他们出钱,在《祖国的翅膀》为标题的精装手册上签名盖章。一两年以后,用这笔钱去买飞机,作为人民赠给军队的礼物……"

"抽百分之多少?"

"百分之十,"她说,两只眼睛得大大的,"我们还可以做广告。价格总局计划为居民管理制定一本税收手册,其中三分之一是广告,这可以由我们来办。"她说着,挥动着小小的指头,拉着东达先生的衣领,低声说:"我们去居民管理委员会问一问:'谁是负责人?'一位办事员会说:'来者是谁?'我们则说:'价格总局的。'不一会儿,会进来一个脸色灰白、神经紧张的负责人。哪个居民管理委员会不怕价格总局？接着我们说明，我们是为那本手册来的。有了手册可大大方便税务工作……他想要多大篇幅的广告？八分之一版，四分之一版，还是半版？民政局的人可能支付半版广告费。他这才松了一口气，因为我们不是来检查工作的。每份广告，我们得百分之三十……但主要的是，我们不会这么孤独了，知道吗？"

她转动两眼，东达先生看到了她那有着月光闪亮的鬈发和真诚的面容。他将面部贴着她的脸，手握着她的头发，从温室的门框，越过病院的菜园，朝公园望去。一棵树冠的枝丫上，坐着四个男子，正在窥视那亮着灯的房间。

他们一只手抓着头上的树枝，一只手端着烧酒。

"先生们，"监管说，"女人富于伟大的感情。他们首先将割破手腕的玛莎夫人抬到伊拉塞克那里，处理了一下伤口，然后就送到我们这儿。因为但凡自杀都是精神病的一种表现方式。瞧这克罗恩兄弟公司，给我们酿的酒多好哟！我差点栽下去了。我们对尊敬的夫人做了心理分析，研究了她那颗心。不幸的爱情啊！"监管大声说，再向那房间望去，只见椅子上坐着一位标致的女士，像一尊雕塑，一支接一支地抽烟，膝盖上全是烟灰。

"我愿一生中再经历一次这样的生活！"指挥先生说，"爱情就像顶梁柱。为了它，我愿倾我所有！就是那可笑的结局，我也乐于承担……可她爱上谁了？"

"电车厂的人。"

"电车厂的人？"

"对。她是布拉格一位律师的妻子。她这个女人，可流利地讲三种语言，获有美学博士学位，有两个孩子。她发疯一样地爱上了一个电车扳道工。我们把她丈夫请来，委婉地把事情告诉他。律师先生说：'这事我早就知道了。当那个小伙子扔下我妻子时，我去找他,求他,最后跪在他面前求他:为了我们家庭的幸福,要求他继续保持同我妻子的通奸关系。可那个小子说,不成,他已经不爱我的妻子了,又爱上了一位女体育老师。'"监管说。所有的代表都用一只手抓着树枝,想更清楚地看看那位不动弹的女人。

红山毛榉树枝碰着她房间的窗板。风一吹,枝子就打到玻璃上。可玛莎夫人听不见了,她的膝上堆积着一层烟灰。

"热恋中的男人,可喜欢写信啦,"监管说,"哎呀,我差点又要掉下去了,因为我头晕。有个病人叫赫鲁扎尔。十年来,每天早上总给自己铺床。后来碰到了自己的帽子,就在床边一直站到晚上。有一回他揍了我。教授同一群学生来了,讲解病人的事。他们离开时,我走在最后。这时候,赫鲁扎尔先生以可怕的力量,拉开钉在墙上的桌子,打破了我的脑袋。他还说:'这是大天使加伯利送给你的。'治疗了半年,他们让我回家疗养。可是有一回,我们丢失了一个病人。那是个暴风雨的夜晚……我们到处寻找病人,还到了这个公园。我们听到这红山毛榉树冠上有沉重的响声。用电筒一照,树枝上正吊着一个病号。他身边的绳子挂着一口箱子,就像这篮子一样,被风吹得摇摇晃晃的,箱子撞到了树干上。我们将所有东西取下来,打开箱子,托起来一看,里面像儿童写的字。除了'我爱你,我爱你……'再没有写别的话。四面都写着'我爱你,我爱你',有五百个同样的字,就像一个受罚的男孩,放学回家罚写的那样……箱子里的那些字,活像一大堆蚂蚁……"

一个人从主楼跟跟跄跄地走过来,用手电筒照树干,好像熄灯的电影院里的指路灯似的。

"谁在那儿?"当手电照着红山毛榉树枝上的一群男人时,有个声音喊道。

"别胡闹,弗朗斯,是我!"被灯光照得耀眼的监管说。

"我是弗朗吉谢克,不是什么弗朗斯!你们以法律的名义,在那儿干什么?"

"野餐。"指挥先生说。

"我以法律的名义,要你们下来,把公民证准备好,"警卫喊道,"要不然,我就朝你们开枪了!"

"下去吧,弗朗斯可能马上会侧身开枪的。"布鲁德克先生说,从一个枝子轻巧地跳到另一个树枝。

他们将小篮放下来。布西法尔先生拿起酒杯,正准备倒酒时,警卫举起手枪说:

"举起手来,要不我就开枪了! 你们在这儿干什么勾当?"

"没干什么,"指挥先生说,"我们坐在长凳上,观看那多么美的月夜。"

"你们八成是在庆贺什么!"警卫说。

"没有……我们只是欣赏自然风景,"指挥先生说,"您从来不到这样的夜色中来瞧一瞧?……"

"不,"警卫说,接着大声嚷道,"你们准是在庆祝什么节日! 公民证!"

他翻翻证件,今天不是他们任何人的生日和命名日。

他将证件还给他们,显得有些失望。

可他又想出一种可能性:

"这么说,你们是不是有谁中彩了,要不就是得到了一大笔遗产!"

"弗朗斯,喝酒吧。"监管说。

"我叫弗朗吉谢克。"警卫坚持说。

"既没有中彩,也没有得遗产,"指挥先生说,"您看,我们就这样坐在长凳上,这样喝酒,逗乐,一直待到天亮。请喝我一杯酒吧!"

说着将杯子递给警卫。警卫犹豫了一会儿,接受了,闻闻酒

味,说:

"你们没有偷那个杂货店的东西吧?"

监管往杯里倒酒,坐到地上。

"知道吗,先生们,弗朗吉谢克是个老实人,自从那个小偷埃尔尼出事以后,他谁也不相信了。"

"现在来喝最后一瓶酒吧。"指挥先生说。

"埃尔尼被关在德热兹恩监狱,装疯卖傻,就被送到我们那儿去了。经过一个星期,埃尔尼成了疯人们的好朋友。他长得很帅,会讲话。可是有一次我们找不到他。听说他在一个亭子里睡着了。第二天,监狱里来人说:'喂,我们有个印象,有人在瓦斯拉夫广场①看到过他,你们好好盯着他吧!'就这样,我们每小时查他一次。可是有一次,他床上没有人影了。我们报告了监狱。早上,埃尔尼从花园里出来了,打着哈欠,说是在亭子里睡觉了。警察来说:'埃尔尼夜间在布尔诺偷了钱柜!'"

"先生们,"警卫说,"你们莫不也是溜门撬锁的家伙吧?"

指挥先生拔出瓶盖,往杯里倒酒。

"我告诉您,"他说,"我们在举行晚间野餐。难道谁会去夜总会,在乌烟瘴气之中大喝一番吗?您看看那一轮明月,看看那白菜叶上的露珠,听听那林中树叶的飕飕声吧!可是警察来说:'埃尔尼在布尔诺偷了钱柜!'后来怎么样了?"

指挥先生说着将酒杯递给警卫。警卫用嘴唇抿了一下,琢磨半天,也不明白这伙人是干什么的!

监管背靠着红山毛榉树干,伸着双腿,手里玩弄着杯子。

"他们径直向埃尔尼走去,对他说:'您今天在布尔诺偷了钱柜!'可是博士小姐表示怀疑。但监狱长说:'从作案的情况看,只

---

① 布拉格闹市。

有埃尔尼能干得出来。他可不是毛手毛脚的磨坊主,是戴着手套作案的。'"监管接着说,"那些磨坊主都是小偷。他们将钱柜劈开,拿走所有的东西……刑警来检查,在那个亭子里发现了浅色夜服,正是有人看到他在瓦斯拉夫广场穿的。"监管说,转了身站起来,一歪一歪地朝亭子走去,打开玻璃门,指着里面说:"就是在这儿发现的衣服……后来他们在花园挖出了用鹿皮包着的撬钱柜用的撬棍,是铬钢的……埃尔尼就站在那棵树旁。一位侦查员一跃而上,一下给他戴上手铐,将他带走了。半年以后,埃尔尼给我们寄来明信片,上面写着:你们的埃尔尼祝你们复活节一切都好……"

"他那么乖乖地让人给铐上?"指挥先生疑惑地问。

"很顺利。"布西法尔先生说。

"要是我,可不会那么轻易地束手就擒!"指挥先生叫喊说。

监管又给每人倒上一杯酒,然后捏住瓶颈放到地上说:

"干杯!"

大伙碰杯,一饮而尽。

"我说,我才不会让他们那么轻易地给铐上哩。"指挥先生高声说。

"会的。"布西法尔先生说着,一个箭步上前,令人难以相信地轻而易举地给指挥先生戴了钢制手铐。

一片沉寂。月光像透镜一般集中照在手铐上。

"您被捕了!"布西法尔先生宣布说。

"他们对埃尔尼就是这么说的……"指挥先生缓慢地说。

"也是……"布西法尔先生说,"别生气,指挥先生,这是我的证章,这是逮捕证。至于维克多……维克多先生嘛,我们明天再来。在他那儿,不会出现妨碍调查的危险的。我们做了你们十天的工作,给你们推荐幸福的未来。你们帮我们揭露出来了你们所干勾当的技巧,我代表刑警局谢谢你们。当然,指挥先生,我们会想念您和那月色之夜的……"

"那东达怎么办?"维克多问。

"只考虑他作为证人。"侦查人员说。

"但是您干过日用品买卖!"维克多嚷道。

"干过。但那是为了迷惑你们。下午我已将钱用汇票退还原主了。"侦查人员说。

他们走出百年老山毛榉树的阴影,月光像石灰一样,洒在他们身上。侦查人员拉着指挥先生的袖口。

"指挥先生,您生我的气吗?可这是我的职业呀。正像再临派会员霍拉切克先生在栅栏那儿讲的,这是世界上的分工嘛……扪心自问,你们干得太多了,大量贿赂,几百万几百万的骗局……可您生我的气吗?行了,相信我吧,假如支持老年人协会按现实基础办事,我会马上同你们一起干的……您相信我吗?但也许您不会生我的气吧?那样我会不高兴的,这是真话……"

月光透过树枝,照在铐着的一双手上。

警卫站在白色月光照耀着的长凳上,大声地说:

"现在大伙还不要走!再看看这美丽的夜晚!看看那圆溜溜的月儿和沾满露珠的白菜!回转吧,再看看那夜色多么美哟!"

大楼中心,有人发出可怕的呻吟。

万世荣　译

# 中魔的人们[①]

## 一

水泥厂门前,几个老头儿坐在一条长凳上,只见他们这个拉着那个的衣领角,冲着对方的耳朵大声嚷嚷。

水泥粉尘毛毛雨似的飘落,周围一带所有的房舍和园子都蒙了一层磨细的石灰岩粉末。

我踏上落满水泥粉末的田野。

在一株孤零零的梨树下,一个矮个子男人挥着镰刀在刈草。

"我说,那边传达室附近一帮喊哑了嗓子的老大爷是干什么的?"

"哦,大门旁边的吗? 那是我们厂的退休工人。"矮个子男人一边回答,一边不停手地刈着草。

"看上去岁数都不小啦。"我说。

"是吗?"矮个子男人说,"我也就盼着这么一天哩,过不了几年我也将在那儿坐着啦。"

"那得看您能否等到退休啰!"

---

[①] 本篇的捷克语原名为 Pábitelé(巴比代尔),是 Pábitel(巴比代尔)的复数。Pábitel 是作者为概括他小说中一种特殊人物形象而生造出来的一个在任何捷克语词典中都找不到的新词。本文译者权且将其译成"中魔的人们"。

"这可是没有问题的。我们这地方特别延年益寿。这里的平均寿命七十岁。"小矮个儿说,一只手敏捷地挥着镰刀,草上腾起的水泥粉尘就跟点燃湿柴冒出的烟一般。

"请问您啦,"我说,"这些老爷子究竟在争吵什么呢?干吗这样一个劲地对吼?"

"议论水泥厂的生产。他们认为人家干得没他们行。再说,白天嚷够了,晚上嗓子眼儿就更干!您知道,他们在厂里干了一辈子,都跟这水泥厂长成一体,分不开啦,离开厂子他们没法儿活。"

"可是,到别的地方去采采蘑菇不是更好吗?或者干脆搬到树林边上去住,人人都可以得到一栋带园子的小屋哩!"

说着我用手背抹了一下鼻子,手背上出现一条又黏又滑的黑道儿。

"嘿,瞧您说的!"矮个子男人停下刈草,"有个名叫马雷切克的退休工人搬到克拉托维那边的林子里去住了……过了两星期人家用救护车把他送了回来。那儿的新鲜空气使他得了哮喘病。回来后才两天就又是一条硬朗汉子了。您瞧,大门旁边嚷得最凶的那位就是马雷切。您知道,这儿的空气跟大腿根一样粗壮,稠得跟豌豆汤似的。"

"我可不喜欢豌豆汤。"说着我躲到了梨树底下。

尘土飞扬的田间小路上,两匹马拉着一辆车在驰来,马蹄卷起滚滚水泥粉尘,把车子裹在里面都看不见了。赶车人在粉尘的云雾中欢快地唱着歌,右边的那匹骟马这会儿忽然伸长脖子,把笼头拉得笔直,一口咬走了梨树上的一簇枝叶,摇落了树上堆得厚厚的水泥粉尘。我连忙挥着两手从这云雾中跟跟跄跄地跑了出来。

不多一会儿我就发现,我来时穿上身的这套深色衣服,现在已变成灰色的了。

我说:"先生,有一个名叫伊尔卡·布尔甘的,请问他家在哪儿?"

矮个子只顾一手刈草,另一只手来回摆动以保持身体的平衡。

现在他一刀砍在鼹鼠窝上了,只见他霍地往后一跳,接着便惊惶地在田野里飞奔起来。

"黄蜂!"他大声叫嚷。

一边叫,一边举起镰刀绕着脑袋挥舞。

我追上了他。

"先生,您听我说!伊尔卡·布尔甘住在哪儿?"

"我是伊尔卡的爹。"小矮个儿边跑边大声回答,手里挥舞着锋利的镰刀驱赶紧追不舍的一窝黄蜂。

"很荣幸认识您,我是伊尔卡的朋友。"我自我介绍说。

"我儿子会非常高兴的!他正等着您哪!"布尔甘先生喊道,跑得更快了。

不料,他挥舞着抽打黄蜂的镰刀,不幸一下子砍在他的脑袋上了。

他在我前面轻快地跑着,镰刀高高地插在头上,仿佛一根羽饰。

在一座房屋的小门前,我们站住了。

布尔甘先生连鼻孔也没有抖动一下。一缕细细的鲜血淌到他耳旁满是尘土的头发上,然后在下巴颏底下急速地滴落。

"我给您把镰刀拔出来吧。"我说。

"等等吧,没准我们家的小子想把它画下来哩。我的老伴儿来了!"

小门里走出一位肥胖的太太,她衣袖挽起,手上油汪汪,仿佛刚烹调了一只鹅。她一只眼睛的眼皮长得比另一只的稍低,下唇微垂。

"我早就在这儿望着您啦,"她说,握了一下我的手,"欢迎光临!"

伊尔卡从门洞里跑了出来,他是个面颊红润的小伙子,一边同我握手,一边指着周围的景色说:"伙计!多美啊!我说瞎话了吗?说了还是没说?多么美丽的色彩!瞧这风景!这田野!"

"对,是美,不过,瞧瞧您爸爸出了什么事吧!"我说。

"什么?"伊尔卡四下里望望说。

"什么!这儿!"说着,我摇了摇镰刀,它戳在布尔甘先生的头上犹如一个硕大无朋的鸟喙。

"哎哟!"布尔甘先生说。

"原来是这个,"我的朋友挥了一下手,"我当发生了什么天晓得的大事哩。妈妈,您瞧,我爹准又驱赶黄蜂来着!爸爸啊,爸爸!"伊尔卡一用手指点着他爹,一面哈哈大笑,接着说道:"我们家里哪会儿也短缺不了逗乐的事儿。有人偷了我们的兔子,我爹是厂里的技术革新者,不消说他马上用木板在粪坑上面架了个陷阱,架得那么巧妙,夜里谁只要轻轻往上一踩,准会掉进粪坑里。我们家的兔棚紧挨着那个粪坑。可是,不言而喻,我爹把这事忘了个精光,第二天早晨他自己掉了进去。"

"粪坑不深。"布尔甘先生说。

"有多深?"伊尔卡把耳朵凑到他面前,问道。

"就到这儿。"布尔甘先生用手掌在脖子下面比画了一下。

"那不就得啦!"伊尔卡哈哈地笑着,接着说道:"还有一回,我爹当了卫生员。他在厕所里撒了一桶碳化物,过了一会儿他却在那里磕烟斗。我刚走到门外,您猜我看见什么啦?随着大炮似的轰隆一声,五百公斤的大粪蹿上了天空,我爹在里面翻筋斗,离地足有六米高!跌下来还掉在粪坑里!"

"嘿嘿嘿嘿……"布尔甘诺娃太太笑得肚子都在抖动。

"你说得不对,不是离粪坑六米高。"布尔甘先生神采飞扬,耳朵旁边的血已经干了,釉彩似的闪闪发亮。

"那你说有多高?"伊尔卡把耳朵凑到他面前。

"充其量也不过五米……大粪也最多才四百公斤。"布尔甘先生说,接着又补了一句,"我们这小子是个艺术家,说话总是夸张。"

"艺术家都这样,"我说,"不过,请别生气,那把镰刀插在脑袋上让我好紧张!"

"我的天,这算不了什么。"布尔甘诺娃太太说,她握着镰刀柄晃动了一下,然后一抽,把镰刀拔了出来。

"布尔甘先生不会得破伤风吧?"我苦着脸担心地说。

"不会的,我们这儿的空气医治百病。"布尔甘诺娃太太说,她攥起拳头爱怜地在布尔甘先生的脑门上捶了一下,解释道:

"他爹哪儿伤着了最好马上在他的两个犄角①中间捶一拳。为什么呢?因为他是个淘气鬼。"

说着,她抓住丈夫蓬乱的头发,把他拉到院子里,然后一手把流血的脑袋按在水龙头下面,另一只手压着水泵抽水。

"伙计,"伊尔卡说,"我爹可机灵着呢。今年休假的时候他上房修理落水管,身上不系安全带却在屋顶的边沿上走来走去,一边走还一边笑。我妈在下面沿着水泥人行道来回巡逻,一旦我爹摔下来,她就奔去叫急救车。到了第十四天,我爹系上了安全带却从房顶上摔了下来,他倒挂在那儿,我从小房间里给他送喝的,我妈搬出家里所有的被褥铺在人行道的水泥地上。当我割断绳子时,您猜怎么着?他脑袋冲下栽在被褥的旁边。在水泥地上!"

"嘿嘿嘿嘿……"布尔甘诺娃太太笑开了,"掉在水泥地上,可是他当天晚上就坐在小酒店里啦!"她补了一句,一手继续压着水泵。

---

① 捷克神话中的魔鬼头上长两个犄角。

"我爹也骑摩托车,"伊尔卡接着说,故意提高嗓门好让他爹也听见,"有几个同我们熟悉的司机对我们说:'别见怪,不过从行车的安全规定来看,像你们老爷子这样开摩托车,总有一天你们得用背斗去把他背回来!'哈哈哈!有一天,我爹没回来,我们于是拿着背斗去寻找。到了拐弯的地方,当我们沿着乌荆子篱笆墙朝前走的时候,忽然听得荆棘丛里仿佛有什么东西咩地叫了一声。我们过去一看……妈,您说吧,咱们看见什么啦?"

"嘿嘿嘿嘿……"布尔甘诺娃太太笑了,一个劲儿地把丈夫的脑袋按到水龙头下面。

"我爹连人带车插在荆棘丛里动不了啦!"伊尔卡笑得气也透不过来了,"他在弯道上没把握住,一头扎进荆棘里了……他就这么坐在摩托车上,两手扶着车把,整整两小时一动也不能动,因为四周围全是乌荆子,枝条上长满了尖尖的刺……"

"有一根刺钻进了我的鼻孔,另一根挑着我一只眼睛的眼皮……而我直想打喷嚏!"布尔甘先生喊道,抬起头来,可是布尔甘诺娃太太抓着他蓬乱的头发,把他的脑袋按到水龙头的下面。

"你们是怎么把老爷子从荆棘中解救出来的呢?"我吃惊地问。

"我先找来一把剪羊毛的剪子,之后又找来收拾园子的剪刀,把灌木丛好一阵修剪,一个小时以后把我爹修剪出来了。"伊尔卡说。布尔甘先生想补充几句,可是他刚抬脑袋,后脑勺就撞在水泵的铁龙头上了。

附近的小山上电光一闪,接着一声爆炸。

"这是十点钟。"伊尔卡说。

"一帮坏蛋。"布尔甘诺娃太太温和地说,朝山冈上望了一眼。那里的林间空地上升起一团白烟。

小山上,在落满尘土的松树林中,聚集着一群战士,其中一个这会儿走到空地上,在一面小旗的指挥下拔掉一颗手榴弹的保险栓,把手榴弹扔到了空地的中心,战士自己扑倒在地上……先是一声爆炸,接着升起一股白烟。气浪冲进山谷,震得榛子树和向日葵身上的水泥粉尘纷纷扬扬地飘落下来。

"一帮坏蛋。"布尔甘诺娃太太说,口气温和。

她抓着丈夫蓬乱的头发,把他的脑袋从水龙头下面拉出来,然后把头发拨到一边,关切地仔细察看他的伤口。

"在这健康的空气里伤口很快就会愈合。"说罢,她做了个有礼貌的手势,邀请我进屋去。

## 二

厨房里挂着几十幅落满了尘土的画。

布尔甘诺娃太太搬了把椅子依次放在画幅下面,然后吃力地爬上去,用一块湿布抹净画上的尘土,厨房一下子被耀眼的鲜艳色彩照亮了。

每隔五分钟,军事训练场的爆炸声就把屋子震得一哆嗦,碗橱里的杯盏盘碟也叮咚一阵响。随着每一颗扔出的手榴弹,铜床的四个小轮子就往前移动一点儿,布尔甘诺娃太太每次必定举目朝爆炸的方向望一眼,每次都温和地说一声:"一帮坏蛋……"

布尔甘先生用镰刀指着绘画说:

"您看,我们小子画这张《南波希米亚鱼塘上的落日》时,他穿了一双尺码小一号的鞋子,画这张《查理城堡①主题》时,他在鞋跟上钉了一枚钉子,扎进脚踵半公分……这张,在画《利多梅谢尔②的山毛榉树林》时,他整天憋着不去小便……还有这一张,您瞧,这孩

---

① 著名古迹,位于布拉格西面。
② 城市名,在布拉格东部。

子创作《在泼日彼斯拉夫①郊外牧马》时,他站在齐腰深的臭烘烘的沼泽里……他着手画《在山顶》之前,吃了三天斋……"

布尔甘先生指着画一幅幅地讲解,布尔甘诺娃太太则依次搬过椅子,吃力地爬上去,用湿布把画面抹净,每隔五分钟举目朝墙外爆炸的方向望一下,每次都温和地说一声:"一帮坏蛋……"

中午的钟声响了,铜床的铜轮子已滚到了厨房的另一端。

布尔甘先生指着最后一张画说:

"请看,我们小子把这张叫作《冬日情思》,创作这幅作品时,他卷起裤管,脱掉鞋子,对着他的主题在严冬一月的溪水里站了一个钟头……"

"一帮坏蛋。"布尔甘诺娃太太说,从椅子上爬下来。

接着是一阵令人难堪的寂静。

布尔甘诺娃太太把铜床从厨房的那一头推回到这一头。

"画得很美,充满了强烈的感情,"我说,"不过,伊尔卡为什么要穿尺码小一号的鞋子,为什么作画时要脚跟踩枚钉子,为什么要光脚站在一月的溪水里,为什么?"

伊尔卡眼睛望着地上,涨红了脸。

"您知道,"布尔甘先生说,"我们这孩子没上过美术学院……因此他用强烈的感受来弥补教育上的欠缺……说实话,我们请您来就是为了……我们想知道,这孩子要是去布拉格,能不能在艺术上有出息……"

"伊尔卡,"我说道,"这些风景画都是你在野外的写生吗?这样鲜艳的色彩你在哪儿看到的?上哪儿找到的?你怎么懂得在蓝颜色旁边配上红色的?印象派画家画到这份上也就够满意的了。这色彩你上哪儿去看到的?"

---

① 城市名,在布拉格东南部。

布尔甘先生用镰刀撩开窗帘,一阵细细的粉尘立刻从窗帘上飘落下来。

"您瞧见了吗?"他大声喊道,"您瞧见那边的色彩了吗?厨房里的这些画差不多都是在这一带画的。您仔细瞧瞧那边,五彩缤纷!"

布尔甘先生拉着窗帘,我顺着他的指点放眼望去,可是外面的景色一派灰白,仿佛麇集着一大群老象。无论什么东西只要稍微动一动,它的后面就马上扬起一股水泥粉尘,长长地飘拂着,宛如一根带子。那边,在灰色的紫苜蓿地块里,一辆拖拉机拖着刈草机在收割,后面卷起的滚滚粉尘,活像马车行驶在尘土飞扬的马路上。再往前看,隔着三畦地停了一辆运货车,一个小伙子在装黑麦,他每拎起一捆黑麦,那上面就冒出一阵灰色的粉尘烟雾,仿佛他把麦捆点燃了似的。

"您瞧见这色彩了吧!"布尔甘先生摇晃着镰刀说。

一个士兵走到林中空地上。他拉开保险栓,把手榴弹远远地扔了出去。

铜床又稍稍向前移动了一点。

布尔甘诺娃太太第一次没有作声。

"一帮坏蛋。"我说。

"不,您不能这么说,先生,"她一手按在我的衣袖上,一只眼睛的眼皮小薄饼似的耷拉着,慈母般地劝告我,"什么时候也不能这么说。只有我们才能这么骂一句。我们不是骂他们,只是自己松快松快罢了。这是我们约好了的一种游戏。这些小伙子是我们的战士呀。您知道,先生,这跟在家庭里一样。在家庭里,我对老伴儿怎么着都行,骂他,差使他,随便说什么都可以。但这只能在家庭成员之间。出了这个范围就不行了。谁也不行。取笑我的老伴儿,只有我和伊尔卡可以……除了我们两个,其他人谁也不行……

不过,您看怎么样,这小子是不是应该去布拉格?在那儿他能为捷克绘画做出点儿贡献吗?"

布尔甘诺娃太太问道,抬起眼睛望着我,这是一双敏锐的眼睛,能猜透我内心深处哪怕是一丁点儿的细微活动。

"布拉格是一把接生员的剪子,"我说道,垂下了眼睑,"这些画不是什么破碎的残品,它们已经很成熟。我想,他也许会一举成名的……"

"谁知道呢。"布尔甘诺娃太太说。

布尔甘先生打开一扇房门,用镰刀指着里面说:

"我们这小子还是个雕塑家哩,您瞧不是吗?"他一边叫嚷,一边用镰刀敲敲一座肌肉暴突犹如巨人的石膏像。

"这是没带野猪的彼伏侬①。"他说。

"太棒了!瞧这些个横纹肌!"我说,"伊尔卡,伙计,是谁给你当的模特儿?是个举重运动员或者重量级拳击手吧?"

伊尔卡眼睛望着地上,涨红了脸。

"既不是举重运动员,也不是什么重量级,"布尔甘先生说,"是我!"他边说边用镰刀点点自己。

"是您?"

"是我!"矮个子布尔甘先生兴高采烈,"我们这小子什么都领会得快着哪,我们这小子听见自来水龙头的滴水声,便马上拿起画笔画出了尼亚加拉瀑布,自己扎破了手指,马上跑去打听三等丧葬费要多少钱。最微小的刺激,最巨大的效果。"布尔甘先生补了一句,眨眨眼睛。

"布尔甘先生,您是这么理解的?"我说。

---

① 捷克神话中的大力士。

"嗨,要知道我是在弗尔肖维采①长大的嘛!"他喊道,把镰刀伸进头发里搔了搔头皮,"您看过莎士比亚的《特洛伊罗斯与克瑞西达》吧?二十五年前,在维诺赫拉德剧院,我恰恰就在这出喜剧里扮了个小配角。在戏里的第五场,导演说门楣上要有两个漂亮的裸体雕像。我扮了其中的一个,身上涂成青铜色,另外一个是位姑娘扮的。每次演出,在第五场里我们就光裸着身体一动不动地躺在门楣上,被反光灯照射着,布景员在上面注视我们,主要是注视那个美丽的姑娘……后来,《特洛伊罗斯与克瑞西达》演出结束了。我向那位涂成青铜色的裸体姑娘求婚,她答应了……于是我们在一起生活了二十五年……"

"这位就是涂成青铜色的雕像?"我问。

布尔甘先生微笑着点点头。

"在第五场里躺在门楣上的是她?"我问。

布尔甘先生微笑着点点头。

"咱们放点新鲜空气进来吧。"布尔甘诺娃太太说。

水泥粉尘毛毛雨似的落在地毯上。

"您什么时候要是心里烦恼想找个地方清静清静,"布尔甘诺娃太太说,"您就上我们这儿来,不妨住上个把星期。"

"那手榴弹,他们老这么扔?"我问。

"不,"布尔甘诺娃太太说,从柜橱里抽出一个吸尘器,"只从星期一到星期六,而且只从十点到三点。不过,星期天这儿太冷清。静得让人觉着庄严得慌,甚至觉着耳朵里轰轰直响。就那么静。我们只得开收音机,伊尔卡从早晨起就吹海里康大号。我们都巴不得再能好好睡上一觉,巴不得我们的战士赶快回来……"布尔甘诺娃太太说。

---

① 布拉格郊区地名。此处指爱夸张、言过其实。

"你们两个真的躺在门楣上,身体光裸着,涂成青铜色？这是真的?"我问。

"是真的。"布尔甘诺娃太太说,她摇摇摆摆吃力地走到丈夫面前,把一团连接着插销的电线递在他手上。

"他爹,"她说,"你去把墙边的翠菊用吸尘器吸一吸,过会儿我给这位先生剪一把漂亮的花！一帮坏蛋……"她温和地补了一句,朝窗外山坡那边望了一眼,那里的林中空地上升起一团白烟,犹如一丛盛开的山楂花。

杨乐云　译

# 快餐店世界

快餐店的落地玻璃窗上,黄昏的雨水闪着银光弯弯曲曲地流淌。广场上走着几个行人,身子向前倾着,手扶着帽子或撑着雨伞。

快餐店里,二楼大厅传来欢快的乐曲声、说话声和不时哗然爆发的哄堂大笑声。

售酒大娘打完啤酒之后便上洗手间去了。

她推开洗手间的门,只见离地一米高的地方垂着一双带孔眼的鞋子,往上是红黄两色方格裙罩着的两条腿,再往上是外套和衣袖中耷拉出来的手,姑娘的脑袋歪倒在胸前……她是用一根军衣腰带挂在通风窗的把手上吊死的。

"哎哟。"售酒大娘说了声,随后找来梯子,让一名女售货员托起上吊的姑娘,自己则用一把切香肠的长刀割断了带子。她把死人搭在肩上扛到啤酒柜台后面的烧酒部,放在一张备用台上,松开了她脖子上的带子。

她抬起眼睛来。

快餐店落地玻璃窗的外面,一名男子站在雨中呆呆地凝视着那张备用台。

售酒大娘拉上了印花布窗帘。

后来,一辆救护车开来了。

一个年轻医生冲进快餐店,两名工作人员支起了担架。医生把耳朵凑到少女的胸口听了听,拉起她的手腕把花布衣袖撩开一点儿,然后打了个手势,示意工作人员不用忙了。

"我们在这里已经没有意义了。"他说。

"那我们怎么办呢?"售酒大娘问道。

"病理科会来人的。"他说。

"那就快点儿来吧,我们这里是卖食品和饮料的地方。"

"那就暂时关门停业吧。"医生说罢冒雨跑了出去,救护车呼啸着开走了。

快餐店里,二楼大厅传来欢快的乐曲声、说话声和不时哗然爆发的哄堂大笑声。落地玻璃窗外站着几个看热闹的人,他们贴在玻璃窗上的手掌显得苍白而且异样的大。手的上方闪烁着一双双好奇的目光。

过了一会儿,一个高个子青年来到门前。他浑身湿透,两只袖子上满是白灰,仿佛曾在两面墙上撞来撞去过。他手扶在门把上却又想离去。

售酒大娘打开了店门。

"进来吧,伙计,进来跟我聊个天。"她说。青年进来后,她两手一拍,说:"您这是让电车撞了还是从山崖上滚下来了?"

"比这更糟,"他说,"前天我的未婚妻跑掉了。"

说着他用一双脏手抹抹眼睛。

"您订婚了吗? 我可从来没见您跟女人在一起呀。"她惊讶地说,伸手从洗涤盆里取出几只空酒杯,斟了啤酒把杯子放进身后的传送带,拉上小窗户按了一下电钮。她取出一杯放在湿漉漉的镀锡铁皮柜台上只一推,半升啤酒便滑过去,滑到了青年的手里。

他喝着啤酒,靴子在铜架上蹭来蹭去,他凝视着靴上滴落的水珠。

"她跑掉了,"他说,"晚饭我们吃的是敲碎的干面包,姑娘一想起自己出生在男爵家庭便大声嚷嚷起来:'卡尔里克,我恨不得把你妈塞在手榴弹里!'我安慰她说:'姑娘,咱俩快要结婚啦,你别这么跟我说话!'可是她拿起一把厚背的折叠刀往门上猛扎。刀子合拢来,姑娘割破了手。我连忙把窗户关上,生怕她从窗户里跳出去。这姑娘老想着要寻死,那劲头就跟清洁工寻找香烟头一样。"

"你们晚饭就吃敲碎的干面包?"

"嗯,是的。不过,她希望我跟她一块儿死,"他接着说道,"她对我说:'你瞧,卡尔里克,咱们把窗户打开,咱俩手拉着手跳下去吧。'我们都洗过澡啦,穿上了最漂亮的衣服,我打量着深深的楼底下,看院子里有没有孩子,免得跳在他们身上,我看到二楼拉着一根愚蠢的天线,从我住的四楼跳下去,这根电线毫无疑问会削掉我们的耳朵或鼻子,我们的样子会很丑。"他说,啤酒从他的嘴巴上流下来犹如几缕稀疏的胡子。

"那时候你们的模样如何毕竟已无所谓了。"售酒大娘说着两手一合,神态之优美,犹如农业部的一尊塑像。

快餐店里,二楼大厅传来欢快的乐曲声、说话声和不时哗然爆发的哄堂大笑声。

"我是唯美主义者,这就说明了一切,"他说,"我那姑娘也许不在乎。有一次,她用一根军衣腰带上吊,我好不容易把她救活了。她对我大吼:'你这白痴,干吗把我给拽回来,我已经上路了!'我们的邻居敲敲门,喊道:'卡尔里切克先生,你们这是干什么呀?这儿有孩子哪!'我的未婚妻嚷道:'我恨不得杀了你们的崽子,放把火烧了这破房子!'为了让她平静下来,我抓住她的一只手和一只脚打算抡圈儿,可是一失手,姑娘的脑袋撞开了上面的小窗,人就蹿了出去,撞倒了走廊里趴在钥匙孔上窥视的女邻居。我那姑娘说:'太太,我和卡尔里克在家里可以想怎么样就怎么样,对吧,卡尔里克!'"年轻人说着微笑了,发炎的眼圈儿红得跟电报纸似的。

"太不像话了,"售酒大娘说,"您瞧瞧!那些家伙居然搬了小板凳来啦!"她斟了一杯啤酒走出售酒柜台朝落地玻璃窗走去。玻璃窗外,在倾盆大雨中站着几十个看热闹的人,交头接耳地说着,有几个已坐在小板凳上,手掌贴在玻璃上仿佛取暖似的。他们的样子显得很丑陋。

售酒大娘喝了几口酒,俯下身子,落地玻璃窗犹如架在她眼前的眼镜片,过了一会儿她退后几步,把杯里的剩酒泼在玻璃上。啤酒泡沫顺着玻璃上的人像往下流淌。

"布拉格人。"大娘说,耸了耸肩膀。

她回到啤酒桶旁,斟了一杯放在湿漉漉的镀锡铁皮柜台上一推,半升啤酒顺顺溜溜地滑到了青年的手里。

"伙计,"她说,"什么事都让我赶上了。去年,我沿着铁路线散步,铁路线的另一边走着一个姑娘,火车开来时她扑到了火车头底下,于是小路上她的脑袋便直冲着我滚了过来。两个眼睛还眨巴着哩!"

可是青年却沉浸在自己的思路里自管说着,犹如一台便携式的缝纫机。

"我反正怎么着也不会放弃那姑娘的,"他说,"哪怕一场空,就她那份冷漠也会让捷克艺术扬名于世的。我若是娶一个正常的妻子,那又能怎么样呢?我们可能相爱,但纯艺术存在于烟里雾里。"

他拿起酒杯,啤酒流到了他的衬衫上。

快餐店里,二楼大厅传来欢快的乐曲声、说话声和不时哗然爆发的哄堂大笑声。传送带在运行着,把一个个托盘从餐厅运出来,托盘上放着喝尽的、残留着泡沫的空酒杯。

"我那姑娘也总是训斥我,说我神经病。可是,我若神经不正常,我还怎么可能在工厂干活,用我这双手绘制喷气机主体、后坐制动器的截面图,其准确度为一毫米的百分之一呢……"

"不行,不行,该收场了吧。"售酒大娘气愤地说。

有几个看热闹的人坐在了湿淋淋的菩提树伸展的枝杈上,像在电车里似的还一手拉着树冠上的枝子。从这个方位他们正好鸟瞰快餐店,看到稍稍撩开的花布窗帘和备用台上躺着的那个吊死的姑娘。

"什么倒霉事总是让我给赶上了,"售酒大娘发牢骚说,"乌黑的夜里我穿过克尔查克时迷了路,我伸出两手像大时钟①里的哈奴什似的在灌木丛中摸索……我触到了一只冰冷的手。我擦根火柴一照……正对着个吐出舌头的吊死男人哪。哎,外面雨下得好大!……"说着她的目光越过看热闹人的头顶投向钠光路灯,一阵风吹开了灯光后面洋槐树的枝叶,显示出宫堡街明亮的大时钟。

快餐店里,二楼大厅传来欢快的乐曲声、说话声和不时哗然爆发的哄堂大笑声。

镶着玻璃的店门前出现了一个穿工作服、浑身淋湿的年轻人,他指指一只装着许多容器的箱子。

售酒大娘开了门,给他在容器里一一斟满啤酒。她惊异地说:

"瞧你,多漂亮的小伙子,怎么穿了这么一身?"

"我们厂里就时兴这个,"装配工说,"那些小伙子下了班一个个衣冠楚楚,漂亮着哪,可上班的时候就都穿成这样,圣母玛利亚!有一阵子时兴穿打补丁的工作服,车间里就满眼都是小丑的补丁,活像衣衫褴褛的流浪汉开舞会。后来时兴用金属丝修补工作服,整个厂子就只听得窸窸窣窣一片响。今天呢,时兴破靴子,"小伙子说着让大家看他那只没有鞋跟的靴子,鞋带是一根铜丝,"裤子嘛,得有一条裤腿让齿轮碾过或者磨烂了的。"他边说边往后退了

---

① 指布拉格古城广场的大时钟。每到报时,钟上的小窗户便自动打开,有圣徒模样的木偶出来表演。

几步以显示他的裤子。

"赶时髦的小伙子。"售酒大娘赞赏说,一面把装满啤酒的容器放进箱子。

"那些姑娘,初进厂时个个像电影明星,可现在呢,班上干活穿雨靴,那模样儿甭提多难看了。"小伙子说,浅棕色的湿发披垂着,铜屑似的闪闪发亮,"我说,大娘,那些人冒雨等什么呢?"

"楼上有人办喜事。"大娘说着目光投向天花板。

后来,她内行地看着漂亮的装配工一个劲儿地想用拇指扣紧一根绳套却屡屡失误。小伙子走的时候,她问:

"怎么样?对厂子还是很喜欢?"

"还是喜欢,"小伙子说,"没有厂子就像没有了我的姑娘一样,我没法活。要知道他们布置了我的头一个画展,"他动情地说,"他们布置了!不过,事先我不得不跟负责干部吵了一架,后来他建议我把我的那些画晚上挂在大厅里。于是我闯了进去,把我那幅主题为《工厂的触觉感受》的画贴在告示牌的墙上。第二天早上文化干事看见了大吃一惊,我们两个争吵起来,我撕破了他的上衣……不过开幕式举行了。工人们喜欢这幅作品。文艺节目中还有盲童表演的歌唱,他们的上方挂着长幅的大标语:像爱护眼睛一样爱护我们的团结。——如今厂里宽松了,我的第一个展览因而是在国内举办的,在工厂里……"

欢乐的、不时爆发出哄笑的人群从二楼下来了。走在最前面的是头上披着白婚纱的新娘,她很年轻,亮闪闪的眼睛带着醉意,她扭转身,引领着新郎下楼。男傧相和女傧相们则扶着栏杆胡乱地抓住新娘礼服后面的长衣裾。新娘唱着歌,一边唱一边用手里的花束打拍子,她顺着倾斜的台阶跑进玻璃通道,朝那些看热闹的人喊了几句,然后就冲进了银色的雨幕,她伸开双臂,仰起了脑袋,头发和小帽儿在滂沱大雨中耷拉着,雨水勾勒出她美丽的体型。

177

新郎和参加婚礼的人欢叫着追了上去。

然后,他们在街对面的人行道上排成一行前进,新娘转着圈儿,边唱边用婚礼的花束打着进行曲的拍子。"好快活的婚礼,就应该这样,"售酒大娘说着从一摞装着啤酒瓶的小木箱上爬下来,"可是,您的未婚妻昨天跑掉了?"

"不,是前天,"年轻人说,抹了一下红肿的眼睛,"我到现在也找不着她。那姑娘读了不少红色丛书和名人传记。她要我住房有两居室,高朋满座,要我把我的纯艺术当作一种癖好晚上搞搞。因此她老是要么用未来,要么用过去威胁我,说什么某个情人曾经对她如何如何,或者只是打算对她如何如何,再不然就说她要离开我逃回家去,说她家可以追溯到七百年的历史,说有个祖先曾是教皇的侍从。

"但是,这有什么用呢,我半月一发的工资或补贴她两天就花光了。之后,晚饭我们就吃榔头敲碎的干面包,或者我那姑娘找些旧瓶子去卖掉,或者把她的什么衣服剪碎了当破烂儿卖给收旧货的。当然,这也不无小补,要不然我们的生活就陷入绝境了。"

玻璃门前来了两名警察。

"真够呛,你们总算来了,"售酒大娘说,警察在地上跺了几下,抖落高筒靴上的雨水,"这些疯疯癫癫的家伙把我这里当成蜡像陈列馆了。"她指指看热闹的人,他们静下来了,默不作声,一双双眼睛闪着有所期待的光芒。"我真不明白这些人是为了什么?"她说,"看处决哪!"

当她抬头看了一眼那位比较年轻的警察时,她不禁吃了一惊:"您这是受伤了吗?"年轻警察从口袋里掏出一面小镜子,仔细审视一只眼睛下面乌青的一块,说:"让蹄子给踢的。"

较年长的警察插口道:

"我说什么来着?别跟醉醺醺的婚宴上的人讲道理。一句来一句去的,结果我们的小伙子让新郎美美地画了个单片儿眼镜。"

"可是我给他厉害看啦!锁上了,锁上了。"年轻警察说着拿出钥匙给人看,一边再次用根手指捋着眉毛。

"行了,那姑娘在哪儿呢?"年长的警察问。

"在这儿。"售酒大娘说,撩开了花布幔帐。快餐店落地玻璃窗上布满了白手掌,后排的人手撑在前排人的手背上,有几个看热闹的人顶着暴雨爬在电线杆的支架上,一个老头儿站在菩提树的树冠中活像一只狒狒,狂风抽打着暴雨的幕布和帷幔……

年轻警察掏出笔记本,理了理复写纸。售酒大娘走到落地玻璃窗前,朝一个看热闹人的脸上轻轻地吐了口唾沫,那人却眼睛也没眨一下,唾沫顺着玻璃流淌犹如乳白色的眼泪。

"莫非我用铁链子打死我爸爸啦?"售酒大娘喊道,她用指关节敲敲另一个看热闹人的脑门,怒冲冲地走开了。她解下围裙,盖上啤酒桶的嘴子,然后松开满头浓密的、盘成白蚁窝似的头发,抽出发卡塞在嘴里,重新像做五公斤重的甜面包似的把头发卷成弯弯曲曲的一条盘在头上,用发卡牢牢地卡住之后走进售烈性酒的柜台,坐下了。

"您来了很好,"年长的警察说,"您把她的衬衫给解开吧。这姑娘没有证件,现金嘛……三十个哈莱什……"这时,只见新娘挤到了镶着玻璃的店门前温顺地曲着手指敲了几下。青年给她开了门。

新娘进来了,她脱下银色的小皮鞋倒掉鞋里的雨水。她的婚礼小帽儿和眼圈儿上描的颜色都洇了。

"怎么样?"她说,"你们放他呢,还是不放?"

"不放。"年轻的警察说。

"为什么不放?"

"因为我执行公务的时候他打伤了我。"

"可那算不了什么伤。"新娘说着俯身凑在啤酒龙头上喝那一直在往洗涤盆里流的啤酒。

"我的一只眼睛都青得像复写纸了。"年轻警察照着小镜子说。

"您本来就不应该干涉我们,是您开的头。现在您就必须来收场。您什么时候放他?"

"要到明天!"

"那我就坐在这儿等您,您得跟我回去睡觉,新婚之夜我不能独守空房。"

"您不对我的口味。"年轻警察说着站了起来。

"哎,天哪,这儿不是还有别人嘛。"新娘叫喊说,她跳华尔兹舞似的旋了个圈儿,问那青年道:"您怎么样,喜欢我吗?"

"喜欢,"青年说,"您跟我那跑掉了的姑娘一模一样。她头一次跑进我的地下室时,带着个小箱子,小女孩玩游戏时拿着的那种小箱子,脚丫也几乎是光着的,只套了双有孔眼的鞋子呱嗒呱嗒地跑着,头发也是剪得短短的,活像科斯托姆拉代劳教所的女孩子。还有!您的蓝眼睛,也是碎玉髓儿似的异彩纷呈。我喜欢您,您对我的口味儿。"

"我也喜欢您。"新娘说着拧开水龙头,往一只银色便鞋里灌满水,然后像举酒杯似的举着它一饮而尽。

"反对口味儿,没门儿。"她说,吧嗒了一下嘴巴。

年轻警察坐下来,年长的那位撩开帘子,开始口述:

"不知名的死者身高约一米六〇,身穿红黄两色方格子女装。脚穿黑色带孔眼的便鞋。粉红色的衬衣以花边为衣领,领角缀着小花朵……"

年轻警察站起身,走去关上了店门,青年和新娘刚从那里出去迈进了黄昏暴雨的珠帘中。年轻警察回到座位上,继续记录年长警察的口述……过了一会儿,病理科的车子来到了。

"我那姑娘第一次跑来看我的时候。"青年说。

"我听不见!"新娘大声喊道,风把她的话语刮走了。

"我那姑娘,"青年凑到她耳边叫喊,"第一次跑来看我的时候,我刚巧给我的一个伙伴做了个死后面具。她见了就要我给她也做一个这样的面具,说这样一来她就开始新的生命了。我把她平放在桌子上,给她涂了凡士林,用报纸做了个小圆锥体塞在她的鼻孔里,然后用液体石膏浇在她脸上……脖子那儿放了块毛巾,就像被杀害了的那样……我呢,握着她的手,像地震记录仪一样感觉着她的心跳……"

"美极了!"新娘喊道,一阵风刮走了她的帽子,转瞬间帽子便消失在乌黑的天空。

后来,青年站住了,他注视着路灯下街头小花园里的一棵小白杨树,狂风刮得它弯得那样厉害,树枝子都扫到地上的泥潭了。

"过去扶住那棵小树。"青年一边喊一边把自己的领带撕下一半,用它牢牢地绑住了树干。

"这些树跟您有什么关系?"她嚷道。

"好好地扶着!"

"我说这些树跟您有什么关系?"

"不然就会刮断了。"

"断就断吧!关您什么事啊?"

"这些公共树木是属于我的,正像我自己认为我做的一切都为公共所有。小姐!我已经是公共所有,正像公共的小便池,公共的公园。"

他叫喊着,拽下新娘身上湿淋淋的泥污的拖地长裙的后襟,以指挥乐队的有力动作,把丝织品撕成条条,然后编成绳子。

"石膏干了以后,"他喊叫着说,"我却无法把它取下来了,除非用錾子。后来我不得不把她的头发剪到了头顶心,这才使我们俩得以接近了。她对我说,有了这死后面具她的新生命就开始了。她向我做忏悔做了三天,听着她的忏悔我直往墙上撞脑袋。我还不得不弄了一大桶焦油涂在地下室的墙上以隔音……就这样,我充当了忏悔神父,我把刷子蘸上柏油,根据她的忏悔给我的印象,在白墙上胡乱地画着,她向我叙述说,小天使怎样挽着她的胳膊把她领到厕所去呕吐,有一个天使怎样离开了她,她通夜躺在斯特洛莫夫卡公园,痛苦得吞食泥土……如此等等,她通宵向我做着忏悔,直到天明,我则在地下室的白墙上胡乱地画着,画了整整一桶黑焦油。您还有一块衣裳吗?绳子用完了!"

"您撕吧。"她说,把肩膀凑过去。

他抓住她的肩膀猛一使劲。于是跟折断一根树枝,或者像电车售票员拽小皮带似的,一下子就把她身上残余的那点儿结婚礼服统统扯下来了。

一道闪电掠过,只见半裸的新娘站在街心小花园里。

"看啊,"她说,"给我也做一个死后面具吧!"

杨乐云　译

## 您想看看金色布拉格吗

殡仪馆小个子老板班巴先生走出市区,下到河边,接着朝橡树林走去。

"班巴先生!"听到有人喊,他转过身来。

"啊,基特卡先生!"班巴先生说,"怎么到河边来了?是来找美感吧?"

"不是,"基特卡先生说,"我刚好从你们那儿来,在你们的物理学家家里没有找到他。班巴先生,您能给我点时间吗?"

"对于诗人,我总是有时间的。"班巴先生说。

"是这样,我们超现实主义小组,想将您的仓库借用一个晚上。"

"那大概不成!你们是不是要在我小仓库的棺材上举办滑稽诗朗诵会?"

"不是什么蹩脚的歪诗,班巴先生,您要知道,我们不仅向勃勒东①和艾吕雅②,也向马哈③做过保证。"

"还有什么?……"

"在您那儿,要办个马哈逝世周年纪念报告会,由沃伊科维茨做报告。"

---

① 勃勒东(1896—1966),法国超现实主义诗人。
② 艾吕雅(1895—1952),法国超现实主义诗人。
③ 马哈(1810—1836),捷克浪漫主义诗人。

"沃伊科维茨？他不是生病卧床二十年了吗？"

"正因为这样，我们才来找您，班巴先生。"诗人说，"您要知道，我们要把那位老诗人送到您仓库的棺材上，连他的床也一起抬过来。"

"这可真是个大玩笑。"班巴先生说。

"正是这样。"诗人基特卡说，边走边望着石墙，墙后面躺着两头公牛。

"要在这儿拍照吧？"班巴先生问，把脚跟儿踮起来。

"正是这样。那些色情照片将寄往巴黎，勃勒东先生亲收。这些母牛就像公牛一样。"诗人说。

"在哪儿？"班巴先生问，踮起了脚跟。

"请让我把您举起来！"

殡仪馆老板抬起羽毛一样的小手，大个子诗人不费吹灰之力，将他举起来了。

当班巴先生将石墙那边看了个够时说："那些不是公牛，是母牛。"

"想下来吗？"

"看够了，"班巴先生说着朝前走，"就担心老诗人对这么搬动他会不乐意。他只相信传授思想。"

"行了，"诗人说，"我最后一次性交的对象，是邮局一位漂亮小姐，只是胸部嫌平了一点。就让老诗人伸手给治疗一下。她已经同他谈好了的。"

"基特卡先生，您不是在整我吧？是不是想出我的洋相？"

"我？让您患肠炎，泻肚吗？"

"好，我相信您。"

他们于是沿着橡树林走。树林那边，消防队正在演习，头盔都闪亮亮的，两名消防队员蹲在喷水管旁边。一个手握水龙头管，蹲的姿势很标准,因为他正等着强大的水流。号手站着,一只手叉腰,另一只手将号紧对着嘴巴,眼盯着指挥员给他发号令。号令响了,龙头水管一滴水也没有喷出来。

"性器官出故障了。"诗人说。

"可我那装棺材的仓库在地下室,而运煤要到二楼。"班巴先生说。

"这更可能是犯妄想病,"基特卡先生满意地说,将身子转过去,朝水边嚷道,"但愿你们那喷射的玩意儿能喷出东西来!"

"你是头笨牛,"消防队员高声说,"让你那喷射的东西起作用吧!"

"只是您抬着那张床能不能进入我的地下室?"班巴先生担心地说,"要是下雨了,怎么办?将那张载着诗人的床,装上我的灵车,是不是更好一些?开着灵车,沿着长廊走,老诗人可以同人们见面,表示问候,是吧?"

"正是这样,"诗人说,"那可能是精神分裂症。可是班巴先生,您挺有主意的!您不想参加超现实主义小组吗?"

"不打算参加,"班巴先生谦虚地说,"我是装饰协会会员。"

"主要的是要有足够的黑天鹅绒,就是你们盖在棺材上的料子,我们可用来装饰您的地下室。"

"这是对的,"班巴先生说,"只要那天鹅绒一飘动,棺材里的死人们就会动弹了。"

"正是这样。可我们还是印好出席马哈讲座的请帖……印在紫罗兰的葬礼缎带上,行吗?"诗人问道,又朝着水边大声说,"可你们的喷射器得发挥作用啊!"

"你这头笨牛,想必是要挨耳光吧?"消防队员跳进齐膝盖深的水里,大声威胁说。

"这样我仓库里的照片将要运到巴黎……"殡仪馆老板得意

地说。

"好。因为我们超现实主义者组织,是洲际性的运动,"诗人说,骄傲地指了指自己,"我们是遭过雷击的男子汉,躺在狮身人面兽旁的男子汉!"说着,他转身对着水那边喊道:"可你们的喷射器得发挥作用啊!"

消防队员放下安装喷射器,同队长一起跳进膝盖深的水里,用螺丝刀和扳子威胁说:

"你这头笨牛,想用脑袋钻厕所是不是?"

班巴先生吓了一跳,说:"那可不是我嚷的!"

"等你去参加葬礼时,我们要用十字架砸你的脑袋!"队长嘶哑地说。

"您看,老弟,您搞的什么名堂,"班巴先生沉着脸说,"消防队员有的是,他们在葬礼上会有竞争的,消防队员的葬礼可是很隆重!"

"我们特别珍惜那些好男儿的生命。"诗人说,用手捂着嘴,又喊道:"是我嚷叫的,我,基特卡!"

"你,基特卡家族的杂种!"队长说,"我们也会收拾你的!"

班巴先生搓搓手。

"基特卡先生,您不仅是诗人,而且品行也好。喂,我们将杂货店上面的白天使取下来,挂在我仓库里的床头上,怎么样?要不,如果钟表匠泽尔哈同意的话,将他店上的大钟拿下来,挂在读书的诗人头上方,行吗?假如像我的腿一样粗的秒针在那马哈之夜,嘀嗒嘀嗒地响起来,那该多有趣啊……"

班巴先生喘起气来,诗人咽了一口唾沫。

"班巴先生,"过了一会儿,诗人说,"双重的疯狂巨流,通过您身上涌出来了,我朝前走着,用脚尖踢着,寻找联想,可您从袖口中就给我撒出来了。"

基特卡先生掉转脑袋,仰望着乌云说:

"诗人不是我,是这位。"说着,指了指殡仪馆老板。

"您过奖了。"班巴先生谦逊地说。

"不,不,"诗人说,"当然啦,不信基督的人,也能认识真理……这样,班巴先生,说定了吗?"

他伸出一只巨手。

"说定了。"班巴先生说,将他的小手掌伸到诗人的巨掌之中。

基特卡先生然后取下手表。

"好,"说着,从胸前口袋里拿出几张明信片,"过一会儿我将这些扔到布拉格火车的邮政车上。邮局的头头不许我寄这些东西,说什么是些黄色的玩意儿。"

班巴先生将明信片像扇子一样散开,抓抓自己的脑袋。

"您这是干什么?"班巴先生看得发愣了。

"我是替母亲剪下的有关性保健的资料,还有一张隐秘的女盥洗室价格表,另外就是圣经故事。"诗人说着,用手止住殡仪馆老板,"后来我坐到一个非常僻静的地方,低声自言自语,把形形色色的剪报贴在直线派裸体女人的照片上……"

"邮车上的人会说什么呢?"

"前天,昨天,还有今天,情况都一样。我将那些玩意儿从车缝里塞进车厢,用拳头敲两下。工作人员拿起明信片,盖上邮戳。我退到铁轨外望着,看到工作人员用手抓脑袋,指指车厢里面,让他的同事将事情都放下,到车厢里去。他们看看明信片,用手抓脑袋。然后拿着绿色帽子上车头那儿去。车头靠近水池,列车长用抹布擦手,看看那些玩意儿,也用手搔脑袋。超现实主义作品的吸引力真不小啊,班巴先生!"

"可我是装饰协会会员,"班巴先生不以为然地说,"但您把这些东西寄给谁呢?"

"寄给那些不愿意生活在没有性自由的环境里的漂亮小姐们。"诗人说,又以预言家的口吻讲道,"因为现实生活如酒一样令人醉啊!"

"正是这样,"班巴先生说,扬起他的小脑袋,"可当您把我举到那墙边看那两头公牛的时候,我想起了一个故事:一位女佣工怎样举起男孩,让他看金色的布拉格。她放下那个男孩时,男孩倒在地板上死了。您听说过这件事吗?"

"没有听过……"诗人带着几分警觉说。

"事情还没有完呢,高潮出现在法庭上。法官大声问道:'怎么会发生这样的事?'那个女佣工,像您一样的高个子,问那个小个子法官:'您想看看金色的布拉格吗?'法官说:'想看。'女佣工将法官的头捏着,朝天花板上一举。可当她把法官往下放时,法官摔倒在地上,也死掉了!"

"这真是自然界的奇思妙想。"诗人说,抬头望着天空,抱怨说:"我找胸针,在广场上用脚到处踢。可是他,"指着殡仪馆老板说,"却这么一抖袖子,就撒出来了!"

"基特卡先生,"班巴先生身子挨近他说,"这个故事让我睡不着觉。我爸爸多次将美丽的布拉格指给我看,可从来没有出什么事。是不是如今的人要脆弱一些?来,我们试一试。"

"要是您举不动我……"诗人说。

"那您就举起我吧。同您相比,我像个婴儿。"班巴先生说。

河对岸,机器已在工作了。号手又将金色小号对着嘴巴。消防队员手握水龙头嘴,蹲在地上,怕被水冲倒。所有消防队员的安全帽,像金色的头盔,闪闪发亮。队长一声口令,号声响遍草地。一股强大的水流,从管里喷射出来,喷得队员们左右摆动。"怎么回事?"消防队长嚷道,装腔作势地指向以抛物线形式涌向河中间的水道:"水向我们这儿喷,还是不喷?"

"这会儿喷了啊,"诗人说,"可那一次,你们在德拉赫利采镇救火的时候,情况怎么样?"

"你这头笨牛!等我们再碰到你的时候!"消防队长吼叫道,从腰间取下小斧子,跑进水里。蹲在喷水龙头旁的两名消防队员,也拿出小斧子,跟着队长跑。紧接着,所有的人都举起金色的小斧子,大声威胁说:"我们要撕掉你的嘴!"

"跟您相比,我不过是个婴儿。"班巴先生提醒说,眼中闪着光辉。

"您想看看金色的布拉格吗?"诗人问。

"想呀。"班巴先生说,闭上了两眼。

**万世荣** 译

# 电离子渗入疗法

锌板薄片和缠得紧紧的绷带,将菲力克斯先生的脑袋,压到了地板上。他的头上还缠着绿红蓝色的金属丝,活像一幅立体旅游地图。

电流通过他身上时,他感到头部和嘴唇上有一种闪电和烧焦了的骨头味道。

"护士小姐。"菲力克斯先生喊道。

"又有什么事?"白帷幕后面一个女声音问。

"护士,是不是可以不用电离子渗入疗法,给我开点啤酒店供应的牛腿肉?"

黄铜色的金属环叮当地响着。

"您知道,中世纪怎样治疗神经性疾病吗?用槌子敲打脑袋!这对您正适合!您是干什么工作的?"小护士问。

"代理人①,但我现在在克拉德诺钢厂。"

"该不是一个搞挑衅活动的间谍吧?"小护士笑着说,将棉花浸入石灰水中。

"不是!"菲力克斯先生说,"是热水供应单位的代理人,焰火产品的商务代表,焰火爆竹,服饰用品商务代表。"

小护士走进了白帷幕后面。

---

① 此字亦可译为"间谍"。

"护士,听见我说话了吗?"菲力克斯先生问。

"听见了。"

"我于是到你们特鲁特诺夫城,在商店打听:'民政局的代表先生在哪儿?'售货员指着天花板说:'在二楼。'我去到那儿,做自我介绍。还说,我也有焰火。民政局的代表先生疑惑地问:'会不会爆炸?'我说:'会爆炸,还闪动尾巴哩。您试一试!'民政局代表点着一支。那玩意儿从他手里飞了出去,沿着弧线直飞到小布娃娃玩具车间。一时间,整个玩具柜烟火四起。我们把轻微烧伤的民政局代表抬上救护车时,他小声说:'我为什么不相信他呢?'护士,在您看来,这是个大笑话!"

黄铜色铁环响了。

"您觉得那件事好笑吗?是不是塞到您脑袋里的东西太少了?"白衣小护士嗔怒说。

"少了,"菲力克斯先生说,"要是再多一点,那我就不是一条腿,而是两条腿都迈进天堂了。"

"不要亵渎神明了,您这张撒谎的嘴。"她大声说,开玩笑似的拍了一下菲力克斯先生的嘴唇。

他感觉到她手掌上有电。

然后他动了一下。

她抓住晃动的仪器。

"不像话,"她吓了一大跳,"您知道,这东西值多少钱?"

"肯定值……六十克朗。"菲力克斯先生说。

"上帝总有一天会惩罚您的。"小护士说着,走到白帷幕后面去了。

菲力克斯先生旁边治疗间的帷幕掀开了,一位裸体女人俯卧在那儿,女按摩师正在给她搓背。

"护士小姐,"菲力克斯先生问,"您记得第一次收听收音机的情形吗,晶体管的?"

"那时我还没有出世呢,"小护士不高兴地说,"上帝会加重惩罚您的!"

"会惩罚的,因为我想结婚啊,"菲力克斯先生说,"开始使用收音机的时候,每个小学生都戴一副耳机。全校的学生都在旅馆门口,神父同校长先生来回踱步,摇头说:'我弄不明白,不明白,这个发明不会给人类带来任何好处。'也是,我们家第一次买晶体管收音机,爷爷忘了他戴有耳机,跑出去买一罐啤酒,站在窗口,晶体管收音机掉下来,摔坏了。父亲不能对爷爷生气,就冲着我发脾气。这就是世界上的公道!"

"可您妻子同您一道过得不错。"小护士笑着说,给坐在幕后的一个人解掉头上的绷带。小护士对着窗口,站在上午的阳光下。她除了工作服,身上什么也没有穿。菲力克斯先生看到他总爱看的东西,就是女人大腿上几厘米地方的东西。

小护士站着,阳光照耀着她。

随后,白色的门打开了。

最先进入门里的是红玫瑰花,接着才是持玫瑰花的手,最后才是穿蓝运动衫的男子。

"什加斯特尼先生,您已经一个人溜出来了?"小护士说,手拿着绷带走出来。绷带的另一端还有一个人。护士牵着那位弯着身子的病人,像牵一条狗一样。"这有进步!"小护士夸奖说。

"这花献给您,"什加斯特尼先生说,"谢谢您,我来了。"

他的声音,像水通过瓶颈的响声。

"您真好。"小护士说,继续替病人解绷带。被牵的病人一步一步往前走。"您知道,什加斯特尼先生,我们这儿是尽力而为的。

可您得稍等一会儿,马上让您坐上去!"

菲力克斯先生掉转头,看见一个人进来。仿佛有谁在那人的脸上用爪子挠了一下,两边的脸颊都凹下去了几厘米。右眼红得像护士放进窗台上半公升瓶里的玫瑰花。

她给病人解完了头上的绷带,锌板也掉下来了。

"星期二请再来。"小护士说,蹲到什加斯特尼先生面前,鼓起小嘴吹气,并且笑了起来。

"好,我们试试两个人吹,行吗?"她问。

什加斯特尼先生使劲让他嘴边的肌肉动起来。

小护士然后慢慢地吹着。

她稍稍鼓起腮帮,让病人好好注意,吹之前,该怎样动作。

小护士又吹起来,但什加斯特尼先生嘴边的肌肉纹丝不动。

他又试了一次,同小护士一道,龇着牙。小护士随后用手指扯动他嘴边的肌肉。

可他吹不起来,有点灰心丧气了。

"不成!"他说。

白帷幕后面的闹钟响了。

"别为这事担心,什加斯特尼先生,会成功的,肯定会成功的。我知道,会的。您只要想一想,他们送您进来的时候,您是个什么样子?"

小护士后面的黄铜色铁环响了。

"我在锯厂干活二十多年,现在落得这般下场,"什加斯特尼先生说,"那就是,那种锯把我折腾得太凶了……要不就是那高压线给我弄的?可我知道,永远也无法复原了。有一天,我过不了中风那一关。唉,那我就完蛋了……"

什加斯特尼先生痛心地说。

菲力克斯先生问："您说什么来着？"

"唉，"什加斯特尼先生重复说，"我就完蛋了。"

小护士跑过来，手舞足蹈地说："什加斯特尼先生，您嘴边的肌肉活动起来了！"

但什加斯特尼先生坐着不动弹，又说了一遍，"唉，我就要完蛋了。"

菲力克斯先生旁边的闹钟又响了。

小护士关掉电源。

"我家里正好有这么个闹钟，罗斯科普牌的。我连手表的声音也受不了。在小店里，夜里我用头巾将闹钟包起来，放进柜子里，加上锁，可是它照样闹，把邻居都吵起来了。这种闹钟……"菲力克斯先生说着说着，不言语了。

小护士给他解头上的绷带，但两眼却望着什加斯特尼先生，嘴里还吹气，什加斯特尼先生也吹起来。

一位脸色灰白的老人进来了，一只手用绿色的套子托着。后面跟着的，可能是他的妻子。她拉着怒气冲冲的老人的手，两人相距几厘米。

女按摩师从帷幕后出来，汗流满面，气喘吁吁，胸前的纽扣和白大褂有节奏地起伏。

菲力克斯先生站在窗前穿衬衣。

下面是灯火辉煌的布拉格，像一张黄铜般的婴儿床。一个瘦骨嶙峋的人，在医院下面小街上走着，扶着他的人可能是他的妻子。妻子手拿玫瑰色靠垫，不停地挥动。男人咳得很厉害，全身颤抖。女人摇晃着玫瑰色靠垫。菲力克斯先生心想，他们可能是一对夫妇。刚刚在小街上，相互爱上的，这种时候，两人最亲密，可以开始一起过平静的生活。

菲力克斯先生想着,头上已痊愈的伤口又痛起来,痛得他大声尖叫。

后来,他看到什加斯特尼先生不仅头上,连两脚两手都上了绷带,四肢都接上了彩色的钢丝。他坐在电椅上,活像一台电话交换器。

小护士完全变成了另一个人。

她低着头,好像想喝龙头里的水。她说:

"什加斯特尼先生,您还得戴上加了碘酒的面罩,好吗?"

什加斯特尼先生吹着口哨,说:"唉,我快完蛋了。"

黄铜色铁环发出了笑声般愉快的响声。

菲力克斯先生在路上考虑,用剩下的几张购物券买半公斤牛肉,煮好以后,加点盐和芥末或者洋姜吃掉。

接着,他在一座橱窗前停下来。窗里摆着一盆猪心和切好的血肚肠。卖肉的人站在店里,脸色不大好看。他的头上方,钩子挂着牛心牛肺。菲力克斯先生走了进去。

"哼,"卖肉的人扬起眉毛说,"人家用汽车往肉店送肉,可我必须到屠宰场去取肉!"说着,用手指捅了一下猪心。

"如今世道不好,人们也坏,"菲力克斯先生小心翼翼地说,"有没有排骨或猪肚?"

"他们搞错了,给了我一块好肉,您买去吧!"卖肉的说,抓起一块肉。

把肉放在磅秤上。

菲力克斯先生回想起来,上一次买的肉,都有臭味了。他犹豫了一会儿,踮起脚来,俯身上去闻了闻牛肚的味道。

他站直以后,意识到不该那么干。

卖肉的人像只猫头鹰。

他从肉上抓起一团油脂，扔到菲力克斯先生的脸上，盖住了他的一只眼睛。卖肉的人还从腰间抽出屠刀，磨了起来。菲力克斯先生撒腿就往街上跑。卖肉的人边追边嚷，还骂骂咧咧地，用刀捅那被太阳晒热的空气，他说："去闻闻你自己的屁股吧！"

卖肉的说屁股这个字时，把"ER"（PERDELI）念成了"U"（PUDELI）。

万世荣 译

## 头戴山茶花的夫人

郊区有座出租的楼房,从它的院落和凉台可直接进入寓所。每个寓所门前,有个像木盒一样的小前厅。房客进进出出,如同穿过柜子一般。那些前厅,也真像些柜子。螺旋般的楼梯通向凉台。人们每过一些时候,就在楼梯上抹石灰,使得昏暗的地方稍有一点光亮。从楼梯的小玻璃窗可看到一座耶稣像。他头戴的不是荆冠,而是人造玫瑰花环,是一位房客从旋转木马上射下来的。一位公寓女管理员,跪在耶稣像下面。她身旁有只水桶,她用力擦洗楼梯。

"晚上好,妈妈。"女装饰师罗塞特卡问候说。

"晚上好。"母亲说,继续用抹布擦脏物。

"妈妈,我给您说过多次,要您在膝盖下垫个厚厚的垫子,要不,就在下面放个布袋!"

"是啊。"母亲说,手还放在桶里。

"您看,您看,将来得关节炎,会整夜叫苦连天的。"罗塞特卡说,很反感地用皮鞋尖将湿抹布踢开,站到高于母亲的楼梯上,手里拿着金线系着的白盒子,像钟摆一样晃动。

"啊,你就是我的一切,"母亲叹息说,用蘸水的刷子擦脏物,"你带钱回来了吗?"

"要等到下个月。"女儿说。

"这么说,我要养活你一辈子吗?"母亲叫起苦来,好像这样能吐出她的不幸似的。

"好吧,母亲,要是您不乐意,我就收拾自己的东西,离开这个家。难道我活在世上,就是为了看别人汪汪的泪水吗?"罗塞特卡说。

"你那盒子里装的什么呀?"母亲问。

"这你可很清楚。"罗塞特卡说,将指头举起,金线系着的小盒叮当地响。姑娘低下了头,粗声粗气地说:"我又该到外地去了!"

她于是走上凉台。

有两个老妇人靠在栏杆上。

"我呀,"一位老妇说,"要是我处在辛普森夫人的地位,就会对威尔斯王子说,作为你的情妇,可以,但决不做妻子,因为那样大英帝国就会遭到不幸。"

"晚上好。"罗塞特卡说。

"好,好,"第二位老妇亲切地说,"可能要下雨了,沟里已在冒臭味儿了。"

罗塞特卡走进小前厅,再进入厨房。她将纸盒放在铺好的床上,然后去到阴暗的房间。从房间朝街上望去,可看到亮着灯的小酒馆。

"你在这儿?"她问。

"是的,罗塞特卡,我的公猫不在走廊上吗?"

"我没见着。晚上好,爸爸。"她说,胳膊依在她父亲坐着的沙发上。父亲望着酒店。那里的台球桌旁,玩球的人正手持球杆在走动,窗口不时现出他们的头和腿。

"那个拉佳打得很一般吧?"父亲奇怪地问。罗塞特卡解开胸罩。

"我说什么来着,"父亲满意地说,"还有,卡米尔现在可要咬住美国女人了!"

"是吗?"罗塞特卡说,脱去长裤,但一只脚被鞋绊住了,她只好跳着走,一直跳到身子倒在沙发上。

父亲咳嗽了,开始呕吐。

罗塞特卡将桶放在他旁边,然后打开柜子,取出白色晚礼服,披在身上,抚摸冰凉的缎子面,看看穿着多么合身。

"我要放弃这该诅咒的生活了。"父亲说。

接着,他蜷缩成一团,倾听那台球柔和的响声。

"要是我那公猫在这儿就好了。"他忧伤地说。

"它会回来的。可能在什么地方发情叫春,或者发生了什么事。"女儿说着,扣好她那干干净净的胸罩。

然后,她走进厨房。

母亲站在镜子前,手拿一枝美丽的山茶花。铺好了的床上,放着金色绦带和打开的白盒。

"妈妈,快放下那袋子,"又小声说,"他的情况又不大好。"

母亲轻轻地将山茶花放在床上,解开她系着的代替围裙的袋子,指着花儿大声说:"每回去参加大舞会,我都戴这样的山茶花!"接着她小声说:"他想吃小牛肉馅饼,可能已经不会再吃了……"

"妈妈,您帮帮我吧!"罗塞特卡说,接着又补充道,"他不断地打听那只公猫。"

母亲从柜子里取出银白色的玻璃后跟皮鞋,望着俯在洗脸盆上的女儿,大声说:"我要是穿上它,肯定会崴了脚的!"又小声说:"那个坏种被埋掉了。大夫说过,公猫一定得弄走。"

罗塞特卡用毛巾角擦耳朵。母亲从房间里拿出绸衣,举到面前,照照镜子,看看对她是不是合适。

"妈妈,洗洗手吧,您会把衣服弄脏的!"罗塞特卡说,又小声地问,"你把猫弄到哪儿去了?"

"罗塞特卡,人人都会羡慕你的,"母亲大声说,接着又压低声音,"我将那坏东西扔到魔鬼崖去了。"

"妈妈,现在您帮我把那晚礼服从脑袋上拉过去,"罗塞特卡说,"明天我去找它,这是您干的好事。"

"哈哈,这衣服挺合身,"母亲大声说,接着,压低声音讲道,"昨天,你爸爸有生以来第一次哭了,没有一个朋友来找他,没有人告诉他任何事,没有人向他问好……"

罗塞特卡翘动她那淘气的嘴唇,将山茶花别在衣服上。

母亲擦了眼泪,叹了一口气。

她然后打开房门,扭开电灯,指着走回来的女儿。

"爸爸快看呀,戴山茶花的夫人!"

一个瘦削的面孔,从沙发椅中伸出来。

"小宝贝,你穿着很好看,很好看。"父亲说着,将小镜子举到面前,对着看,然后指指窗子之间的照片,一个健壮男子的照片,身穿敞开的衬衣,站在台球桌旁,给球杆上白粉。他指着那照片说:"那样的开始,这样的结束。"说着,他又对着镜子看自己,用手摸摸嘴边的皱纹。

"爸爸。"罗塞特卡说,像模特儿似的扭动身子,显示她的种种身姿。

"很合身,小宝贝,"父亲轻声地说,"去好好地玩吧,像我从前那样去乐吧。我劝你,总要希望比我干的要好得多。我……我如今已经懂了,为什么朋友们不愿意离开台球……有的也不去了,我自己也去不成了。"父亲笑着说,又对着小圆镜看看,说:"要是我那只公猫同我在一起就好了。我的公猫啊,在它的眼里,我总是那么年轻漂亮,亲切可爱。你知道吗?"

窗子下面,响起了汽车的喇叭声。

"出租车来了,"罗塞特卡高声说,"爸爸,晚安!"向空中送了个飞吻。

"去吧,孩子,去玩吧,玩吧,像我从前正当年的时候一样地玩吧!"父亲低声说,靠着窗沿,看那玩台球的人挤到酒馆窗口,观看谁来了,谁又走了。

母亲在厨房里,将人造银鼠皮大衣披到罗塞特卡肩上。

"妈妈,快给我五十克朗。"罗塞特卡说。

母亲打开破旧的碗柜,叹气说:"唉,你是我的上帝。"

接着,一个穿绸衣的跑上凉台过道。

母亲一只手扶在栏杆上,另一只手按着疼痛的胯骨关节,看到螺旋梯上,一个穿人造银鼠皮外衣和玻璃高跟皮鞋的,橐橐地跑出院子,跑向更好的世界。

罗塞特卡跑到院子里,站在水沟上,向母亲挥动纤细的手,真诚地对她微笑。母亲摆摆头,闭上了眼睛。

老妇人中有一位恶狠狠地说:"要下雨了,已经感觉到沟里在冒味儿了。"

万世荣　译

# 钻石孔眼

旅客的一只脚刚跨上列车车厢的踏板便感到有人拉住了他的肩膀。他回头一看,只见月台上站着一位上了年纪的男人。

"先生,您这是去布拉格吗?"他问道。

"是去布拉格。"旅客回答。

"那就麻烦您把我的女儿范杜尔卡带上吧。在布拉格车站会有人接她的。"说着,他把一个年约十六岁的小姑娘的手递给了那位旅客。

车站值班员的哨声吹响,乘务员扶姑娘登上车厢,然后用手掌示意:列车准备就绪可以出发了。值班员举起发车标志。

那位爸爸在月台上一面跟着列车跑,一面嘱咐女儿:"范杜尔卡,祝你一路顺风!到了马上发个电报,听见了吗?"

"听见了,爸爸,"姑娘喊道,"到了马上发个电报!"

列车驰过出发标志后,旅客推开车厢门迎着一阵扑面大风把姑娘领进车厢。他还一直拉着姑娘的手,显得有点儿不知所措。

小单间里传出说笑的声音:"有一回,那时候我们还没有结婚呢,她给我去买衬衫,可是买不成,因为她不知道我的号码。她刚要退出商店却突然想起来了,于是隔着老远大声嚷嚷:'我卡他脖子的时候,我这双手总是这个样!'售货员于是拿来米尺,量了她双手比画的圆周说:四十号!那件衬衫,请相信我,穿在身上甭提多合适了……"

小单间的门砰的一声撞开,冲出一个秃脑袋的旅客,大笑着嚷嚷:"该死的,太不像话了!"他一面喊,一面用拳头使劲捶打车厢的板壁。闹腾了一通之后,他回小单间去了。小单间里又传出原先那个声音:"我心里暗自琢磨,圣尼古拉什节她送了我一件衬衫,让我好快活。圣诞节的时候我送她一顶帽子吧,出其不意她准会惊喜。我走进一家时装店,说:'我想买你们橱窗里摆着的那顶别致的女帽!'时装店的店员说:'请问,什么号码?'我不知道哇,可是我想起一件事来,我说:'有一回我跟未婚妻吵架,我用了个网子这么样套在她头上,直到现在我还记得她的脑袋有多大。'店员于是捧出高高一大摞女帽,一顶一顶凑到我手底下试,直到我说:'就是这顶!'我把这份礼物放在圣诞树下,未婚妻戴在头上就跟屁股坐在小马桶上一样,正合适。"

秃脑袋旅客又从小单间里冲了出来,手帕捂在嘴巴上直哼哼。之后,他推开小姑娘,上身扑到窗外,那模样活像号角上挂着的一条毛巾。过了一会儿,他一边喊着"该死的东西,不像话!"一边又捶了一通板壁。然后抹抹眼睛,走回小单间去。

一直拉着小姑娘手的那位旅客这会儿下了决心,他跟在秃脑袋旅客的后面走了进去。

"先生们,"进了小单间,姑娘开口了,"我叫范杜尔卡·克希什托娃,我上布拉格。"她伸出双手在前面摸索,手触到了那位谈笑风生的旅客的鬈发上。"我叫克拉萨·埃米尔。"鬈发旅客自我介绍道。

"我叫伐茨拉夫·科霍泰克。"秃脑袋旅客说。

带领小姑娘进来的那位旅客想把手提包搁到行李架上,不小心碰了一下秃脑袋。

"活见鬼,你就不会小心点儿吗!"

"对不起。"

"撞着谁了吧?"小姑娘喊了起来,"没关系,这样的事我也有过。有一回我去寄信,我知道邮箱在哪儿,那点路我熟悉得就跟套自己的鞋子一样。却不料该死的邮局把邮箱挪了地方,挪近了两栋房子,我一头撞在铁盒子上,受了伤。可我马上抡起白手杖抽了那家伙两棒子!"

"请坐在这儿吧,"秃脑袋旅客招呼说,抹了抹眼睛,"靠窗户,可以看看景色。"

小姑娘摸摸坐椅,又摸摸车窗,伸出手掌像试试是否下雨似的,满意地说:"阳光明媚哇。"

旅客们静了下来。

"刚才站台上的那位是你爸爸吧?"领小姑娘进来的旅客问道。

"是我爸爸,"小姑娘点点头,"我说,先生们,我爸爸可神啦!有这样的爸爸谁都会眼红。我爸爸是种果子的,有一次他开送货车撞了瘸腿邻居戴玛契科娃,为此上了法院。我爸爸的冤家对头们可高兴啦,谢天谢地,老克希什达这下子可逃不脱喽,罚也会罚得他倾家荡产呀。哪晓得老戴玛契科娃却自己跑到法院里来啦,她没拿拐棍,伶伶俐俐地跑来了。她吻我爸爸的手,感谢我爸爸开车撞得那么漂亮,把她的腿给撞好啦。如今她不瘸了。她说,真遗憾我爸爸没有在三十年前就撞了她,要那样她肯定嫁人了。"

"多好的爸爸。"鬈发旅客赞扬说。

"是吗?"范杜尔卡笑了。她伸出手掌,可是列车拐了弯,阳光转到过道的窗口那边去了。

"太阳落山了。"她说。

旅客们你看看我,我看看你,点了点头。

"您的爸爸呢,他是个什么样?"小姑娘拍拍那位爱打趣的鬈发旅客的膝盖,问道。

"我爸爸十五年前就退休了,因为他长了一颗欧洲最大的心脏,"鬈发旅客说,"大得跟个桶似的,在胸腔里晃悠……"

"那……"秃脑袋旅客有点儿怀疑。

"那有多了不起啊!"范杜尔卡叫起来。

"说得对。因此我爸爸跟医学院签了合同,他死之后心脏捐给医学院,"鬈发旅客接着说,"有些外国人想买我爸爸的心脏,可我爸爸是个爱国主义者,他说不卖。按照合同,我爸爸既不许走路,也不许洗澡,还不许坐飞机或特快列车……"

"我明白!"小姑娘喊叫说,"免得这颗高贵的心脏给碰破了或者丢失了,没错!"她边喊边摸索到鬈发旅客的手,紧握了一下。"这样一位爸爸准是好样儿的,您的爸爸跟我的爸爸一样,是好样儿的。"

"说得对,"旅客说,脸上仿佛添了光彩,"有时候我陪爸爸去医学院,在那里他们让我爸爸脱光衣服,教授先生用蓝铅笔、红铅笔在我爸爸身上画道道……"

"对,对!"范杜尔卡快乐地说,"红铅笔是动脉,蓝铅笔是静脉,没错!"

"是的,"鬈发旅客手掌按在小姑娘的手上继续说道,"他们随后把我爸爸送进大厅,学生们围在他身旁低着脑袋看,教授拿根小棍儿在我爸爸身上像指点河流图似的一边指点一边讲解、教课,然后教授把麦克风接到一个学生的身上,一切正常,那声音就跟打小鼓,或者像当兵的穿着靴子在走廊上踱步似的。可是,当他们把扩音器接到我爸爸的心上时……"

"那声音就像暴风雨在推向远方!"小姑娘大声叫喊,"像山岩崩塌!像土豆倒进地窖,像埃米尔·吉里尔在演奏,没错!"

"千真万确。"鬈发旅客惊叹地说,伸出一根手指在领圈里划拉了一下。

"啊,先生们,"范杜尔卡高兴地说,"跟你们在一起好快活。原来别人也有了不起的爸爸。"

火车这会儿行驶在与公路平行的线路上,旅客们眺望窗外,只见一块广告牌上画着个巨大的蓝色的心脏,从中淌出两股水流,它们的下面写着:波杰勃拉德①地处中心。

小单间的空气中迸溅着秘密的火花。

"冯德拉切克教授都迫不及待啦,"鬈发旅客说,"他就等着用解剖刀剥出那颗不同寻常的心脏哩。"

"那还用说!"小姑娘笑了,"真没想到,又将有一颗捷克心脏闻名于世啦!"

"谁能上哪儿去找像你爸爸那样的一颗心呢。"秃头旅客说着从行李架上取下旅行包。

"一点儿不错,可惜我爸爸自己并不知道。亲爱的先生们,我爸爸跳舞跳得好着哩!"范杜尔卡拍了一下手,"那次赶庙会,我们俩跳得可欢了,舞厅里的人围成一个圈儿观看。爸爸还常常独自表演。有一次你们猜怎么着。那时候我还小,我爸爸吩咐说:演《红和白》,因为演的那支曲子的歌词是:绿和白,我们足球队的运动衣和队旗都是绿和白,跟斯拉维耶一样,一抹儿绿。一名宪兵走来了,说:'《红和白》不能演!'我爸爸抽出一张一百克朗的钞票递给乐队指挥,说:'就演《红和白》!'宪兵说:'《红和白》不能演!'两人就这样像打扑克叫牌似的叫到第三轮,我爸爸不干了,'就要演《红和白》!'说着啪的一声打到了宪兵的鼻子上。亲爱的先生们,你们知道吗,那宪兵在这以前长相可难看啦,因为他的鼻子是歪的,歪在右边。流的那个血哟!我爸爸却跳起了《红和白》,一面跳一面唱:绿和白,我呀,我所爱。邻居们暗自高兴,心想这老家伙克希什达,这回可要把老本也赔光啦!没想到过了四个星期开庭审

---

① 地名,离布拉格不很远,为疗养胜地,那里的矿泉水可以治病。

理的时候,一位漂漂亮亮的宪兵出庭来了,他说他鼻子上挨的这一拳正是他需要的,甚至还为此预约了呢。他向我爸爸道谢,多亏那一拳把他的鼻子推向了左边,如今那鼻子长得可端正了。庄园的一位富贵小姐爱上了他,同他结了婚。直到现在,每逢过节,我爸爸总会收到这位宪兵送的一筐小点心,冬天他请我爸爸赴杀猪宴以表示感谢!"范杜尔卡兴高采烈地喊叫着说。

"谁料得到呢!"秃头旅客若有所思地说,"鼻子挨了拳头却得到了家庭幸福。"说着,他穿上了外套。

"您的爸爸呢,他是干什么的?"范杜尔卡问道。

"他已经不在人世了,姑娘,"秃头旅客说,"他是那么好的爸爸,直到今天他已不在人世我才看到他有多么好……他经常上夜班——早晨门扉吱呀一响,妈妈便把热水倒进脚盆,爸爸把带家的码在院子里……"

"什么是带家的?"

"那是煤矿工人带回家的一大块煤,他们的外套上都有一个老大的口袋……过了一会儿,爸爸进屋来了,他脱掉外套,妈妈把一杯咖啡放在方凳上,爸爸洗脸洗身子,然后坐下来,就着咖啡吃块面包,一边吃一边换上一双漂亮鞋子,穿上衣服……等他喝完咖啡,正好戴上帽子走出门,去蓝星酒店跟伙伴们玩牌,我中午给他送午饭,他吃完了接着玩。四点钟他回家来,躺在地板上说是直直骨头架子。他睡醒之后就又去上班了。可是有一天,妈妈在脚盆里倒了热水……"

火车速度放慢了,秃头旅客把手递给范杜尔卡:"姑娘,祝你幸福,我得下车了。"说着他走进了车厢的过道。

火车停了下来。

范杜尔卡伸手在车窗框架上摸索,摸到铜扣眼放下了车窗,她对着乡村小站的月台喊道:

"亲爱的先生,给我讲完了吧,亲爱的先生!"

秃头旅客站到车窗下面接着说道:

"妈妈又一次加了热水,可是爸爸没有回来。水凉了,妈妈走出去想看看爸爸怎么了。不料爸爸的烟斗落到了地上……"

火车启动了,秃头旅客小跑着跟在火车旁边说:"妈妈拾起烟斗哭了起来。她抓起外套就往矿井飞奔……我爸爸被岩石压死了……伙伴们跑我们家来送信……可是不敢见我们……因此把烟斗放在门框上转身逃走了……唉,姑娘,你知道吗,我从没见我妈妈睡过觉,我醒来时她已起床……我睡下时她还在忙碌着……直到有一天……我看见她睡着了……"秃头旅客喊叫着站住了,喘着气。

范杜尔卡大声嚷道:"亲爱的先生,请原谅,我还有爸爸,请原谅,请原谅!"

可是火车已拐了弯,阳光从过道又转到小单间的窗口。

过了一会儿,带领小姑娘进来的那位旅客说道:"我爸爸是制皮工,他得了一种病。那时候人们管它叫'恶性老人疮'。那就是说,他的脚每年都得锯掉一截子,因此他坐轮椅。他的爱好是种蔷薇花,沿着制革厂的围墙他种了一大溜。这种蔷薇叫大元帅,黄颜色的。我爸爸知道它们开多少朵,他不许别人碰,总是亲自剪下来,只送给教堂或者年轻的小姐。后来开马路要穿过我们的围墙,人家就把大元帅给挖掉了,我爸爸心疼得险些送了命。可是他为自己另外找到了乐趣。他坐轮椅来到死亡拐角,在那里指挥交通。起初他用双手,后来用小旗子。他从早干到晚,雨天也照样。我不得不在他的轮椅上装了把雨伞。这样过了八年。他去世后,上百名卡车司机到墓地来吊唁,死亡拐角那儿的花束堆这么高!"

"有多高?"范杜尔卡问。

"这么高,"旅客说着托起了小姑娘的手,"后来那拐角又一再出车祸,人们就在那儿装了两面镜子……"

"我的天哪,您也有一位了不起的爸爸!"她喊道,"一位变成了镜子的爸爸!"

几位旅客相互对视了一下,随后将目光转向窗外。火车此刻正驰进一座小城市,在一条街道的拐角处挂着两面圆镜子,像两个硕大无比的夹鼻眼镜,镜中照见了一个预先看不到的拐角。

小单间的空气中飞溅着秘密的火花。

"你的爸爸在车站上看来挺瘦……"领小姑娘进来的旅客说着咳嗽了几声。

"说得对,"姑娘喊道,"可是您要是一年前看见他,他胖得简直不像话!闹得心脏负担过重,肝呀、胃呀、肾呀,全都出毛病。妈妈常说,这是生活放纵的结果。医生给他规定了饮食,可是爸爸意志薄弱,他嘴馋。后来,有个卖草药的女人对他说,你既然没有意志管住自己,那么唯一有效的办法就只有去找个警察对他说些不堪入耳的侮辱话了。真走运!我爸爸给带走啦,警察局记录下他的那些侮辱话,他在上面签了字。他被判了半年刑。我爸爸的那些冤家对头可高兴了,感谢上帝,克希什达这头豹子再也不会来找我们的麻烦啦。谁知过了半年我爸爸回来了,细长个儿像个大学生似的。他马上在维纳斯酒店举行记者招待会,摆了许多好吃的,他说:'你们这些没见过世面的听着,世上所有的矿泉疗养院都比不上劳改所!瞧啊,我还带回两千克朗呢!而且健康得像条小鱼儿似的!'爸爸一边说一边拽着外衣上的一个扣子这么样扇风似的扇着,那些大腹便便的邻居不得不承认自己哪儿比得上老克希什达呀……哎,亲爱的先生们,恕我冒昧,我邀请你们上赫拉德强尼宫来,在那儿我们每星期四都有舞会,你们来跟我转圈儿吧!不过,那得从今天算起两个月以后,好吗?"

"跳舞?"鬈发旅客吃惊地问。

"跳舞,因为我已经成年啦！医生对我说,我长到十六岁他就给我动手术。就在那个星期里动！之后,我也能看见这美丽的世界啦。我能看见人,看见东西,还有风景,还有自己做的活儿,我编的小筐儿会有多漂亮？亲爱的先生们,这样世界准是美得很哪！"

"你这样认为？"带领姑娘进来的旅客冷笑地说。

"那当然啦！肯定是美丽的,"姑娘叫喊道,"因为在盲人院里和我一起干活的有一个人叫卢德韦克,他来我们院之前不幸失恋了,他就用墨水笔一个劲儿地在眼皮子底下划拉来划拉去,大夫对他说:瞧着吧,再这样划拉一次,你就永远看不见这美丽的世界了。卢德韦克说,我永远也不想要这个美丽的世界了。他照旧用墨水笔在眼皮子底下划拉。现在他跟我一起编小筐,可是他想世界想得像窝里的狗似的哀嚎……唉,由此可见这世界准是美得很哪,美得像您爸爸的心脏一样,那颗小桶似的大心脏。这世界准是美得很,就像您的爸爸,成了死亡拐角的两面圆镜子。亲爱的先生们,两个月以后我就能看见了,你们一定会来参加庆祝会跟我跳舞吧？"

小单间的门打开。

"请出示车票。"年轻的列车女服务员说,闷得直打哈欠。

杨乐云　译

# 浪漫曲

## 一

卡斯顿·科希尔卡在灯光闪亮的布拉门食品店前站了好一会儿。当他再一次对着橱窗看自己的面孔时,又一次证实了他早已知道的事实,那就是他不欣赏自己,他是一个丝毫不引人注目的年轻人。他离开电影院回去,比来的时候更没劲儿了。他很清楚,他这样的身材,绝不能同他所模仿的郁金香·芳芳①相媲美。

当他再一次面对食品店的玻璃门折磨自己时,一位吉卜赛姑娘站到了那儿,她推开店门出来,走上赫拉夫尼大街,手里捧着半个圆面包。卡斯顿对姑娘的衣着感到惊讶。那是用一对扣针别住的围裙。她在人行道上,瞧左右两个方向,担心电车或汽车撞着她。卡斯顿看不出姑娘的臀部和扁平的乳房。他擦擦头上的汗说:

"您好,小姑娘!"

吉卜赛姑娘转过身来,瞅了他一眼,翘起红红的嘴唇,想说点什么,可是发不出声来。她以游牧民族的轻快步伐,横穿赫拉夫尼大街,手掌向上,挨近她的头发,捧着半个圆面包。面包皮在暮色

---

① 法国著名电影中的主人公。

中划出了她的行踪。当她停在特普商店明亮的橱窗前时,弯着身子站着,瞟了卡斯顿一眼。

他鼓起勇气,走了过去。

"给我一支烟抽。"她说,将食指和中指张开。

他给她两指之间送上一支烟,点着以后,轻佻地说:

"你的头发好香啊。"

"可你的两手在发抖。"她说。

"我干活太重了。"他眨眨眼说。

"干什么活?"

"我干装饰助理工。"他红着脸说。

"嘿,那你是老爷啦!可那件毛衣值多少钱?"她用深沉的女低音问。

"哪一件?是指那件吗?"

"不对,是那件粉红色的!"

"四十五克朗。"

"啊,好,给我买一件那种毛衣吧。我把这面包给老姐姐送去,再一块儿到什么地方逛逛,你会看到的。"说着,她吞了一口烟,又呼出一口气,两眼闪亮亮的。

"我会看到什么?"

"你会看到的。先把东西买来,你会看到的。向上帝发誓,我会喜欢你的。"她说着,举起夹着香烟的手指,表示发誓。

"为了一件小毛衣?"他惊讶地问。

"为了一件小毛衣。"

"可商店已经关门了!"

"没关系。你给我钱,明天我自己去买。"

"钱?"

"钱。"她说着,噗的一声吐掉了烟头,抹抹手指。

"啊哈,就这么回事,钱?"卡斯顿懂了,"我说话算数,你会从我这儿拿到钱的。"

"向上帝保证,要是你不给我钱,圣母玛利亚夜里会来吓唬你的,肯定会来的!"她威胁说,表情严肃,脸上没有一丝皱纹,两眼直盯着卡斯顿的眼睛。她的一对眼睛睁得大大的,像洛洛布里基塔①。她仿佛发现了什么重要事物,煞有介事地对卡斯顿说:

"你长着这么一对眼睛!"她用大拇指和食指作了一个O字,放到自己的眼睛上。

"它们就像两口泉眼。"他说。

"对,像两口泉眼。"她毫不感到惊讶地说,"吉卜赛女人年轻的时候,一切都是美的,而我正是这样的年华。"她说着,把手指伸了过来。

卡斯顿温柔地将香烟放进她的指头之间,自己也点燃一支,往橱窗玻璃上看了一会儿,他挺直身子,勇敢地注视着赫拉夫尼大街上的人流。人们都回首张望他们。卡斯顿突然产生一个希望:让他熟悉的所有男女同学和亲友,这时都沿着赫拉夫尼大街往下走,看看他紧挨着一位标致的吉卜赛姑娘站着,眼对眼地相互注视着,还一道抽烟……这时,他同她正并肩走着。吉卜赛姑娘的鞋跟虽然踩坏了,但还是像贵夫人一样,踏着小碎步朝前走。

"这真好。"他边走边说。

"什么真好?"

"一切都好。"他大声说,挽着吉卜赛姑娘的胳膊,因为一位女邻居买了东西正迎面朝他们走来。

"晚上好,芬杰罗娃太太!"卡斯顿问候说,好十拿九稳让这位邻居注意到他。

---

① 意大利女演员。

芬杰罗娃放下提包,看了年轻人一眼,见他正挽着一位姑娘的手臂,不禁大声说:

"可怜的母亲啊!"

但吉卜赛姑娘从赫拉夫尼大街拐进一条小巷,朝河边走去,抽着烟,好像想歇口气。小巷寂静破旧,预示着这儿可能会出点什么事。煤气灯高悬在类似蒂洛尔庄园的破陋建筑物上。木质楼梯通到二楼就断了。栏杆已经腐朽下塌,像梯子一样吊着。

白色的圆面包皮闪亮亮的,吉卜赛姑娘撕下一块皮就吃起来。一块块白色面包皮,就像她那阿拉伯型的眼睛一样发亮。

"有一回在这儿,"卡斯顿说,"我站着,下起了大雨,瓢泼的大雨。煤气灯像跳舞似的摇晃。三个吉卜赛男孩唱起歌来,身上的雨水直往下淌……可那个男孩不停地唱,大声地唱。穿上衣服,又把它脱掉,还跳着舞……倾盆大雨下个不停。我对那些男孩突然产生了好印象。"

"他们是我老姐姐的孩子,"她说着,将高跟鞋放在一层楼梯上,"你同我一块儿上楼去吗?"

"当然……可你姐姐会怎么样?"

"她带着孩子们摘啤酒花去了。"

"那你给谁送面包?"

"兄弟,不过他已经上班去了。"她说着,沿楼梯跑上去,站在上面,对卡斯顿说:"站住!那儿缺一块踏板……好,不要踩空了!"卡斯顿抓住栏杆。咔嚓一声,栏杆掉到院子里了。他爬上楼时,发现房顶上有个洞,可以望见天上的星星。吉卜赛姑娘高兴得跳起来,跳得木板裂得直响,木屑溅到院子里。她拉着卡斯顿的手,用脚朝门上一踢,门响了好一会儿。随后,他们走过阴暗的走廊。她打开下一道门,走进去,卡斯顿拍了一下手。

"你好,小姑娘!"他叫了起来。

两座窗口,其中一个有煤气灯照着,灯挂在人行道上,光线斜射到一个又大又空的房间地板上,又由窗台上的镜子反射出来,一直照到天花板上,形成一个银色的长方形。然后又反射到房间里,成为一道轻柔的光,同天花板上的威尼斯吊灯小玻璃上的光交织在一起,闪烁着,如同一个珠宝商店。房间顶部呈拱形,像一把张开的有四根铁丝的白伞。

"你们在什么地方……这吊灯?"他问。

"什么……你以为是偷来的?"她叫起来,做出一个小偷的姿势。

"是……偷来的。"他说。

"让我的孩子都死掉吧,"她生起气来,把面包放在第二个窗台上,"如果我们不在旧货店买这玩意儿,老姐姐就能买点厨房的设备,可她宁愿要这面镜子。"她大声说,沿着墙根跑。墙上挂着一面从地板到天花板的大镜子。

卡斯顿转过身子,看到威尼斯式吊灯又映在镜子里,向四周射出的光芒,像一棵闪烁的圣诞树。

"我们可不是普普通通的吉卜赛人,"姑娘说,将一条腿摆成芭蕾舞演员的姿势,"我爷爷是吉卜赛人的巨商!穿西服,手拿竹手杖。我一位老姐姐为他开门,还有一个姐姐一直替他擦皮鞋,你知道吧!"她抬起头来,但有点咳嗽。

"那好……可你总是这么着凉吗?"

"我们吉卜赛人总是这样。我们在剧院看《卡门》时,那卡门是吉卜赛姑娘,演唱时,就像着了凉一样。"

"你在什么地方干活?"

"我?就在我睡觉的那个地方,在砖厂上面。我在那儿做饭,打扫。"她叹气说,拿着报纸走到窗前,借街上的路灯浏览起来。

卡斯顿往镜子上摸自己的面孔,觉得他头顶上的威尼斯吊灯变大了,弧形的光亮像颗颗钻石,光芒四射,就像一座喷泉。他从镜中看到吉卜赛姑娘坐在窗台上阅读白色的报纸……他想,假如他熟悉的男女孩子,有谁此时此刻看见他,准会发疯,会嫉妒。他张开双手,在房间里旋转起来,发出甜蜜的喊声。

"喂,捷克人,"吉卜赛姑娘跳下来说,"给我四十克朗,你不会后悔的。我们吉卜赛姑娘也是纯洁的。"为了证明这一点,她撩起用白扣别着的围裙,指指镜子里洁白的短裤。

"那就给我四十克朗吧!"她大声说,偎依在他身上。

她像电影镜头一样拥抱他。可当他去摸她那高高的肩部时,他控制了自己。他说:"行,三十五克朗,再多连这也没有了!"

"好,三十五就三十五,但马上就要!"

"不行,等以后再说,等我看到你所说的。"

"我知道……你们都是一路货,先答应得好好的,然后将姑娘一脚踢开。"

"我可不是这种人!"卡斯顿指着自己说,并且站起来,"我呀,小姑娘,答应的事,一定兑现。"

"好,好,"她嘶哑着说,"那好,至少把钱给我瞧瞧!"说着,在乳房上划了一下,抬起了两眼。

"怎么啦?我答应你了……把手给你!"

"又答应,又伸手,可我要见到钱才更放心。因为我多么想要一件小毛衣啊!"她抓住伸过来的手,放到自己的胸部说:"你要知道,我如果穿上那件小毛衣,该有多漂亮呀?"她问,双手将他抱着,紧紧偎在他身旁。他把手伸进胸前的口袋,小心地将纸币分开,担心把一百克朗掏出来。这样,他拿出了五十克朗的一张纸币。

"你有钱!"她兴高采烈地喊起来,踮起脚跟,用额头挨他的前额,两眼闪闪发亮。她转动脑袋,让两人的视线相对,一个人的眼睛,映入另一人的眼睛,她的眼睫毛同他的眼睫毛交织在一起。她大声说：

"你有钱，你有钱！我们走吧，要不马上就在这儿干！"

"不，"他吞吞吐吐地说，从嘴里拉出一根长长的头发，"不，妈妈不在家，一起去我家吧，我们自己煮咖啡，放爵士乐……还有……"他没有说下去。

吉卜赛姑娘吻他。每一吻都散发出一种苦杏仁味。卡斯顿用一只眼看镜子，那面镜子就是个电影银幕。抹红了的嘴唇对着他另一只眼喊道："这真开心！家里没有任何人，一个人也没有，只有我们两人，还有咖啡和爵士乐！"

他拥抱着她，对镜子看看，然后说：

"你真迷人，尤琳卡。"

"我不是尤琳卡，可是那钱你给我吗？"

"好，钱给你。"

他对着镜子看银幕，把钱交给姑娘。

她拿住钱，吐点唾沫，小心翼翼地把钱放进一张八开的纸里，掀起围裙，将纸包放入裤子的皮兜。

卡斯顿眼前，出现了白色的面包，白色的报纸，短裤，还有窗上的玻璃投射在天花板上的灯光。他搂抱着吉卜赛姑娘，吻她，像菲利浦①一样，用手去摸她的臀部。他感觉到，吉卜赛姑娘多么警觉地用手捂着皮兜里的纸币。

然后，他们一起走上过道，群星透过房顶闪闪发亮，卡斯顿笑着说："小姑娘，你真好！"

他又说："我婶婶讲，吉卜赛人，口袋里要是没有十五克朗，就会感到像丢了魂似的……对不对？"

---

① 法国著名演员。

# 二

收音机背后,散射的光和碧色的小孔,把小房间照得微亮。那儿传出了歌声,响着爵士乐。靠近麦克风,听到路易斯·斯特朗呼哧的声音。他这时可能把小号放在膝上,用受了凉的嗓子,与其说在歌唱,不如说在哼哼。仿佛喝了几杯毒品,在唠叨很久以前发生的事情。

"你,"偎在冰凉被子里的吉卜赛姑娘说,"小鸡鸡,给我一支烟吧!"

"烟在椅子上,火柴也在那儿。"卡斯顿说。

路易斯·斯特朗的歌声停了。他将自己的小号放进黑色的袋子,用台布将袋子包着,像包一瓶酒似的。接着他用嘶哑的声音,歌唱一位橘黄头发的姑娘,可表情上却好像有人在挠他的肝脏,或者像吞下了玻璃碴。

"别把我的床烧着了。"卡斯顿提醒她。

"没有。假如烧了呢?但他唱歌,同我说话差不多。"

"那黑色的嘴巴也同你一样。把烟灰磕在床沿外面!"他命令说。

"好,可是小鸡鸡,过来吧!"

"我要开灯吗?"

"不用。人在黑暗中更美丽,可是……"

"可是什么?"卡斯顿有点生气了,"你连围裙也不让我掀开,我受不了了,还有什么可是?……"

"可我总在想,你想踢开我。"

"我可能吧……"

"小鸡鸡,过来,"她在床上亲昵地说,"让我睡在你身旁吧。你知道……我们吉卜赛女人,只要同谁睡觉了,马上就会相爱做爱的。"

"别把我的床烧了!"

她将烟头举到自己的头上。

"哪会呢!喂,这时候我只想你。我求你,让我睡在你这儿,行吧,你不会后悔的。"

"我一大早得去干活。"

"你以为,我会偷光你的东西?"

"当然不是,但……"

"好,这下子我可抓到你的话把了!你们这些无赖。你以为我不知道,伊隆卡常往这屋子里跑吗?她为你在这儿把手腕割断了,对吧?"

"割断了,割断了,"他急起来,又坐下去,"但不是在我这儿,是在隔壁。弗兰达同她鬼混。可你把烟头扔到哪儿了?"

"哎呀,加把劲呀!你的眼睛长到哪儿去了!我的烟在盒子里了。可我要告诉你,我们的人反正要跟踪弗兰达的。要报复,我发誓。要报复的!"

"别在床上乱动呀!"

"你,捷克佬,到底是怎么想的?我是什么人?我可不是穷姑娘。我有两床鸭绒被,两个窗子上挂着窗帘。我爷爷是富商,拿竹手杖,穿蓝色西装。我的窗帘挂在你这儿,也会给你脸上增光!"

"可能,但你为什么不让我解你的围裙?为什么?为什么我只能搂住你的脖子?"

"你想知道为什么吗?因为我想,你可能会……"说着,她做了一个小偷的动作。

"我会偷那五十克朗!"他跳了起来,"难道你不让我解开你的围裙?"

"我们是很小心谨慎的……但是,小鸡鸡,过来呀,坐到床上,靠着我。我们一起开始过新的生活,怎么样?"

"这我从来还没有试过……"

"没关系,一切由我来教你。我们一块儿过,等到你不喜欢了,可以赶我走。但是要等到那以后。我会做饭,打扫,给你洗洗涮涮,缝缝补补,为你送午饭。我在你面前,将全身敞开,可是不许你去追求别的女孩子。"

"我反正谁也不追。"

"这就对了。有什么事,我立刻能看出来,那我会跳伏尔塔瓦河的。可要是我们到斯维托夫去跳舞,有人请我跳,你怎么办?"

"我怎么办……"

"你会让我同别人跳舞吗?"她从床上一跃而起。

"上床以前,你得洗个脚,你的脚原来这么脏。"他感到有些吃惊。

"对,"她说,擦了一下脚后跟,"你同意成一个家,可你就这样让我同别人跳舞吗?"她放大嗓门说。他打了个哈欠,不理解地望着她。她叫了起来:"你不给我两耳光?"说完,又躺在冰凉的被子上。卡斯顿闭上眼睛,用两手揉太阳穴,再一次看到了当晚开始时在布拉门商店橱窗上自己的面孔,他对着镜子看了一下自己。这吉卜赛姑娘对他如此多情。在这床上她开始是有几分惊愕,然后是羞怯,笨手笨脚……他思量了片刻说:"我会捆你两耳光,让你尝尝滋味!"

"这我明白了,你到底是爱我的!"她高兴地说。

她晃动身子,翻身俯卧在被子上,赤着脚蹬起来。

"可我大概是个独身者。"他说。

"这就对了,"她夸奖说,"应该这样。你知道,小鸡鸡,假如家里只有你和我,我在这儿可以像不在这儿一样。吉卜赛姑娘善于按她男人的意志,变得服服帖帖!"

"可通常的情况是,也会有孩子,这就带来了麻烦。"

"什么麻烦!我已经有了个小女儿,名叫玛尔吉塔。"

"可惜呀,我总想要个金黄头发蓝眼睛的孩子。"

"那你也会有的。玛尔吉塔就是金黄头发蓝眼睛,是我同一个金黄头发的捷克人生的……可他后来总是喝得醉醺醺的,我就把他轰走了。啊,你会感到那小孩很漂亮的!"

"是呀。可是她睡在什么地方?"他挠着痒说。

"就像我平时睡的地方一样。孩子睡在沙发上,要不就在柜子里。往后呢,玛尔吉塔三岁了,可以替你买香烟、啤酒,给你递拖鞋。这儿的窗户有多宽?"

"一米二十厘米。"

她晃动了一下身子,又翻身仰卧着,显得格外高兴。

"那真走运!我那窗帘正好这么宽,可以给你添个好装饰。你要知道……"她从床上跷起双腿,把围裙脱掉说:"这就是那五十克朗。我总算开始有点钱了,知道吗?"她从白短裤的皮兜里取出纸币,放到喷有绿颜色的桌子上。

"你多大了?"他问。

"十八岁,我还可以为你漂亮十年。可你多大岁数?"

"二十三岁。"

"这是最佳的年龄。你还可以做我十五年的漂亮小伙。但假如我同别人跳舞,你会整我吗?"

"整,怎么整?"

"你发誓!"

"好,我现在相信你了。你会看到,吉卜赛姑娘爱上一个人的时候,将多么能干。所有的人都会羡慕你。你是我的丈夫,也就是我的主人。从现在起,你就是我的一切。"

她讲得郑重其事,还不断地点头。卡斯顿四下看看房间,感到平淡乏味。当他回想起那悬挂着威尼斯吊灯的房间和窗外的煤气路灯,也就别无所求,但愿马上卷起他的行装,永远离开这个地方,搬到犹太人街,住进一所墙壁剥落的小屋。在那儿,从过道的天窗可以望见星星,晚上能借街上的路灯,看看报纸。

"可我妈妈会说什么呢?"他问。

"这让我去对付吧。我会对她说:'夫人,我也是人呀!'可是,假如你妈妈说:'想娶吉卜赛女人,除非从我的尸体上爬过去!'你怎么办?"

"那我就告诉她:'妈妈,你躺下,让我从你身上跳过去。'"

她捂住他的嘴。

"这就是爱情。"她说。

然后,他解开一个又一个纽扣,当他解到那像牧师教袍一样的围裙掉下来时,他的手发抖了……

他们身后的收音机播放着爵士乐曲,三名女黑人歌手,仿佛站在深井中的梯子上,每人都放开嗓子,唱着那似幸福又不幸福的情歌:……啊,约翰尼,我亲爱的……

# 三

城堡街前面的树林里,第一只鸟儿唱起歌来。紧接着,其他鸟儿也跟着唱起来,歌声在清晨的空气中荡漾。卡斯顿搂着吉卜赛姑娘,站在电影海报栏旁边。海报上,吉尔拉德·菲利浦手持长剑,衬衣敞开着。

"有一天,我要扮演郁金香·芳芳就好了,只扮演一天也成。"卡斯顿忧伤地说。

"是那个吗?"她用手指着问。

"那不是他,是吉尔拉德,有点像郁金香·芳芳,知道吗?"

"怎么回事?好,我来告诉你。你是搞装修的小工。如果厕所堵了,谁来修?你!水管不出水了,人们打电话找谁?找你!人们可能会将你和我拍成电影。那样,你就有了保证,对人们有益了。但何必手拿宝剑,在屋顶上跳来跳去呢?等我们去到砖厂,你就会看到,两个吉卜赛人当中,就有一个郁金香·芳芳,可他干的活是制砖,别人用那些砖盖楼房。"

"可吉尔拉德长得多英俊!"

"英俊,英俊,"吉卜赛姑娘说,抓起海报的一角,猛地一下把它扯下来。"等我们结婚的时候,我要邀几个堂兄,装卸煤的,你会看到四个吉尔拉德!我爷爷也要来的,身穿蓝色西服,手拿竹手杖。"她严肃地说。

他们从博德利普尼塑像旁走过。那塑像仿佛用一根手指在召唤流浪的狗到他的脚旁去。

"你长得像我爸爸季米特一样漂亮。他从前将我抱在手里抽烟。妈妈跟着他走。爸爸有时给她烟抽。他在日什科夫区装卸煤。人们说,他像个军官。"

吉卜赛姑娘不停地说着。两人沿着伏尔塔瓦河的老河岸走的时候,卡斯顿第一次认识到,女人的手善于将信任直接喷射到人的心坎里。天空电闪雷鸣,几个钓鱼人像鱼竿一样弓着腰。马宁岛边上,关在笼子里的小狼狗在嗥叫。林中响着的鸟叫声在颤抖。

"一句话,你是个装修小工,谁比你更了不起呢?"吉卜赛姑娘最后说。

"你知道,"卡斯顿告诉她,"我那个新来的师傅,真是一条狗,总要我用'你'来称呼他。可是,小姑娘,他比我大二十岁,我怎么能称他为'你'呢。所以,当我不愿意用'你'来称呼他时,他就在酒店指着我嚷道:'诸位,你们见过这样的蠢驴吗?'"

"你真好,小伙子。"吉卜赛姑娘说。

"这就是了,"卡斯顿笑着说,"你知道,小姑娘,我明白,当师傅对我说:'等到干活的时候,我们彼此以'你'相称,在这种亲切的气氛中,我们可以侃各种奇谈怪论,讲怎样机灵地对付各种事情。可是现在呢?'他说得对。我望着他说:'师傅,别生我的气。可您已经有了成年的孩子;还有,在工作上您是个出色的人,我怎么能够同您相比呢?'师傅又当着全酒馆的人指着我嚷道:'大家看看,卡斯顿竟跟他的师傅疏远了。你们见过这样的笨驴吗?'他就这么样对我大叫大嚷,还对我说:'卡斯顿,你一定要超过我,你仔细闻闻我的手,你应该干得更好!卡斯顿,小马驹吃母马的奶时,也是乱顶一通!打今日起,如果你不用'你'来称呼我,那就别干活了。没有活干,而是进兵营,也不是兵营,是进集中营!卡斯顿,咱俩再也不会共用一个皮包了!'师傅就这么嚷着,拿起皮包,从里面将我装午饭和匙子的饭盒扔到地板上。我捡起饭盒时,他还朝我手里的饭盒踹了一脚。"

"你名叫卡斯顿?卡斯顿,卡斯顿!我给你说,这个名字比芳芳好听得多!可是,卡斯顿,你为什么不称师傅为'你'?你总算是他的助手呀,不对吗?"两人走上特洛伊桥,她问。他们停了下来,她抚摸着粗糙的栏杆。

"你摸摸,这上面还能感觉到昨天的太阳。可你为什么不称师傅为'你'?"

卡斯顿伏在栏杆上,然后抱着吉卜赛姑娘小声说:"我胆子太小了。"

他用手指往下指。

通往河边的小道上,有一个大个子裸体吉卜赛人,仰卧在被子上,整个肢体都露在外面,文了身的,像一本散乱的画册,一只手枕在头下,又肥又壮,当作枕头用。两绺八字胡活像马尾。那个巨人的另一只手握着烟,从容地抽着。他面向蓝天,望着几颗残星。他身旁躺着一个头发蓬松的人,头偎在枕头中。拱桥下面,停有一辆带篷的马车。棕色的马,臀部丰满,不停地摆动尾巴。

"是我们的人,"吉卜赛姑娘自豪地说,"也是从很远的地方坐马车过来的,大概像我们一年以前那样,来找活干的。"

"但是能将马拴在桥下,自己却躺在露水中吗?"

"像我们一样,都会习惯的。我们也是如此,只要天气好,宁愿睡在露天,室内闷死人。我爸爸季米特也是这样文了身的。星期日,我们同他一块儿躺在床上,我用手在他身上指指点点。那身体像本画册。爸爸笑起来,因为他很怕挠痒。"

"这真太妙了,"卡斯顿说,"世上还有这样的人们!"

文身的大胡子旁边那个蓬松的脑袋,翻了个身,手将头发像柳树叶一样撩开。那是个吉卜赛女郎。她伸伸懒腰,打哈欠。一直望着蓝天的吉卜赛人,把正抽着的香烟递给她。吉卜赛女郎也望着早上的天空抽起烟来。随后把烟还给他,他又蛮有兴味地吞着蓝色的烟雾。等候电车的人们,依在桥的栏杆上。但两个吉卜赛人继续交换着烟抽,望着玫瑰色的天空,最后一颗星星在眨眼。随后,一辆电车开过来了。

卡斯顿他们两人跳上电车踏板,站到车后面的平板上。吉卜赛姑娘很自豪,挺直身子站着,正视着便道上刚才打量着他们两个吉卜赛人的那些人的眼睛。但过早醒来的人们还在犯困,有的人愣愣地望着地面。小别墅的篱笆旁边,一个妇女走过来,手持竹竿,挑熄一盏盏煤气路灯。

"我爷爷有竹手杖,穿蓝色西服,"吉卜赛姑娘说,"他在街上碰到有的家吵架,相互吐唾沫时,爷爷有这样的权威,只要把手杖这么一挥,"吉卜赛姑娘用手在空中画了一条线,"那些人家就不再争吵了。要是有的家还吵个不休,爷爷就用手势叫对方过来,"吉卜赛姑娘抖动指头,"吵架的吉卜赛人就不得不跑到爷爷跟前。爷爷像吉卜赛人的男爵,用手杖在他头上狠揍一下……就了事了。"

"只是这些事是真的吗?"卡斯顿说。

"卡斯顿啦,要是我讲了假话,就让我们的孩子全死光!"她将口水吐在手掌上,举起手发誓说,"我爷爷像个男爵,还当过足球裁判。在罗兹杰洛夫比赛,二十个吉卜赛老人对二十个人……"

"可是小姑娘,足球比赛是十一个人对十一个人。"卡斯顿大声说。

他的师傅从条凳上站起来,把他吓了一跳。师傅跟跟跄跄地向他的助手走去,看看他,又瞧瞧吉卜赛姑娘。她朝地下跺了一脚说:

"我说二十人对二十人,是我当场看到的。爷爷用竹手杖进行裁判,脖子上用金线挂着银色哨子。有队员用脚踢人,爷爷就打手势,"吉卜赛姑娘挥动纤细的手指,"那个踢得粗野的人跑过来,爷爷作为吉卜赛人的男爵和富人,就用竹手杖钩他的脑袋。足球队员捂着头,叫'哎哟,哎哟!',等到不痛了,又继续踢球。"

"在我们运动场上,也应该这样,干活的时候也是,卡斯顿,你看到了吧。"师傅说。

"哟,先生,您灌醉了,去管您自己的事吧!"吉卜赛姑娘说,两眼亮闪闪的。

"他是我师傅。"卡斯顿介绍说。

"是您呀!"吉卜赛姑娘转过身说。

"她是我的……未婚妻。"卡斯顿说。

"卡斯顿哪,卡斯顿,从今天起,又有共同的皮包了……用'你'或用'您'称呼我,随你的便……你也算个师傅,算个头头……可我从来没有对吉卜赛姑娘胡思乱想,只在梦里想过她……吉卜赛姑娘真漂亮啊,吉卜赛女郎多么娇小啊……"他醉醺醺地唱着。

师傅站到电车踏板上。清晨的微风,将他那稀稀拉拉的头发吹起来。电车停下了。

"小姐,您什么时候见过这种笨驴吗?"他指着自己说,身子往后仰,伸出一条腿,跳下去了。

"师傅,你又在哪儿闲逛了?"卡斯顿从电车里伸出头问道,"要我送你回家吗?"

师傅举起双手,像投降似的,仿佛承认了年轻人的优势……在小坡上,他们从电车上下来,卡斯顿挽着吉卜赛姑娘说:

"你知道,我师傅是个好人,尽管他猛喝酒。可他什么人也没有了。结过婚,也有孩子,可是当孩子长大了,他妻子对他说,孩子都不是他的。妻子把他甩了,到同她有孩子的人那儿去了,还说谢谢他对孩子的抚养……师傅回想起这些,就对着酒摸摸脑袋,抹抹眼睛。他向我讲这些事的时候,问道:卡斯顿,你听说过这类的事吗?我没有听到过。这事没准也会落在我身上。"

他们在郊区一条小道上下了电车,沿着砖厂的栅栏走。一位手持霰弹猎枪的老人站在洋槐树下。

"谁在那儿?"老人问。

"是我,大伯,我。"吉卜赛姑娘嘶哑着嗓子说。

"一群流氓跑到这儿来了,要出事了!我不会乞求什么人来帮忙,我要用子弹直接去填他们的狗嘴!"看守老人气呼呼地说。

"大伯,"卡斯顿说,"我带来了一个吉卜赛姑娘!"

老人走近栅栏,猎枪扛在肩上。

"你这个女淘气鬼,早该去睡觉了。"他大声说。

"他是我的情人。"姑娘说。

"情人?可他是不是知道你的名字?"

"这我可真不知道。"卡斯顿说。

"可您已经同她睡觉了。我们年轻的时候,也常有这样的事,"看守自夸说,打开大门,拉着卡斯顿的胳膊,又说,"我喜欢这样。不过在爱情上要持久,我也是这样。在去兹维日尼克的小路上,我碰到一个女人,还没有进村,我就向她求婚了。她说,行了。然后我们才相互介绍。我们没有结婚证,一起过了两年,后来才办婚事……可你们没有听见什么?"看守人惊讶地问,像猎犬似的跷起一条腿。

"没有啊。"卡斯顿小声说。

"那好。因为我听到的多,看到的少,而且总是做梦,梦见强盗撬开了我的钱柜。"老人说。他们走进玫瑰色一样的雾中,踏上蓝色的草地。

"您这值班真辛苦,大伯。"卡斯顿说。

"非常辛苦,"看守老人叹气说,"不过我感觉很好。您谈上了一个吉卜赛姑娘?您可真是个勇敢的人。我告诉您,不要干笨事,只要牢牢地抓住她……那您的家就是天堂。我那一位也是从大篷车里来的……懂得世事。可是作为妻子呢?"他摇了摇手说,"你这个淘气鬼,有点冷吧?这么年轻,来吧,让您看看,您那个小婊子,玛尔吉特将睡在什么地方。"

"啊,玛尔吉特!"卡斯顿大声说,"这可是个美妙的名字!"

吉卜赛姑娘冷得发抖,但还是笑嘻嘻的。看守老人指了指一丛正开花的洋槐,树下的被子里,躺着几个吉卜赛人,有的双手伸到枕头上,好像在游蛙式,有的蜷缩在被子里,有的像被枪毙了一样。不过所有人都睡得很香。几个儿童的小脑袋上的鬈发和绺绺,成了这砖厂宿舍的装饰。

"那边有些小房子,是他们的。夏天一到小房子里憋坏人。这您知道,热血沸腾嘛。"看守人笑着说。

那下面,是布拉格被笼罩在蓝色的蒸汽之中。路灯还亮着,好像是忘了关灯的马戏场,五彩缤纷的灯光,装点着城市。佩特馨①山上高塔的红色标灯还亮着。斯特列肖维采烟囱上的避雷针如同一颗红宝石。可这儿睡的是砖厂工人。快要凋谢的杨槐树叶,在他们上面飘动……吉卜赛人,过去的游牧民族,不久以前,戴着耳环和猎人礼帽,乘坐大篷车来到布拉格,希望通过普通的劳动,换取浪漫式的流浪生活。

"我不能在树下睡觉,"吉卜赛姑娘咳嗽着说,"我总梦见有花儿落在我身上,飞蛾扑到我头上,要不就是雪花落了我一身。"她两只脚不停地跳着。接着她说:"卡斯顿,再见吧!明天我要去斯维特店,晚上将站在展有郁金香·芳芳剧照的橱窗旁……要不,就是在你知道的什么地方来找我吧,到犹太人大街……再见!"她从睡着的人们身上跳过去,还在黑丁香花树旁招手,两片用白扣别着的围裙搅到一起,她钻到正睡着的孩子们的被子里去了。

"我们该走了,"夜间看守人踏着脚步说,"那些流氓没有别的办法,就在这儿游晃,弄穿天花板,摸到我的钱柜那儿去……当然,要是在这儿,情况就不一样了。只要我在场,绝不对任何人讲客气,而是马上开枪。啊,您找了个吉卜赛姑娘吗?"他问,但卡斯顿看到,被子里钻出来一个小个子吉卜赛人,身穿短短的衬衣,挂着围兜,走到树林边上,对着山下的布拉格撒尿。

---

① 布拉格市内的山上公园。

"注意!"看守人喊道,指着那个小男孩说,"他说不定是将来的总统哩!……谁能料得到呢?"又说,"啊,您和一个吉卜赛姑娘相好了!可您家里怎么说呢?如果妈妈说:'要娶吉卜赛姑娘?那只有从我尸体上爬过去!'您怎么对她讲,嗯?"

"我就说:'妈妈,你躺下,我从你身上跳过去。妈妈,那个吉卜赛姑娘,会让我站起来的!'"卡斯顿说,一只手叉在腰上,远望着山谷。一辆电车,像拉着的手风琴,驶过白色的桥上。清晨的阳光,照耀着车的窗口……

万世荣　译

图书在版编目(CIP)数据

巴比代尔/(捷克)赫拉巴尔著;杨乐云,万世荣译.
-北京:北京燕山出版社,2017.11
ISBN 978-7-5402-4731-7

Ⅰ.①巴… Ⅱ.①赫…②杨…③万… Ⅲ.①短篇小说-小说集-捷克-现代 Ⅳ.①I524.45

中国版本图书馆CIP数据核字(2017)第256374号

© 1964 Bohumil Hrabal Estate, Zürich, Switzerland
本书杨乐云译作由北京读蜜文化传媒有限公司提供版权支持

## 巴比代尔

[捷克]赫拉巴尔 著
杨乐云 万世荣 译
丛书策划/赵东明
责任编辑/尚燕彬 崔莹莹
装帧设计/小 贾 张 佳
北京燕山出版社出版发行
北京市西城区陶然亭路53号 邮编100054
全国新华书店经销
北京市松源印刷有限公司印刷

开本 850×1168 1/32 印张 7.5 字数 180,000
2018年4月第1版 2018年4月第1次印刷

定价:40.00元

版权所有 盗版必究